JN012310

夜明けのはざま

町田そのこ

Sonoko Machida

ポプラ社

夜明けのはざま

目次

一章
見送る背中

海の見える白亜のゲストハウスで、最高のウェディングを！

緑と花の溢れるプール付きガーデンで、風と光を感じるパーティ。

クラシカルでうつくしいプリンセス階段のある会場で、自分たちらしさを追求したパーティ。

『プライベートガーデン　アルカディア』は一日一組限定！　ですので、おふたりの理想のウェディングが行えます。おふたりのためだけの大切な一日を、スタッフ一同心を込めてご用意いたします。

「あなたの最高、叶えます！　あなたの、ぷっらーいべぇーとっ、がぁぁぁでーん。あるかでぃぃぃぃあー」

CMを思い出して口ずさむと、隣でホロホロ鳥のテリーヌを頬張っていたなつめが噴き出した。

「相変わらず、酷《ひど》い音痴め。ていうか何で急に歌いだしてんの、サクマ」

「いや、思わずCMを思い返してしまった」

CMでは深紅の薔薇《ばら》がうつくしかったクラシカルなプリンセス階段は、今日はピンクと白の薔薇で飾られていた。階段の真上には煌《しら》びやかなシャンデリアがあり、きらきらと光を零《こぼ》している。イタリアの有名建築士が手掛けた階段とスワロフスキークリスタルをふんだんに使ったシャンデリアは、アルカディアパーティルームの目玉だ。その華やかな階段を、ライスシャワーを浴びながらゆったりと下りてくるのは、新郎の父親だった。マイクを握り、手を振りながら観客にアピールする様はさながらベテラン演歌歌手のよう。しかしその歌唱力は、音痴と名高いわたしが言うのもなんだけれど、忘年会の余興レベル、いやそれ以下だ。のど自慢だったらサビまで歌わせてもらえないどころか出場できていない。様子だけは、大御所然だが。

　そんな新郎父の周りで黒子のごとく米を撒《ま》いているのは、本来主役のひとりであるはずの新婦、わたしの友人の楓子《ふうこ》だった。

「最高を叶えてくれるのはいいけどさ、まさか新郎父の最高を叶えにくるとは思わないじゃない？」

　新郎である高瀬《たかせ》くんの両親が、結婚を許す代わりに挙式に多少の意見を通させてくれと言ったのは、聞いていた。そのためには挙式費用もいくらか負担するから、とも。しかし、義両親は式の一切を仕切ったのではないだろうか。楓子はわたしたちに何も言わなかったけれど、式の構成を見れば分かる。パーティ会場のセッティング、式次第、席の配置、どこにも楓子らしさがないのだ。ウェディングドレス、カクテルドレスのデザインすらも。

　アルカイックスマイルを崩さないまま、銀のボウルから米を摑《つか》んでは撒く楓子を見る。

　タイトなマーメイドラインのドレスは濃いブルー。裾は紫で、そのグラデーションは艶《つや》めいてうつくしい。しかし、それは百五十三cmでふっくらしたスタイルの楓子に一番似合うものではない。

楓子が着るなら、色はパステルイエローやシフォンピンクなんかがいい。大きく膨らんだパフスリーブに、同じくふんわり膨らんだプリンセスラインにして、レースがふんだんに使われた大ぶりなリボンとビジューで飾られているとなおいい。楓子はとても可愛らしい顔をしていて、そして表情がとにかく豊かだ。明るくてぱっと人目を惹《ひ》く、ひまわりのようなひと。そして何より、楓子自身がレース、フリルが大好きなのだ。楓子のポップな私服を知っているからこそ、目の前のドレス姿がかみ合っていない気がする。

楓子があまりに景気良く米を撒いているからか、新しいボウルに取り換えられた。楓子は笑みを崩さないまま、またも米を撒く。

「おいおい、フーチン。水戸泉《みといずみ》の土俵入りじゃないんだから、加減してくれよお」

頭に米を載せた新郎父が馴れ馴れしく「フーチン」と呼んでいるのが、マイクで拡大されて聞こえた。フーチン。初めてそんな呼び方を聞いた。楓子に対しての素直な愛情が感じられないのは、気のせいか。

「何言ってんだ、あのオヤジ。もはや白鵬《はくほう》でしょうが。白鵬はネットじゃティンカーベルって呼ばれてんだからね、なめんな」

なつめが意味不明の野次を飛ばしてから、ビールをぐいと飲む。それから楓子を見て、「しかしあれだね。女の夢ってのは、いまだ砂の城なんだね」と呟いた。

「どれだけ時代が移ろっても、大海の波の前にただ消されてゆくものはある。世知辛いもんだね」

楓子は明るくて冗談が好きで、わたしたち三人の中でのムードメーカーだ。流行りのものに敏感で、ファッションリーダーでもある。

そんな楓子は、やさしすぎて保守的な面がある。楓子が五つ年上だという、たったそれだけの理由で結婚にいい顔をしていなかった義両親に式を明け渡せば結婚がうまくいくというのなら、と思ったのだろう。年増を貰うなんてと難色を示していたらしい父親はいま笑顔で「フーチン」と呼んでいるのだから、それは成功だったといえよう。

だけど、わたしたちは知っている。楓子が結婚式に憧れを抱いていたことを。高校生のころから理想を語り、いくつもの挙式に参列しては「あたしはこうしたい！」と夢を具体的にしていた姿を知っている。だから、目の前の幸福そうで不幸な景色を、見ていられない。

「ねえ、わたしたちは友人としてどうするべきなんだろう」

食欲も失せて、切り分けただけのホロホロ鳥の皿をなつめに押しやると、なつめはそれをフォークでぶすりと刺し、口に運んだ。銀縁眼鏡の奥の瞳を細めて、「どうするべきって？」と訊いてくる。

「楓子を連れ出せばいいのか、それともあんまりだと泣けばいいのか。司会からマイクを取り上げて、引っ込めと叫ぶべきなのか」

なつめが肩を竦《すく》める。

「あたしたちも一緒に白鵬になろう、って言うのかと思った。どれもないわ。あたしたちは黙って拍手するだけでしょ。楓子があの笑顔を崩さない限りは。でも、あのアホ男の頭はぶん殴ってやりたい」

ほれ、とフォークで指差されたほう、高砂《たかさご》を見れば新郎の高瀬くんは感極まった顔をして熱い拍手を送っていた。結婚を反対していた父親と新妻が仲良さそうにしていることが、嬉しくてならないようだ。

「お前だけしあわせに浸ってるんじゃねえって感じ。てか、さっきトイレで新郎側の親戚っぽいババアたちがため息吐《つ》いてたんだよね。年上女房の尻に敷かれなきゃいいけど、って。尻に敷いてりゃこんな式挙げないっての」

なつめがくつくつと笑い、わたしは思わず舌打ちをする。それはもちろん、女性の失礼な物言いに対するものであり、そして楓子に対してでもあった。

「憧れてたセレモニーを踏みにじられたうえに、そんなこと言われるの？　わたしだったら許せない。断固、拒否したい。楓子ってば、何やってんの」

「サクマの気持ちは分からなくもないけど、楓子は受け入れたんだよ」

フォアグラのなんとか仕立てのスープが目の前に供《きょう》された。澄んだ琥珀《こはく》色のスープにフォアグラとトリュフが上品に盛られている。

「さっきも言ったけど、時代がどれだけ変わっても、誰がどれだけ叫んでも、あり続けるものもあるんだよ。それにさ、ここは特にそういう土地じゃん？　ど田舎で、都会とは全然違う、遅れた価値観で成り立ってる。さっきも、高瀬くんの上司がスピーチで言ってたでしょ。家と家との結びつき、家の繁栄が大事でー、とかなんとか。そういうことが第一なんだよ。新婦の気持ちなんて、二の次三の次」

スープをひとくち飲んだなつめが「ぬるい」と顔を顰《しか》めた。ていうかさ、料理のランク落としてるね。スタッフの数も少ないし、絶対ケチってる。楓子は自分自身が食べること大好きだから、新郎新婦含めて全員が美味しい食事をすることも希望してたのにねえ。

わたしは楓子に目を向ける。熱唱する義理の父親に肩を抱かれて微笑む姿に、無性に腹が立って仕方がなかった。

*

「真奈《まな》が怒る意味が分からない」

きっぱりと言ったのは、わたしのふたつ上の姉の愛奈《あんな》だった。「あたしは楓子ちゃんが正しいと思う」と眉間に皺を寄せる。

「式なんて挙げるなって言われたならそりゃ可哀相だと思うけど、アルカディアできちんと挙げさせてもらったわけでしょ？　それに義理の両親が喜んでくれたのなら、いいじゃん」

「でも、楓子は結婚式にすごく思い入れがあったんだよ。それを踏みにじられたわけで」

「あのねえ、まだ十代の小娘ならいざ知らず、もう三十一にもなるっていうのに、理想の結婚式も何もないでしょう」

姉が呆れた目を向けてきて、わたしはむっとする。ひとの年齢に「まだ」も「もう」もない。

「楓子ちゃんのほうが真奈より大人だった、それだけのことでしょ。結婚式で終わりじゃない。式の先もずっと関係は続いていくってちゃんと分かっていて、だからこそ自分を抑えたの」

「それは、なつめもそういうこと言ってたけど、でも」

「だいたいさ、楓子ちゃん本人が不満を言ったわけじゃないんでしょ？」

訊かれて、渋々頷く。披露宴のあと、いてもたってもいられずに、なつめを引っ張って楓子の控室まで押しかけた。ドレスを脱いだ楓子は、わたしの顔を見て言いたいことを察したようだったけれど、わたしが口を開くよりも先に『ふたりが来てくれて、めっちゃいい式になったよー』と笑った。ほんとだよ。高校のときからの親友ふたりが来てくれただけで、じゅうぶん。しあわせ！

その声音は明るくて、どこまでもやさしくて、だから心から言ってくれているのだろうけれど、哀しかった。何度となく聞いた、たくさんの計画の中で、結局それひとつっきりしか叶わなかったんじゃないか、と。

「結局さ、夢だけじゃ人生を円滑に生きられないってことよ。真奈も友達に先越されてんだから、そんな下らないことに不満垂れてる場合じゃなくない？　ああもう、いっちゃん、お口汚れてるじゃない！」

キッズチェアに座って夢中でチョコレートアイスを食べていた苺愛《いちか》ちゃんの口周りが、アイスまみれになっていた。白いレースワンピースの首まわりまで汚れてしまっていて、姉は慌てて近くに置いてあったウェットティッシュを取る。三歳になるわたしの姪《めい》は、お姫様のごとく「ん」と顔を突き出した。

「あたしは二十三で結婚したけどさ、結婚式はちゃんと折り合いをつけたもんだよ。着たくなかったのにお義母さんの希望で色打掛《いろうちかけ》を着たし、パパの上司のおっさんにノリノリで〝嫁に来ないか〟を熱唱された。あなたのところには死んでも行きませんけどって思いながら、それでも笑顔で手拍子したもんよ」

「お姉ちゃんは結婚式に興味なかったじゃない。バリ島に新婚旅行に行けたらそれでいいって」

景色の綺麗なプール付きのコンドミニアムに泊まると言ってきかず、それはきちんと叶った。

「バリ島なんて遠いから熱海にしておけって言われたら、どうしてたのさ」

「何言ってんの？　結婚式と新婚旅行は違うでしょ。ああもう、このワンピース、メルカリで買ったばっかだったのに、あんたがチョコレートアイスなんて買ってくるから！」

「前に、すごく美味しいってお姉ちゃんが言ってた店だから、喜んでくれるかなって」

「いつの話よ。だいたいそのときあたしはレモンシャーベットを薦めてたんじゃなかった？

そもそも、小さな子どもがいる家への手土産にチョコレートアイスなんて常識ないんじゃない？

仕方ないから、あげたけど」

アイスはわたしもご相伴《しょうばん》に与ろうと姉家族分プラス一個買ってきたのだけれど、わたしに出してくれそうな気配はない。文句を言うならいま全部食べさせろ、と言いたいが余計な喧嘩になってしまうので、「それで、大事な話って何？」と話を進めることにした。

今日は、二駅離れたマンションに住む姉に、大事な話があるからと呼ばれて来ていた。わたしと姉はあまり仲が良い姉妹と言えず、だからこうして会うのは半年ぶりだった。前に会ったときにはテレビのことを「テベリ」と呼んでいた苺愛ちゃんがすらすらと「テレビ」と言えていることに驚いた。姉の腰回りが、ますます厚くなっていることにも。

「ああ、そうそう。本題に入るけどさ、あたしね、お母さんと実家で同居することにしたの。お母さんが、それなら名義を愛奈に変えましょうって言ってくれたから、あの家、あたしが貰うわね」

「へぇ」

出されたままだった麦茶のグラスに手を伸ばす。少し汗をかいたグラスのふちに口をつけながら、考える。どう答えたらいいのだろうか。『そうなると思ってたよ』だめだ。『お母さんの面倒を見る気がなかったってことね!?』と返ってくる。じゃあ、『どうして急に』はどうだろう。うん、悪くない。それにしよう。

「どうして急に」

口に出してみると、姉が「は?」とわたしを睨《にら》んだ。

「なんで棒読みなのよ。不満ってこと? は? 違う? まあ、いいけど。あのね、お母さんね、子宮摘出手術を受けることになったのよ」

初耳だった。母とは一ヶ月ほど前に電話で話したきりだけれど、具合が悪いというようなことは言っていなかったはずだ。ああいや、喧嘩してしまったから、そんな話題に辿り着かなかったのかもしれない。

「定期健診で見つかったんだけど、まあ、初期のね、子宮ガン。生理もあるかないかの年齢だし、いっそ子宮ごと取ってしまうことに決めたって。ほら、お母さんって変なとこ思いきりがいいから、ね」

「へぇ」

わたしはガンのサラブレッドだったか、と思う。父も、わたしが物心がつく前にガンで早世《そうせい》しているし、これからことさら気をつけたほうがいいだろう。同じ血を引いている姉は「親の命にも限りがあるって、忘れてた。だから、これからはもっと親孝行をしようと思って」と厳《おごそ》かな顔を作って言った。

「パパも子どもたちも、ばあばと一緒に住むことに賛成してくれてるの。実家はほら、だいぶ古いでしょう。お母さんの老後のことも考えて、リフォームするの。これ、間取り図」

　姉がわたしに書類を差し出してくる。チョコレートアイスを食べ終えた苺愛ちゃんが「アンパンマン！」と騒ぎだし、姉がテレビをつけている間に、書類に目を通す。二階を増築するようだ。ＩＨキッチンに子ども部屋。姉夫婦の寝室は十畳もあるようだが、わたしの部屋はもちろんない。いや、あっても困るけれど。施工開始日は、五日後。なるほどもう決定事項というわけだ。

「パパの通勤時間が短縮できるし、向こうは商店街が近いし、我が家もいろいろ便利になると思うのよね。お母さんが家にいてくれたら、あたしもパートに出られるし」

　ＤＶＤデッキを操作しながら姉が言う。お母さんもすごく喜んでくれてるの。嫁に出した娘が同居してくれるなんて夢のようだって。孫に囲まれる余生なんてしあわせだって。ああ、親孝行できるんだなあってちょっとしみじみしちゃった。まあ、うちのパパが三男だからすんなり叶ったことだけど、本来はなかなか難しいことよね。親孝行させてくれるパパにはすごく感謝してるのよ。

　書類の、ピンクの蛍光ペンでぐるぐると囲まれた太字の数字を眺めたまま「お金、わたしも出すよ」と言った。

「あの家古いし、バリアフリーにもするみたいだし、リフォーム代もばかにならないよね。出すよ」

「あら、気を遣わなくていいのよ。妹に、きちんと報告したかっただけ。でも、真奈もお母さんの娘だもんね。やっぱり親孝行したいわよねえ。そうよねえ」

テレビから、アンパンマンのオープニング曲が流れ始める。苺愛ちゃんが踊り出すのをちらりと眺め、それから物で圧迫された室内をぐるりと見回した。

大学を卒業してすぐに高校時代からの恋人と結婚した姉は、四人の子どもを産んだ。上から十一歳、十歳、七歳、三歳。上の三人は男の子で、末は待望の女の子。新婚当時から住んでいる2LDKのマンションでは、さすがに手狭になってきたのだろう。義兄は地元では有名な企業に勤めているからそこそこの給与があるはずだけれど、子どもが四人もいれば足りないかもしれない。

利害一致、そんな言葉がよぎった。いや、姉は『親孝行』と言っているのだから、そうなのだろう。深く考えまい。

「……振込先の口座、教えて」

姉は、可愛くて仕方なくて保育園に入れるのも躊躇《ため》らっているという末娘に視線を向けたまま「親孝行だもんねえ」と答えた。

話を終えてマンションを出る。七階建ての建物を仰ぎ見て、ため息を吐いた。姉はわたしに必要な情報を与えたのちに、『お母さんに連絡してあげなさいよ』と訳知り顔で微笑んだ。

『喧嘩したらしいけど、お母さんは真奈のこと心配して言ったのよ。それにあたしも、お母さんの意見に賛成。というより、あたしは子どもたちの誰にも、真奈の仕事に就《つ》かせたくないもん』

苺愛ちゃんがいたから、キレずにすんだ。無垢《むく》な子どもの前で罵り合うべきではないことくらい分かる。だけど、思いきり睨みつけてしまった。お姉ちゃんが欲しがったお金は、見下してる仕事で稼いだお金なんだけど、って言いたかった。あ、そうだ。笑顔で言えば三歳児には理解できなかったんじゃないだろうか。くそ、失敗した。

バッグの中に沈めていたスマホを取り出して、母の番号を呼び出す。病気だって聞いたけど、具合はどう？　言わなければいけないことを頭の中で三回ほど繰り返してから発信ボタンを押そうとして、しかし止めた。代わりに、なつめに電話をかける。呼び出して、愚痴を聞いてもらおう。数コールで出たなつめは、どうやらパチンコ店にいるようだった。音が大量に溢れ出てくる。

「なに、スロット？」

『そ。全然書けないから、気分転換』

なつめの本業は、作家だ。大学二年生のときに書いた小説が新人文学賞を受賞して、華々しくデビューした。からだを売って生計を立てる母と、そんな母を憎む娘の、痛々しい衝突の日々を描いた受賞作は、新進気鋭の映画監督の手によって映像化され、いっときはメディアにまで露出していた。突出したもののない、寂れかけた地方の小さな町から期待の作家が生まれたことに、地元は大騒ぎだったのを覚えている。たくさんのひとの夢と希望を背負ったなつめだったが、二作目以降は揮《ふる》わなかった。酷評が続き、仕事は減り、いまでは地元の小さな情報誌で月一本のエッセイがあるだけ。なつめはペンネームを変えたり作風を変えたりと試行錯誤していたるけれど、うまくいっていない。

「わたし今日休みなんだけどさ、今夜飲みに行かない？」

『あー、無理。あたし夜は仕事』

本業だけで生活できなくなったなつめは、風俗で働いている。デリバリーヘルス〝みるくかき氷本舗《ほんぽ》〟で、『みかん』という源氏名で。人間観察ができるし、お金になるし、何より気楽なんだ。あたしが一発屋作家の『江永《えなが》なつめ』だなんて誰も気が付かないし、そもそも興味もない。ただの女であればいいだけだから、となつめは言う。

「最近、みかんの出勤多いね。ちゃんと寝てんの？　ごはん食べてる？」

楓子の結婚式で会ったとき、メイクで隠そうとしていたけれどくっきりとしたクマがあった。本人はダイエットだと言っているけれど、かつてはふっくらしていた頬はこけてしまって戻らないままだ。無理をしているに違いない。

「焼肉でも奢るからさ、今日くらい休んだら？」

姉たちが暮らす家にお金を使うより、なつめのための特撰《とくせん》和牛盛りのほうが有意義な気がする。しかしなつめは『んー……、今日はやめとく。最近、しょっちゅう呼んでくれるお客さんがいてさ、今夜あたり呼ばれそうな気がするんだ』と言った。

『いっつもゴディバのチョコレートをくれるの。お金ないくせにあたしに使ってくれる奇特なひとなんだ。あのひとと話してると、自分の価値ってのが爆上がりしてる気がする。まあ、ちやほやされに行くわけですよ』

誰かの声、流行りの音楽、甲高い電子メロディの向こうでなつめが笑う。いつまで続けるの、と言いかけて口を閉じた。

「じゃあ……また誘うからさ。そのときは断らないでよ？」

『オッケーオッケー。ていうかさ、彼氏誘えばいいじゃん』

彼氏の純也《すみなり》の顔がぱっと思い出されて、思わず顔を顰めた。

「二ヶ月ほど東京の本社に出向してる、ってこないだの結婚式で言ったでしょ。まだ帰ってこないし、正直会いたくない」

母との喧嘩の理由は、純也だった。そのこともなつめに愚痴を零したはずなのに。

『ああ。そういや、そうだったか。まあ、サクマが納得するまでぶつかり合いな。どんな関係も、ぶつかり稽古の繰り返しですよ』

「いまぶつかり稽古なんてしたら、純也の顔面に思いっきり張り手かます気がする。ていうか、茶化すな」

鼻を鳴らすと、なつめがケラケラと笑った。

『バレー部の絶対的エースだったサクマの張り手、めちゃくちゃ痛そう。まあ、また誘ってよ。サクマ、いつもありがとね。あ、ビッグきた！　じゃーねー』

通話を終えると、とたんに静かになった。無邪気な笑い声が聞こえて周囲を見回せば、公園の滑り台で親子連れが遊んでいた。わたしと同じくらいの年の母親と、苺愛ちゃんくらいの男の子。

親子連れから顔を上に向ければ、澄んだ青空が広がっていた。先日まで咲き誇っていた桜が散り、青々とした葉が目に鮮やかだ。長袖シャツは少し暑くて、でも汗をかくほどではない。爽やかな風がすっと頬を撫でていった。

平日の、心地よい昼下がりだ。しかしわたしの心には湿気を含んだ重たい雲が広がっているようだった。不満、不安、やるせなさ、苛立ち。そんな薄暗い感情を刷毛《はけ》で乱暴に塗り広げたような感じ。でもこれは、いまこのときだから、というわけではない。どちらかというと、いつものこと。もはや日常だ。イギリスは曇りか雨の日ばかりだと聞いたことがあるけれど、わたしの心はイギリス領になったのだと思う。晴れ間がほんのときどきしかない。かつてはちゃんと、四季に似た変化があったり快晴の日々があったりしたはずなのに。

かつて……かつてって、いつ？　いつからこんな風になったんだっけ。

ぼうっと考えながら、無意識に後ろ髪を撫でていた。肩甲骨まで伸ばした髪は、いつも黒ゴムでひとまとめにしている。この髪が、とても短かったころだろうか。ああそうだ、あのころは、よかった。

高校二年の夏休み、元々短かった髪をバズカットにした。たまたまテレビで取り上げられていた、ジーン・セバーグのベリーショートヘアに目を奪われてしまい、夏休みの冒険の気持ちで美容室に飛び込んだのだ。トップの長さは三センチほど、あとは思い切ってがっつり刈り上げてもらった。黒髪のグラデーションが綺麗で、鏡の中にいる自分がめちゃくちゃかっこいい女に見えて、テンションは最高潮だった。意気揚々《ようよう》と学校に行けば、クラスメイトや部活仲間はみんな『サクマはイケメンの素質があると思ってた』『バレー部に王子爆誕』なんて褒めてくれて、顧問も『士気が上がった！　お前のやる気がみんなに伝わってるんだよ』と嬉しそうだった。

でも最高のヘアスタイルはたった一年で終わった。『進学にせよ就職にせよ、そろそろ落ち着いたほうが』と言われるようになったのだ。『可哀相』と言ったのはクラスで一番賢かった子だった。名前はもう思い出せないけれど、あの子の目だけ、覚えている。彼女は、怒っていた。王子だとかイケメンだとか、みんな勝手なことばっかり。しょせん他人事だから、深く考えずに言っているだけよ。あのひとたちに気を遣わなくっていいんだよ。自分の性から目を逸らし続けるようなこと、しなくていい。佐久間《さくま》さんは可愛らしい、普通の女の子だよ。女の子らしい格好をしてもいいんだよ。

彼女の怒りを、馬鹿らしい、と思った。あなたはわたしのことを何にも分かっちゃいない。わたしは誰かの顔色を窺ってこのヘアスタイルを選んだわけじゃない。けれどそう言えなかったのは、彼女以外にもそういう目でわたしを見ているひとがいるかもしれないと感じたからだ。

わたしは背が高くひょろりとした体軀《たいく》で、彫りの浅い平々凡々の顔立ちだ。うつくしいと褒められる容姿をしていない。特に、肌の手入れの仕方や化粧の順番、日焼けの防ぎ方すらよく分かっていなかった学生のころなどは『可愛い』や『女らしさ』とは程遠いところにいた。Tシャツにデニムパンツで街を歩けば『おにーさん』と呼ばれることのほうが多かった。

自分に似合うと思ったからこそ、メンズライクな服装をしていた。かっこいいと思ったからこそ、髪を刈った。そのつもりだった。しかしそれは、他人の目には哀れな行為として映っていたのだろうか。『女らしさ』から逃げて、だからこそ男めいた格好に固執している、そんな風に見えていたのだろうか。

だとしたらなんて恥ずかしい、と思った。

だって、わたしの中にはそういう風に見られても仕方ない部分もあったから。

可愛らしくてふわふわキラキラした女の子を見て『いいな』と感じたことはある。まさしく、あんなに可愛かったらわたしもああいう格好をしたかもしれないな、と考えたこともある。心のどこかで『可愛い』と言われたいと望んでいたのではないか？　と訊かれたら、はっきりノーと言えない。

わたしの行動に、無意識の願いが繋がってなどいないと言い切れはしない。

そんなことない。でも。

ともかくわたしはあのときから刈り上げにクリッパーを入れて整えるのを止め、高校を卒業するころにはごくごく普通のショートヘアに戻った。髪形に拘《こだわ》りもなくなって、就活で定番だった長さに落ち着いて、いまに至る。

「あのとき、伸ばさなかったらよかったのかなあ」

呟いてみるも、そんな問題じゃないことは自分で分かっている。じゃあ何が問題だったのか、よく分からない。あのときが境目だった気がする、それだけ。

ぶるる、とスマホが震える。見れば先ほど別れた姉からのメッセージで『やっぱもう少しお金増やしてくれない？』とあった。階段に手すりつけるのを諦めようかと思ってたんだよね。でもせっかくだしつけておこうかと思って。それにお風呂も――。びっしりと文字が並んでいたけれど、脳がうまく文字を解読してくれないので画面を消した。スマホをバッグに押し込めて、ひとり暮らしの部屋に戻るべく、歩き始めた。

*

「やっぱさ、オレの最後の舞台、花道だからよ。オレの流儀ってのを通してえんだよ」

昼休憩のあと事務所に戻ると、応接間に〝仕出し屋　やなぎ〟の大将、柳沢《やなぎさわ》さんがいた。店を抜け出してきたのだろうか、店名が染め抜かれたTシャツ姿で大声を張っている。トラブルでも起きて怒っているのかと思えば、真向かいに座っている男性、我が社の社長である芥川《あくたがわ》さんはのんびりと大判焼きを食べていた。

「誰にもオレの舞台を邪魔させたくねえ。分かるか、芥川!?」

「何べんも言わなくったって、分かってるって」

大判焼きを胃に収めた芥川さんが鷹揚《おうよう》に頷いた。

「ちゃんと書類としても記録してるし、万が一おれが忘れても優秀なスタッフたちは覚えてるから。大丈夫大丈夫」

安心していいってば、と芥川さんが気軽に続ける。その声は、色気すら感じるほどのうつくしいバリトンだ。紛《まご》うことのないイケメンボイス。しかし姿は、声からは連想できない変わった雰囲気の男性だ。地毛らしいが、アフロみたいにもわっと膨らんだ茶色の髪に、黄色いレンズの入った眼鏡。その下の目は眠たそうな犬を思わせる感じ。たいてい、剃り残しのヒゲがある。そして、どこで仕入れているのか分からないカラフルなアロハシャツ。今日はパッションイエローの下地にポップなピンクのダックスフント柄。見ているだけで眩しい。

年齢は四十代後半だということだけど、ほんとうかどうかは知らない。背を丸めて熊手ほうきで庭掃除をしているときは老人のように見えるし、大好きなキャバクラに向かうときの背中は遊びに行く小学生のような軽快さがある。そんな風だから、初めてここを訪れたひとは、社長だと気付かない。わたし自身、面接のときに最後まで「この胡散《うさん》臭いひとはなんだ」と思っていたものだ。そのときは、濃いパープルのペイズリー柄のシャツを着ていたんだったか。

ふたりに声をかける前に、柳沢さんがわたしに気が付いた。

「お、佐久間ちゃん、こんちは。スタッフのみんなの分も大判焼き買ってきてるから、こっち来な。佐久間ちゃんの好物のクリームもあるぞ」

「わあ。それは、どうも」

喜びながら、後悔する。溜まりきったストレス解消にと、近くのうどん屋で大盛り天ぷらうどんを食べてきたばかりなのだ。奥さんがわさびいなりまでおまけしてくれて、それもしっかり食べてしまった。でも、柳沢さんの買ってくる大判焼きはめちゃくちゃ美味しいので、食べたい。

二人掛けのソファに座っていた芥川さんが、スペースを空けてくれる。その隣に座ると柳沢さんが大判焼きの入った茶色の紙袋ごと渡してくれた。まだ温かな大判焼きの中から、『くりぃむ』と焼き印の押されたものを取る。うう、最近太り気味なのに、いいんだろうか。でもデザートは別腹っていうし。逡巡しながら、「それで、今日はどうされたんですか」と尋ねた。仕事も入っていないのに柳沢さんがここまで来るなんて、珍しい。

「オレの幼馴染が死んだんだわ」

ずず、と湯呑みのお茶を啜《すす》った柳沢さんが、眉根に皺を寄せた。

「昨日が告別式だったんだけど、それがあんまりにも酷くてよ。派手で賑やかなのが大好きな奴だったのに、通夜なしの一日葬だぜ。しかも、弔問客《ちょうもん》はほとんどいねえときたもんだ」

喪主となる故人の息子が、葬儀は故人のものではなく遺族のためのものだ、と言ったらしい。時間とお金、手間をかけて死を受け入れる儀式が必要なひとたちはそうすればいいが、自分たちはそんなもの必要ない。儀礼的なものに縋《すが》らなくてもいい。そういう考えで、簡素な告別式を行ったのだという。

「奴が死んだってオレが知ったのも、偶然なんだよ。虫の知らせってのかもしれねえなあ。オレ、同窓会の幹事やってんだけどよ。次の同窓会のことで電話したら、昨日死んだっつうんだわ。そりゃ大変だ、通夜葬儀の日程はもう決まったのかいと訊きゃ、明日一日葬で送り出すなんて言うもんでよ、もう呆然としたよ。オレたちはさあ、七十を迎えた年に約束してたんだ。生き残ったほうが弔辞《ちょうじ》をやろうなって。でも、そんなことできやしなかった」

柳沢さんの顔が曇る。普段は底抜けに明るくて潑剌《はつらつ》としていて、年齢をまったく感じさせないひとなのに、やけに老いて見えた。

「連絡網まわそうとしたら、断られた。家族だけで済ますつもりなので迷惑ですってさ。奴は絶対、そんなこと望んでねえんだ。ダチに見送られたかったはずなんだ」

「ご遺族にも事情があるんだろうけど、まあ哀しい話ではあるよねえ」

鼓膜にやさしく響く声と共に、わたしの目の前に湯呑みが置かれた。いつの間にか、芥川さんが淹《い》れてくれたらしい。

「葬儀は遺族のためのものだけどさ、でもやっぱり、主役は故人だよな。そのひとの人生の最後のイベントなわけだし、希望は叶えてあげたいもんだね」

芥川さんがしみじみと言い、わたしはつい、先日の楓子の結婚式を思い出してしまった。自分の人生の節目を自分の願い通りに迎えられないなんて、やっぱり哀しい。それが最後の別れであれば、なおさらかもしれない。

「わたしも、そう思」

芥川さんに賛同しかけて、しかし口の端に白あんがぺっとり載っているのに気を取られてしまった。とてもいい台詞だったのに、台無しだ。「口、あん」と短く芥川さんに言うと、芥川さんはへらっと笑って口元を拭った。

「ここのスタッフはちゃんと分かってるって知ってるんだ。仕事っぷりは見てきたつもりさ。でも不安になっちまってよ。それで万が一のことを考えて、オレの葬儀の確認に来たってわけよ。あんな葬式じゃ、死ぬに死なれねえ。分かってくれてるとは思うけどよ。でもよお」

「分かってるって。もう、さっきからしつこいんだよな」

芥川さんが苦笑すると「おおん？」と柳沢さんが眉間に皺を刻む。

「しつこく言いたくもなるだろ。この、放蕩《ほうとう》社長」

「あ、酷い」

「社長業に胡坐《あぐら》かいて、大事な仕事はいつも人任せ。お前もなあ、いい加減一線で働け」

「やだよ。おれは、死ぬとかそういうネガティヴなのは苦手なの。だから事務仕事しかしないの」

子どものように、ぷいと顔を背けた芥川さんに、柳沢さんは「ほんとに放蕩社長だよ」と頭をゆるゆる振った。それからわたしに向かって「佐久間ちゃんも、よろしく頼むな」と頭を下げた。

「オレの葬儀はこの芥子実庵《けしみあん》で、オレの希望通りにやってくれ。ちゃーんと、見送ってくれよ」

「わたしも、ちゃんと分かってますよ。でも、まだまだ元気でいてくださいね。やなぎの厚焼き玉子が食べられなくなるのは困るし、大判焼きを差し入れてくれるひとがいなくなると困っちゃう」

ふわふわと、大判焼きの香ばしい香りが鼻を擽《くすぐ》る。ああやっぱり我慢できない。今晩、寝る前にスクワットをやってどうにかしよう。クリーム入りの大判焼きにかぶりつこうとした、そのときだった。電話のベルが鳴り響いた。ため息をひとつ吐いて、大判焼きをとりあえず茶たくに載せようとすると、「おれが出るわ」と芥川さんが立ちあがった。

「多分、発生したなぁ」

芥川さんの勘は、恐ろしいほどに外れない。反射的に、壁に掛けられたホワイトボードを見る。芥子実庵はローテーション制で担当が決まるのだ。あ、今回の担当はわたしか。

「はい、こちら家族葬専門葬儀社、芥子実庵でございます」

芥川さんが、ことさら穏やかな声で言う。少しの間があって、ふっとため息を吐いた。

「ああ、それはご愁傷《しゅうしょう》さまでございました。お悔み申し上げます」

「相変わらず、いい勘してんなあ」

柳沢さんが感心するように、小声で言った。

『家族葬専門葬儀社　芥子実庵』。

名前の通り、家族葬を専門にした葬儀社だ。芥川さんの祖父、肇《はじめ》さんが創業者。古民家をリノベーションした斎場で、一日一組限定。故人との最後の時間を、温かな空間で、大事なひとたちと静かにお過ごしください、というコンセプトのもとに運営されている。四季折々の花を楽しむことができる豊かな庭と、どこか懐かしさを感じる一軒家。室内は和を基調としており、遺族控室には囲炉裏《いろり》がある。大昔からひとびとがそうしてきたように、暖かな炎を囲んで故人を偲《しの》んでもらいたい、という思いからデザインされたのだという。それでいて、バスルームや寝室は高級ホテルのようにラグジュアリーな設《しつら》えだ。別れのための時間が豊かになるよう、少しのストレスも感じないよう、さまざまなところまで気配りされている。

わたしは、この芥子実庵で葬祭ディレクターとして働いている。二十二歳のときからだから、かれこれ九年。昨年葬祭ディレクター一級を取得して、ようやく一人前になれたと自分では思っている。ひとりで〝施行〟――葬儀の一通りを行えるし、式の進行だってできる。遺族に先々の法要のことまでアドバイスできるし、お墓や仏壇のことだって相談にのれる。大きなトラブルを起こしたこともない。完璧、とまではおこがましくて言えないけれど、一人前を名乗ったっていいだろう。

しかし今回に限っては、みんな口を揃えて「お前じゃ無理だ」と言った。

「お前は、遺族側だろうが」

亡くなったのは、なつめだった。

なつめは一昨日の晩、常連客だった男と心中した。客の男がベッドでなつめの首を絞めて殺《あや》め、自身はバスルームのシャワーフックにベルトをかけ、首を吊って死んだ。時間になってもなつめが男の部屋から出てこないことを訝《いぶか》しんだ送迎担当が部屋を訪ね、亡くなったふたりを発見したのだという。

なつめは手書きの遺書を残していて、生きることに疲れたので自分の意志で死を選びます。でも自分で命を絶つのは怖いので、私を殺してくれるひとにお願いします、とあったらしい。そして、死後の手続きなどをひとりのひとに一任します、とも。

そのひとは、みるくかき氷本舗のマネージャー、久米島《くめじま》という男性だった。

「久米島、です。ええと、そちらの方がお友達かな？　お友達はご存じかもしれませんが、みかん……なつめは家族と疎遠で。それで身元を保証する場合とか男手の必要な細かいことは俺がやっていたんすよ。って、一応マネージャーの管理内のことなんですけどね。でもまさか、死んだ後始末まで頼まれるとはねー、ははは」

久米島さんと会ったのは芥子実庵の打ち合わせ室だった。

なつめの遺体は、嘉久《よしひさ》さんと亀川《かめかわ》さんという先輩ふたりがお迎えに向かっている。心中とはいえ他殺であるため、警察が管轄している病院で検死が行われているのだという。その間に、葬儀の打ち合わせや相談がしたいと、久米島さんが先に芥子実庵を訪れたのだった。

久米島さんは、五十を超しているくらいだと思われるけれど、いささか軽薄な印象を受けた。若いころはイケメンと呼ばれる部類だったのではないだろうか。涼し気な目元や綺麗な鼻梁《びりょう》などに名残が窺えた。しかし肌は不健康にくすみ、皺が深い。病的なほどに、痩《や》せている。仕事柄なのかもしれない、感情の窺えない軽い笑みを浮かべて久米島さんは喋る。

「うちの店も、大騒ぎでしてね。女の子が怪我をさせられたり、監禁されかけたりってのはまあまああリましたけど、まさか客と心中なんてねえ。さすがに初めての経験ですよ」

応接テーブルに置かれた久米島さんのスマホは、ひっきりなしに震えていた。それを無視して彼は続ける。

「女の子たちのメンタルを気遣うのも、俺の仕事なんでね。なつめは最近少し疲れているなー、程度の認識はありましたけど、まさかこんなに思いつめていたとはね。仕事に対するちょっとの自信が粉々、木っ端みじんですよ」

「なるほど。それで、わたくしどもにご依頼くださったのは？」

わたしの隣に座る芥川さんが訊く。

普段は気の抜けすぎた格好をしている彼だが、施行が入って表に出ざるを得ないときはいつものシャツを脱いで喪服へ着替える。ただの黒縁眼鏡に替え、髪をオールバックに撫でつけると、胡散臭さは一気に消える。

「遺書……これはまだ警察にあるんすけどね、その遺書に書かれてたんですわ。友人の勤めている芥子実庵で葬儀を、と。あとは身内には一切連絡しないでくれとあったんだけど、社長がそんなわけにはいくかと言って勝手に連絡しちまって。そしたらあっちさん、もう縁は切ってるんで関係ない、とまあけんもほろろっすわ。社長は、自殺した女の子の後始末までする義理はないって言ってますが、俺個人が勝手に見送るのは問題ないとのことで。あのひとも根は悪いひとじゃないんすよねえ。ああ、俺もまるきり善意というわけではないんですよ。あの子、葬儀費用をちゃんと用意していまして、俺が金を出すわけじゃねえなら、まあいっかって」

ふたりが話しているのを、どこか遠くに聞く。友人が死んだというのに心はどこか凪《な》いでいて、わたしは泣きも喚《わめ》きもしないでいた。スクリーンの向こうのパラレルワールドを眺めているような、不思議な感じだった。

なつめに最後に会ったのは、二週間前の楓子の結婚式だ。高瀬くんの友人たちが仕切り、義両親まで出席するという二次会に参加するのがどうにも嫌で、わたしたちはふたりで二次会をした。三人でよく通った激安居酒屋に行き、レモンをどばどばかけたからあげと、いささか塩辛い焼き鳥をビールでがんがん流し込んだ。あっという間に酔いが回って、やっぱりあの最低な結婚式は許せないと喚くわたしに、なつめは『最低っていいじゃん』としみじみ呟いた。

『あとはもうしあわせに向かっていくだけ。落ちることはないんだよ。それにさ、失敗はやり直せる。結婚式だってそうだよ。海外でふたりきりで挙げなおすこともできる。それもきっと、いい思い出になると思うよ』

なつめが、焼き鳥盛りのししとう串を不満そうに齧《かじ》る。細かく注文するのが嫌いななつめは、いつも◯◯盛り、◯◯セットを頼む。そのくせ、そこに交じった嫌いなものを悔しそうに食べるのだった。

『最高から始めちゃうと、落ちてくしかないからねえ』

その言葉を聞いて、しゅるしゅると怒りがすぼんでいく。デビュー作で賞を取り、ベストセラー作家にまでなったなつめを、そのあとの苦しみを、わたしは近しいところで見ていた。

『なつめはさあ、まだまだこれからしゃない』

『どうかなあ。無理かもしれない。一ヶ月前に送った原稿の返事が昨日届いてさ。別の出版社に送ってみたらどうでしょうか、だって。二ヶ月も放置した末に、だよ。あ、このししとうハズレ。めちゃくちゃ辛い』

唇をきゅっとすぼませて、それからなつめはししとうのなくなった串を振ってみせた。

『ていうか、あたしの場合はちょっと違うか。身内を売っただけだからね。あたしは、文学の世界の入り口にも、立てていなかったんだろうなあ』

ぽん、と肩を叩かれてはっとした。芥川さんがわたしの顔を覗き込んでいた。

「大丈夫？　佐久間さん」

「あ、はい。もちろん、大丈夫です。すみません」

慌てて居住まいをただし、それから久米島さんに「それで、葬儀の件ですが」と切り出した。

「故人……なつめがここで式を希望していたというのは、分かりました。他に何か、分かることとありますか？」

久米島さんがくたびれた手帳を取り出す。遺書の中から大事な部分だけ書きだしてきたようだ。

「ええと、この芥子実庵で、佐久間真奈さんの担当で、佐久間さんの手で簡素な式をお願いしたい。葬儀の連絡を取ってほしいひとは、高瀬楓子さん、これくらいしか」

「わたしの手で……？」

愕然とした。どうして？　どうしてなつめは、わたしをただの友人として見送らせずに、施行まで担当させるんだろう。意図が分からない。どうせなら、ってこと？　でもそれは、あんまりにも我儘すぎる。わたしはいま、なつめの死すらうまく受け入れられていないのに。

「どうする、佐久間さん」

芥川さんが穏やかにわたしに問う。無理しなくていい。むしろおれは、こんな状況で担当につかないほうがいいと思う。他に担当してくれるひともいるし、遺族としてゆっくりと別れと向き合うことが大事なんじゃないか？

びりびりと手が痛んで、見れば膝の上に置いていた両手を強く握りしめていた。ゆっくりと手を開くと、手のひらに爪が食い込んで痕ができている。真っ赤な爪痕をしばし眺める。

「……なつめがここに来るまで、考えさせてください」

ほんとうは、できません、と言うつもりだった。友人の葬儀など、どうして担当できるだろう。でもきっぱりと言い切れもしなくて、だからほんの少しだけ、逃げた。

わたしの仕事で胸を張って自慢できるところがあるとすれば、花祭壇をうつくしく作れることだ。もちろん、わたしひとりで作りあげられるものではない。契約先の花屋〝クリスタルフラワー〟のスタッフに作りたいデザインのイメージを事細かに伝え、共に作り上げていくのだ。小規模になる家族葬専門葬儀場ではままあることらしいけれど、芥子実庵の祭壇はあまり広くない。しかしそれをどれだけ綺麗に、奥行きや深みを持たせるか。かつ、故人らしさがでて、その人柄を偲ぶものにするか。毎回頭を悩ませるけれど、やりがいがある。花の大きさ、種類を駆使して立体的な白いリボンを作ったこともあるし、ピンクのグラデーションが鮮やかなハートを描き出したこともある。どれも、故人が喜んでくれるはずだ、という言葉を貰えた。

なつめらしい、そしてわたしらしい祭壇とは、何だろうか。

まだ何も飾られていない祭壇の前で、わたしは立ち尽くしていた。火葬場の予約状況から、なつめの通夜は今夜、葬儀は明日になった。あと一時間もすればなつめの遺体がこちらにやって来る。悩んでる暇はないけれど、しかし頭がうまく纏《まと》まらない。

早く、誰かに頼まなければ。でも……。

パンツのポケットに入れていたスマホが震え、見れば楓子からだった。何度か電話をかけたけれど繋がらず、なつめの死と至急連絡が欲しい旨のメッセージを送っていたのだった。わたしが喋る前に、楓子の『嘘でしょ!?』という叫び声がした。

『ねえ嘘でしょ、サクマ。なつめが……なつめが死んだって……！　嘘でしょ!?』

「落ち着いて、楓子。さっき……、メッセージで送った通りだよ。それで、わたしの勤務先で葬儀をする」

電話の向こうで、楓子が泣き崩れるのが分かった。夫である高瀬くんが傍にいるのだろう。何か喋っている気配がして、それから『もしもし』と声がぐんと近くなった。

「ああ、高瀬くん。楓子、大丈夫かな？　あの、今日と明日で見送ることになったの。簡素なもので弔問客を呼ばないでというのが本人の希望なんだよね、できれば楓子にも一晩ついていてもらいたくて」

『楓子は……行かせません』

体育会系で、いつも朗らかにはきはき話す高瀬くんが、初めて聞くような硬い声で言った。

「どうして」

『ネットニュース、読んでないんですか？　江永なつめが勤務先の風俗店の客と心中、って出てますよ』

思わず息を吸う。目の前が、真っ暗になった。

『楓子は著名な作家と友達で、そのひとが結婚式にも出てくれるんだって家族や親族に話してたのに、デリヘル嬢だったなんて酷いですよ。どうして早く言わなかったんだって楓子を叱ったところですけど、知らないの一点張り。佐久間さんはどうですか。知らなかったんですか？』

高瀬くんが語気を強める。やっと親にも認めてもらえたのに、新婦友人席にいたのはデリヘル嬢だったなんてまたひと悶着起きますよ。しかも客と心中って何ですか。勘弁してくださいよ。言っちゃなんですけど、一発屋作家が死に際だけ文豪気取ってんじゃねえよって感じですよ。

高瀬くんの声の向こうで、楓子の泣き声が聞こえる。嘘だよ、嘘。こんなことありえない。きっと嘘だよ。繰り返す声は悲鳴にも似ていた。

皮肉にも、彼の言葉で熱くなっていた頭がすうっと冷えていった。無意識に丸めていた背中がすっと伸びる。

「何も知らなかったよ」

そう答えたのは、楓子のためだ。わたしが「知っていた」と告白するのは楓子だけでいい。こんなひとに言わなくていいことだ。

高瀬くんが小さく舌打ちをした。

『楓子も佐久間さんも、友達のことくらいちゃんと把握しておきましょうよ。ていうか、友達と思われてなかったんじゃないですか？　正体隠されてたうえに、風俗を利用するようなクソなんかと死なれて、もうそれ友達じゃないですよ』

「興奮してるからかもしれないけど、さっきから、あんまりにも言いすぎてるよ。なつめを冒瀆するのはやめて」

目の前が潤むのを、必死で堪えた。こんな罵詈雑言で流す涙などない。

高瀬くんが大袈裟なため息を吐いた。

『言いたくもなりますって。こっちは顔潰されたんですよ。式には、会社の上司や取引先の部長が何人も来てくれてたんです。オレはそのひとたちにどう申し開きすればいいんですか』

ごめんなさい、と楓子の声がした。あたしが謝るから。謝りに行くから。しかし高瀬くんは『楓子が頭下げたって意味ねえだろ』と吐き捨てた。

「こんな無駄話をしてる意味もまったくないよね。葬儀の準備があるので、失礼」

言って、通話を終えた。ポケットにスマホを押し込もうとして、しかしまた震え始める。見るとメッセージが十数件届いていた。開いてみれば姉に母、学生時代の友人たちからだった。

『なつめちゃんデリヘル嬢ってどういうこと!?　てか亡くなっちゃったの？』

『ちょっとあんた、ニュース観たけど、なつめちゃんの仕事のこと知ってたの？』

『江永さんが亡くなったってほんとう？　勤務先っていうお店のＨＰが晒されてるんだけど』

メッセージを無視して、Ｙａｈｏｏ！のトップ画面を開いた。

『作家江永なつめさん死去。勤務先風俗店の客と心中か』

タップすると、映画公開時に壇上でスピーチしたときのなつめの笑顔が現れた。どこか初々しい笑顔が、懐かしい。しかしその下の文章はどこまでも事務的で、冷酷で、そして下衆な言葉で締められていた。
『奇しくも、江永氏は代表作である〝閃光に焼かれた夏〟で描かれた母いすずと同じ仕事に就いていた。その死にざまもどこか似通っているが、そこには何か意味があるのではないだろうか――』

内臓を出すような、痛みを伴ったため息を吐いた。こんなことまで書かれなくてはいけないのか。その間もメッセージを受信して震え続けるスマホの電源を、オフにした。ポケットに押し込んで、「あー！」と声を張ってみる。繰り返し、三度。気を抜いたら座り込んでしまいそうな膝を拳でがんがん叩いた。

久米島さんの話では、一緒に死んだのはここ一ヶ月で頻繁に指名をしてくれていた客――なつめがゴディバをくれると言っていた男だった。年は三十八歳。勤めていた会社を半年前に解雇されて以来、引きこもりの状態だったという。恋愛関係にあったわけではなく、たまたま同時期に自殺衝動に駆られていたふたりが出会ったのではないか、というのが久米島さんの意見だった。遺書の内容や、ふたりが別々の場所で死んでいたところから察するにそうなのだろうと思う。

どうして、なつめはわたしや楓子に相談してくれなかったんだろう。

高瀬くんなんかに言われなくたって、嫌というほど考えている。せめて、わたしにくらいは相談してくれたってよかったじゃないか。だってわたしはなつめが『みかん』であることも、いすずに思い入れがあることも知っていた。

でも、それを知ったのは偶然だった。

一年前、とある女性の葬儀を担当した。年は四十三歳、勤務中に脳卒中を起こしたとのことだった。細身の綺麗な女性で、葬儀に関しての打ち合わせをしている中で、風俗店勤務だということが分かった。接客中ではなく店内の待機時間でのことだったからお店の迷惑にならなかっただけよかった、と喪主となる母親がぽつりと零したのだ。そして母親は、『誰も来ないと思います』と言った。ひとづきあいの下手な母娘ですので、と。実際、通夜の晩になっても誰も弔問に訪れることはなかった。母娘ふたりの晩もいいですよ、と母親が寂しく笑う中、顔色を失ったなつめが『ざくろさん……っ！』と駆け込んできたのだ。娘の傍にちんまりと座っていた母親が『あら、お店の』と微笑んだ。ああ、来てくれたの。泣いてくれるお仕事仲間がひとりでもいてくれて嬉しい。わたしはその光景を前に呆然と佇んでいた。仕事仲間と言った？仕事って、風俗店？

一通りお参りを済ませたなつめは、涙で浮腫《むく》んだ顔で『勤めてる店の、先輩なの』と答えた。どうして、と摑みかかるような勢いで訊いた。本業が思わしくないのは知っている。本業だけで稼げないのなら他のところで働かなければ生活できないのは、当然のことだ。でも、それは風俗店でなくてもいいはずだ。事務の仕事だって、工場だって、接客業がいいならショッピングストアの販売員だっていい。他にも、なんだってある。どうしてあえて風俗業を選ぶ必要がある。

迫るわたしに、なつめは寂しそうに笑った。

『いすずは、ほんとうにいたんだ。あの日々もほんとうにあって、半分はあたしのものだった。あたしは、いすずの見た世界に生きたかったんだ』

責める言葉を見失った。

なつめのデビュー作〝閃光に焼かれた夏〟。主人公〝とも子〟はこれまでは真面目で善良な祖父に育てられていたけれど、祖父の死によって離れて暮らしていた母〝いすず〟と暮らし始める。軽度の知的障害のあるいすずは、性風俗業で生計を立てていた。世間の常識から逸脱している母と、常識の中で育った娘は衝突を繰り返す。恨み、憎しみ、嫌悪、失望、欲。黒い感情をぶつけ合うふたりだが、しかし神様の気紛れのように、暗雲に差し込む一筋の光のように、穏やかな瞬間を共有する。闇と光の交錯する生活は、とも子の心を疲弊させていく。

母を知らなかった日々に戻りたい。せめて、常識あるまっとうな世界で生きたい。とも子はそう願い、自身が救われる日を信じて祈り続ける。しかし、感情をむき出して泣き喚く日々は、突然終わる。ある日、いすずは客の男に嬲《なぶ》り殺されたのだった。残されたとも子は行政の手によって児童養護施設へ入ることになる。施設は正しい大人たちの手できちんと運営されており、親身になってくれる職員もいた。とも子は切望した世界に戻ることができたのだ。しかし、とも子の心は苦しんでいる。いすずと暮らした悪夢のような日々が、刹那に感じた光がどうしても忘れられない。すべての思い出が、レーザーでからだに焼き付けられたように刻み込まれてしまっているのだ。激しい喪失の痛みに耐えながら、とも子はこれからの人生を思う。

たくさんの書評の中に、『これは現実に在った物語ではないのか』とあった。あまりにリアリティがあって、読んでいるといすずの息遣いまで聞こえてくる。この世にいすずが束の間存在した時間があったと、信じたくてならない、と。

『でも……なつめのお母さん、生きてる、じゃない』

高校時代、何度かなつめの母に会った。ふっくらして色白、どんぐりのように丸い目とつんと上を向いた高い鼻はなつめそっくりだった。赤の他人のはずがない。

『いすず……本名は日葵《ひまり》っていうんだけど、あたしの父方の伯母』

中学生のごく一時期、なつめは父方の伯母である日葵さんとふたりで生活していたらしい。当時、登校拒否を起こしていたなつめは家族とも折り合いが悪くなり、家出したのがきっかけだったという。家から逃げ出したなつめの面倒を見てくれたのが日葵さんで、彼女は親族から勘当されていた。そして性風俗で、生計を立てていた。

『すごく痛々しいひとだった。すぐに泣くし喚くし怒るし、下らないことでばかみたいに喜ぶし、警戒心って言葉知らないし。あのとき四十を超してたけど、年齢ってなんだろう？　って分かんなくなるくらい幼くて純粋だった。一緒に暮らしたのは二ヶ月くらいだけど、濃密な日々だった』

なつめは、これまで一度も見せたことがないような、やさしい顔をしていた。しかし語られたことは決して微笑ましくなかった。玄関先で恋人とセックスを始めたのをバケツの水をぶっかけて止めた――その後びしょ濡れになった日葵さんとつかみ合いの喧嘩になったこと。客からの差し入れだというケーキを食べようとボックスを開封したら明らかに何か混ぜられた手作り品だった――危ないから食べるなと止めても日葵さんは一口くらい食べないと悪いからと無理やり食べて、その後げえげえ吐いて一晩中背中をさすったこと。それはまさしく、〝閃光に焼かれた夏〟で描かれたエピソードだった。

『親族全員が排除していたひとは、世界中の誰よりもあたしを惹きつけた。憎んで恨んで情けなくて、見限りたいと思うのに、同じくらい愛してしまった。あんなにたくさんの感情をくれたひとは、日葵さんだけだった』

　母親が生まれたばかりの赤ちゃんを抱くような、大切なものに触れる声音だった。包まれたやわらかなものを、少しも壊さずに開こうとするような慎重さで、なつめはわたしに日葵さんの話をしてくれた。

『父はあたしがすぐに逃げ帰って来るだろうと高をくってたんだと思う。だけど、二ヶ月過ぎても帰ってこないことで、キレてさ。勝手すぎるでしょ？　まあそれで強制的に連れ戻されて、日葵さんとの生活は終わったの』

　親の目を盗んで会いに行ったけれど、しかし日葵さんは住んでいた部屋を引き払っていた。

『父がお金を渡して、遠くに追いやったんだ。そういうこと、できるひとだから。そこから日葵さんの消息は分からなくなって、再び会えたのはあたしが高校三年のときだった。風邪をこじらせてひとりで亡くなってた彼女は、柩《ひつぎ》に入ってた』

　誰にも看取られずに亡くなり、数日間気付かれないままだった日葵さんだったが、寒い冬だったお陰か遺体は綺麗な状態を保っていた。それでもなつめの父をはじめとした遺族は、早く終わらせてなかったことにしたいとばかりに、誰にもその死を知らせずに直葬にした。

『みっともない、恥ずかしいって馬鹿みたいに騒いで、お骨は一族のお墓じゃなく合同墓に入れられた。酷い話でしょ？　あたしがずっと大切にしていたひとが何の痕跡もなく消されたことが、とにかく辛くてねえ。あの生きざまを残したくて、〝閃光に焼かれた夏〟を書いたんだ。あれは、日葵さんが生きたっていう証。でもまあ、賞を貰ったお陰で父にバレちゃって。家の恥を世間にさらすとは何事だって激怒よ。設定はいろいろ変えたつもりだったんだけどね、ダメだった。それでまあ、実家とは縁切られた。元々家族仲悪かったから、それは別にいいんだけどね』

無意識に唸っていた。自分の愚鈍さが情けなかった。思えば、受賞や映画化で周囲が大騒ぎしている中、なつめの身内は決して表に出てこなかったじゃないか。娘が大躍進で、お母さんたちも喜んでるんじゃない？　と言ったこともあるけれど、曖昧に笑っていた。あのときすでに、絶縁されていたなんて。そんなこと、思いつきもしなかった。

『あたしは雄々《おお》しく作家として生きていくんだ、って決めて頑張ることにした。けど、サクマも知っての通り、全っ然無理。そりゃそうだよね。あたしは日葵さんの伝記を書いただけで、日葵さんの人生が評価に値しただけ。あたしに作家としての力はないんだ。でもそのことに気付いて、あたしは作家としてまったくの未熟なんだと自分で認められたのは、最近になってからのことなんだ。ネットじゃ、たくさんのひとが早くから気付いてたみたいだけど』

なつめが苦く笑う。なつめの作品を、二作目以降で評価してくれるひとは少なかった。それどころか、もてはやされたぶんアンチも多くなっていて、ＷＥＢ上で『一発屋』『才能なし』と悪口が溢れる一方だった。友人のわたしでさえ、その底の見えない悪意に心が荒んだ。

『誰よりも持っていると信じていた自分の実力は、なかった。ゼロから……ううん、マイナスから始めなきゃいけないんだって思ったとき、無性に、日葵さんの見ていた世界を自分の目で見たくなったんだよ。あたしはあたしのフィルター越しにしか日葵さんの世界を見ていなかった。今度は、限りなく日葵さんの視点から見てみたい。そうしたら、何か変われる気がした』

熱心に言葉を重ねるなつめに、仕事を辞めてとは言えなかった。なつめが何と言おうと、評価され、たくさんのひとの心を動かしたのはなつめの文章だ。なつめの作品だ。なつめには誰しもが持っていない素晴らしい才能があって、だからそのなつめが苦悩の果てに選んだ道をどうして、わたしが止められるだろう。

『ああ、そうだ。楓子には、言わないでいてくれないかな？　あの子はあたしが風俗で働いてるって知ったら、嫌悪感と友情に挟まれて苦しむだけだと思うんだ。嫌悪の目を向けられるのも、これまでの友情が濁るのも、まだ受け入れる勇気がない』

なつめが頰を搔く。楓子が知れば確かに、いらぬ苦悩を与えるだろう。決して非難する子ではないけれど、まっすぐ受け止められるかとなれば簡単ではないはずだ。いつか、自分なりの成果を得られたときに言うよ、となつめが言うので、頷いた。

ざくろさんの死がなければ、彼女の葬儀が芥子実庵で行われていなければ、わたしは〝閃光に焼かれた夏〟の真実も、なつめのもうひとつの仕事も知らずにいたままだっただろう。なつめは、『サクマに見つかりたくないから、行かないほうが賢明だったんだけど』と言った。『でもざくろさんは、特別だったから……。彼女ね、日葵さんと同じハコで働いたこともあって、ときどき昔話してくれたんだ。それがすごく、嬉しかった』

なつめは、日葵さんの見た世界を見られたのだろうか。その果てに死を選んだのならば、その世界はなつめを絶望させるものだったのだろうか。

車寄せのほうで車が停まる音がし、反射的に駆け出した。なつめが、到着したのだ。

なつめは、穏やかな顔をしていた。しかし目の周りや首元に溢血点《いっけつてん》があって、生気がない。土気色に近い肌が、揺るがぬ『死』を伝えていた。

「……ああ。ああ、苦しかったね」

なつめの頰に触れる。起き上がっていまにも喋り出しそう、そんな希望はどこにもない。手のひらに伝わる感触に、命はない。なつめはもう旅立ってしまっていて、戻ることはないのだ。

「でも、もう苦しくないよ、なつめ」

「佐久間。芥川さんと相談したんだけど、オレがやるわ」

搬送してきてくれた嘉久さんが言う。心配すんな。オレが佐久間の希望通りにやってやる。

「……いえ。大丈夫です」

不思議と、覚悟が決まった。わたしが、なつめを見送る道を作る。作ることができる。なつめにどんな風に化粧を施せばいいのか、祭壇の花は何にするか。大丈夫、頭が回る。

「わたしがやります」


なつめは無宗教だったけれど、それでも心の安らぎがあればと願って懇意にしている住職に経を上げてもらった。わたしと芥子実庵の従業員だけで通夜の儀を終え、それからわたしだけ、一晩中なつめの傍にいることとなった。

「ここからは、施行担当者ではなく遺族として過ごすといいよ。何かあれば、内線を」

ひとりで大丈夫か、と心配する先輩方の中で、芥川さんが言った。

芥子実庵の事務所は敷地内の隅にある小さな二階建ての建物で、二階部分が芥川さんの住居になっているのだった。

「おれは今夜の当番だし、遠慮しないでいいから」

葬儀社は年中無休、そして二十四時間対応だ。いつ何時でも、訃報を受ければ対応をする。芥子実庵もその例に漏れず、社員で夜出勤当番のローテーションが組まれている。芥川さんは基本的に葬儀の一切に関わらないけれど、人手不足のため夜出勤当番メンバーには入れられているのだ。

「ありがとうございます。お言葉に甘えて、友人に戻ります」

不安そうなみんなを見送って、遺族控室に戻った。

控室で一緒に過ごせるよう、夜は柩を控室の簡易祭壇の前に安置する。祭壇の前には、なつめの好きだったミックスナッツと、愛飲していた発泡酒を置いていた。

「最後だから、一緒に飲もう」

冷蔵庫から冷やしておいた発泡酒を取り、柩の前に座る。プルタブを引いて、なつめの缶にこつんとぶつけた。

「おつかれ」

言って、唇を湿らせる。こんなに苦い飲み物だったかな、と思う。それから、柩に目を向けた。

わたしは、困っていた。これまで客観的に見ていた状況の中に自分自身が放り込まれると、どうしていいか分からない。柩を覗き込んで話しかける？　でもわたしたちは差し向かいで飲んでいても、視線をしっかり合わせて喋っていたわけではない。そのときわたしたちを囲んでいる風景や空気感を共有しながら、言葉を溢れさせ、拾いあっていた。

「ちょっと、焦るよね」

缶を弄びながら、なつめに向かって言う。最後だと言うのに、うまく心が動いていない。何か話さないと、と思うのに。

玄関で、「こんばんは」と声がした。立ち上がり出てみれば、コンビニのビニール袋を提げた久米島さんが立っていた。昼間見たときよりも少し疲れている様子で、しかし「遅くなりましたー」と歯を零して笑う。

「手続きなんかが、いろいろ忙しくてね」

「来てくださったんですか」

久米島さんは最低限の打ち合わせを終えたのちに『店に戻ります』と出て行ったままだった。

「そりゃそうでしょ。ていうかあなた、担当したんですって？」

「あ、はい。しなきゃいけない、ってなつめの顔を見て感じてしまって」

「そうかい」

久米島さんが頷き「さて、俺はあの子に会わなきゃな」と奥を窺った。

「あの子も待ちわびてたと思うので」

その声音に、昼間感じなかった温かさのようなものがある気がした。

「あ、中へどうぞ。誰もいませんので、気楽に」

「はいはい。高瀬さんという方は、まだ？」

「来られないと、思います」

一区切りついた後に電話を一度、メッセージを数回送ったけれど、返答はない。メッセージは既読にすらならなかったから、もしかしたら高瀬くんにスマホを取りあげられているのではないだろうか。しかし、あんなひとだとは思わなかった。妻の友人の死より大事な『顔』とやらに、唾を吐きかけてやりたい気分だ。

「まあ、事情が事情すからねえ」

久米島さんは頭を掻いて、眉を下げた。

祭壇に線香を供え、手を合わせる。薄い背中を眺めながら、「ええと、お茶にしますか?」と尋ねる。くるりと振り返った久米島さんは「まさかまさか。酒を買ってきました」と笑った。

「おつまみも、いくつか。飲める方だと聞いてるんで、ぜひ一緒に」

「なつめ、わたしのことを話していたんですか?」

驚いた。『みかん』の世界にわたしは持ち込まれていないと思っていた。

「ざくろの葬儀の担当をされた方でしょう? それを聞いてたんで」

祭壇の前に胡坐をかいた久米島さんは、袋の中から発泡酒を取り出してプルタブを引いた。わたしが用意したものと同じ——なつめの好きな銘柄。

「はい、献杯」

久米島さんは缶を軽く掲げて、ぐーっと一息に飲んだ。喉が渇いていたのだろうか、筋張った細い喉元をあらわにして、すぐに空にした。続けざまにもう一本開けて口をつけたので、わたしも、飲みかけの缶に口をつけた。

「ああ、そうだ。これ、警察から返してもらってきました。どうぞ」

久米島さんがスーツの内ポケットから封筒を取り出してわたしにくれた。

「遺書です」

コンビニでも売っていそうな、シンプルな白の封筒だった。表には何も書かれていない。のろのろと開けると、数枚の便箋が入っていた。少し躊躇ったのちに、取り出して開く。

何の気負いもなさそうな、見慣れたなつめのやわらかな文字が綴られていた。毎日が思うようにいかず疲れてしまったこと、死という言葉に安寧を感じ、惹かれてどうしようもないこと。

『思いつく限りの試行錯誤をしました。じゅうぶん、もがけたかなと思います』

乱れのない文章が淡々と続く。葬儀のあとは、実家の墓ではなく適当な合同墓に入れてほしい。費用分の貯金はある、など。

「じゅんちゃん」

細かいことは全部じゅんちゃんに任せます、葬儀にはじゅんちゃんも出てくれると嬉しいです。ところどころにちりばめられた名前を思わず呟くと、二本目の発泡酒を空けた久米島さんが「久米島潤平《じゅんぺい》」と自身を指差した。

見送るのはわたしと楓子だけかと思っていた。

「あなたはなつめの特別なひとなんですか？」

不躾だと知りつつ、訊いた。なつめに恋人がいるとは思っていなかった。学生時代から色恋に興味がないと言っていて、特定の相手ができたこともなかった。酔ったときに、自分に向けられる感情で素直に受け止められるのは友情だけかもしれない、と零したこともあった。

久米島さんが「まさか」と笑った。

「大昔から縁があるんすよ」

親戚？　絶縁と聞いていたけれど、と首を傾げると、「俺、日葵の男だった時期があるんですよ」と久米島さんが笑った。

「日葵、さんの」

「そう。中坊のころのなつめにも会ってる」

「あ!?　もしかして……」

〝閃光に焼かれた夏〟で、いすずの恋人だった男がまさしくじゅんちゃんと呼ばれていた。いすずの働く風俗店の客引きで、自分に恋しているいすずをいいように扱う男だ。主人公のともこ子はいすずの気持ちを利用するだけのじゅんちゃんが嫌いで憎んでいたけれど、いすずは何をされてもじゅんちゃんのことが大好きで、そしていすずが亡くなったときに誰よりも泣いたのは、じゅんちゃんだった。

「あのじゅんちゃん、ですか」

「ただのモデルですよ。あんな純愛じゃなかったし、ついでに言うと早乙女《さおとめ》タツキほどイケメンでもない」

映画でじゅんちゃんを演じた俳優の名前を出して、久米島さんは背中にした框を振り返った。

「でも、日葵の部屋の狭い玄関で、バケツで水ぶっかけられたのは俺。しあわせそうに太ったふつーの中学生が顔を真っ赤にして『盛ってんじゃねえよ！』って啖呵《たんか》切ったの、かっこよかったなあ」

ああ、わたしの知らない、でも確かに存在していたなつめだ。

「あのときの子がまさか作家になるとは思わなかったし、まさか俺の仕事場に入店してくるとも思わなかった。楽な仕事じゃないからやめとけって言ったんだけど、ほら、頑固な子でしょ」

「ええ。そうですね」

「誰かの人生に深く関わる度胸もないくせに気軽に口出しするな、って逆に叱られちゃった」

祭壇に置いたミックスナッツを勝手に摘まんで、久米島さんが言う。愛想笑いはできない、気の利いたことは言えないし演技もうまくない。あんまり人気のある嬢じゃなかったけど、よく働いてたよ。飾らないところが気に入ったのか、本指してくれるひとも何人かいたし、今日なんかニュース観て店に連絡くれたひともいたよ。涙声だった。

かり、かり。ナッツを齧る音と、なつめの話が絡まり合う。

「一緒に亡くなったひとは、最近ずっと指名してくれてたって話したでしょ。遺体を見たけど、気の弱そうな、ふつーのひとだったよ。彼のほうも遺書を残してて、それには『みかんのやさしさに摑まって、向こうの世界に行きます』って書いてたんだって。警察の話だと、彼のほうがずっと死にたい死にたいと連絡していて、なつめはそれをずっと受け止め続けてたみたい。事態が動いたのは、彼が『死ぬところを見守ってほしい』とお願いしたこと。何度も失敗したみたいだよ。今日はうまくいかなくてすみませんとか、次こそは頑張りますとかってメッセージのやり取りがあったとか、なんとか」

童貞と処女のセックスみたいな内容じゃない？　と久米島さんが笑い、三本目の缶に口をつける。わたしはなんとなく、それを想像した。薄暗い閉ざされた空間で、せっせと死ぬための試行錯誤を繰り返すふたり。でも、その顔はちっとも思い描けない。それがなつめだなんて、なおさら。

「死にたい男の情熱に当てられて、なつめもタガが外れちまったんでしょうかねえ。体入でやって来たあの日からずっと、自分に疲れてたからなあ。自分の終わらせ方みたいなもんを、探してた気がするんすよ」

「は？　どうして……どうしてそれが分かっていて、何もしなかったんですか!?」

暢気《のんき》な声にかっとした。久米島さんの目がすっと細くなる。

「それはあなたも、一緒でしょ？」

穏やかな問いが、胸に刺さった。

「なつめにはなつめが臨む戦場があって、そこで並んで戦うことなんて誰も……少なくとも俺たちにはできなかった。もしかしたら、無理やり戦場から引きずりだすことはできたかもしれないけど、でもそれって本人の意思ではないし、それを喜ぶ子でもない。俺たちはなつめが戦う姿を見ていることしかできなかった」

わたしが握っていた缶がべこんと鳴った。

なつめが苦しんでいるのは、分かっていた。小説の話をするときに、顔から感情がこそげ落ち、絶望しか残っていないのも、見ていた。

本業で必要とされない不安を、適当な誰かに自分を消費させることで補わないでと、言いたかった。辛いだけの作家業も、束の間の気休めにしか過ぎない風俗業も辞めたらいいじゃない。もっと楽でしあわせな道だって、どこかにきっとある。

でも、黙っていた。例えば、何者でもないあなたでもわたしは好きだと言ったとしても、なつめの心を束の間潤しても、ほんとうには救えないのだろうと分かっていたから。

いつか成功しますように。その苦しみが早く報われますように。わたしは、そう祈るしかなかった。

ナッツに飽きたのか、久米島さんは持ってきたビニール袋の中からチーカマとポテトチップを取り出した。ポテチの袋をパーティ開きにして、「どうぞどうぞ」と言う。わたしが手を伸ばさないでいると、チーカマの袋を祭壇に置いた。それからポテチをばりばり食べはじめる。

「俺は、戦場で生きる子たちに食わせてもらってるんですけどね。まあ正直、虚しくなることもしょっちゅうあるし、だんだんひねくれてもきました。てめえの戦場なんてどこにもなくて、誰かのゲロの上で暢気に生きてると、まあそうもなりますわな。だから、なつめが戦ってるのをね、見守ってたわけじゃない。見世物みたいに眺めてたんですよ。どこでケツまくって逃げんのかなって」

久米島さんが唇を歪める。会った当初からどこか薄っぺらく感じていた彼に、初めて年相応の厚みを感じた。

「逃げてほしかったんだけどなあ。俺はきっと『みっともねえな』って笑ったと思う。そのざまかよ、情けねえな。お前みたいな奴は二度と戻ってくんじゃねえぞって。多分、そう言いたかったんだ。でも戦場だもんな、そりゃ戦死することもあるよなあ」

「……戦死、ですか」

「そうでしょ。戦場から逃げ出すこともせず、勝ち進むこともできねえなら、あとは戦死しか終わりはない」

へらりと顔つきを緩くして、久米島さんは「俺にはできねえな」と言い足した。

「どうしてそんな話を、わたしにしてくれるんですか」

「通夜の晩ってそういうもんじゃないですか？　死んだ人間のことを話して、褒めて、労わるの」

頑張ってたなあ、すげえなあ、そういうことを言う時間でしょ、と久米島さんが言う。わたしは、それに素直に頷けない。たくさんの死に触れてきた。たくさんの哀しみを見てきた。あまりに突然すぎる死、代わってあげたかったという親の嘆き、置いていかれた子どもの慟哭《どうこく》、そんなものを眺めてきた。病や不慮の事故でも納得いかない。運が悪かった、これも運命、そんな風に思えない。死はいつだって残酷なものだ。

それが自死ともなれば、残された者の後悔は大きすぎる。なつめにはもっと未来があって、もしかしたらしあわせだと笑える日々が待っていたかもしれない、そう思うと、どうしても悔しくなる。死ぬことなんてなかったじゃない、と言いたくなる。生きていたときには、何もできなかったくせに。

「右も左も分からねえガキならともかく、自分でケツ拭ける大人の生きざまに口出しなんてできねえでしょ。見ているだけだった俺たちは否定なんてできないし、しちゃいけねえ。褒めて労わる時間を過ごすしかねえし、そしてそれをしてくれって言われて、ここにいるわけですからねえ」

ほら、飲んでくださいよ。飲めるんでしょう？　久米島さんが言って、わたしは缶をぐいと傾ける。ぬるくなった発泡酒が喉を滑り落ちていく。いいねえ、と久米島さんがはやし立てる。

「なつめは、どうしてわたしに葬儀を頼んだんでしょう」

ぷは、と息を吐いて呟く。

「そりゃ、大事な友達だからでしょ」

あっさりと久米島さんが言った。

「自分の最後をよく知らない奴に仕切られるより、大事なひとに任せたいもんでしょ。それと、あなたの仕事を信用してたんじゃないすか？」

よいしょ、と久米島さんが立ちあがった。それから柩を覗き込む。しばらく無言でなつめを見下ろしていた久米島さんが、呟いた。

「ほっとした顔してんなあ。そうだよな、何もかも終わらせて、友達のところに戻ってこられたんだもんな」

とても、やさしい声音だった。よかったな、と付け足された声は少しだけ震えていた。ああそうだ、彼は、ここに入って来てからいまようやく、なつめの顔を見た。飲んだ発泡酒は三本。酔わなくては、見られなかったのかもしれない。

そして、彼の言葉で気付いた。わたしがなつめの顔を見て初めて施行する覚悟ができたのは、どうしてだったのか。

なつめは、わたしがここで待っていると信じて、こうして来てくれた。自分の最後をわたしならきちんと飾れると、願ってくれていた。なつめを前にして、それをひしと感じたのだ。

「友達が待ってる。そう思ったから、なつめは戦えたんすよ、きっと」

くるりと振り返った久米島さんの顔に、涙はなかった。どこか清々しい顔をしていた。

「ありがとうな。なつめはしあわせだな」

別に、そんなこと。言いかけて、視界が突然歪んだ。なつめの死を知ってから一度も零れなかった涙が、いきなり溢れた。

「え、あれ、何でだろ」

慌てて顔を拭う。なつめに化粧をしているときも、納棺《のうかん》したときも平気だったのに。

「俺がここに呼ばれたのは、なつめが伝えきれなかったことを伝えるためだと思うんですわ。だから、なつめの想いが伝わったってことでしょうや」

よいしょ、と久米島さんが元の場所に座り、発泡酒に口をつける。

「まあ、あとは面倒を押し付けやすかったのかもしれないな。あいつ、俺のことを便利屋だと思ってたからなあ。俺もあいつにはちょっと甘いしなあ」

へっへっと久米島さんが独り言《ご》ちるようにして笑い、それからわたしに「あなたも何か、なつめとのことを話してくださいよ」と言った。

「そういう時間なんだからさ、あの子の話をしましょうや」

涙を拭いながら、ああ、そうか、と思った。これが、ひとを見送るということなのだ。ひとを見送る時間なのだ。わたしは、その表面しか見えていなかったかもしれない。大事なひととの時間の本質を理解していなかった。

それから、久米島さんと発泡酒を飲みながら、ときどきポテチやチーカマを摘まみながら、たくさんの話をした。〝閃光に焼かれた夏〟のディレクターズカット版的な話を聞き、わたしは高校時代からこれまでのなつめの話をした。久米島さんはときどき野次を飛ばしたり、笑ったりしてくれて、気付けば饒舌に喋っているわたしがいた。

「葬儀社に勤めたのは、実は〝閃光に焼かれた夏〟の影響なんです。いすずの葬儀のシーンで、わたしぐっときちゃって。それと、同じ教室で同じような空気を吸って生きていたはずの子が、生々しい『死』の空気とそれを見送るひとびとの『喪失』を描いてることがショックでもあったな」

父の死は覚えていないし、ひとの死や葬儀に触れたことがなかった。母は死を忌物《いみもの》、アンタッチャブルに思っているひとで、だから家庭内で死に関して話すこともなかった。そんなものだと思っていたけれど、なつめの作品を読んで、ただ見ないで生きてきただけなのだと気付いた。死に対して、わたしは温室育ちだった。

それが、無性に恥ずかしく情けなくなって、それで勢いのまま芥子実庵の求人募集に飛びついた。

「そうそう。作中で、じゅんちゃんが焼き上がったばかりのいすずのお骨を手で掴むシーンがあるでしょう。火傷するって周りが止めるのに、ぎゅっと握りしめて、口に入れるの。死を痛みと共に受け入れて取り込む覚悟があった。あそこはあまりに痛々しくて、読み進められなくて大変でした」

「そんなに熱くなかったよ」

「そういうことをさらっと言うの、止めてくださいよ。どこまで事実なのか知りたくなっちゃうじゃないですか」

「はは。それで、その就職裏話は、なつめにはしたの？」

「しました」

最初は、勢いで就職したことを後悔した。遺体はいつでも綺麗なものではないし、必ず哀しみが付きまとっていた。死後二週間発見されずに腐乱《ふらん》してしまったおばあさん、遺族にすら見せられない損傷したからだになってしまったおじさん。死んでいることが不思議なくらいうつくしい女性もいたし、苦悶《くもん》の表情を張り付けた男の子もいた。吐くほど嫌悪を覚えたことも、涙が止まらずに仕事に戻れなかったこともある。でも、辞めなかった。

「やりがいがあると感じてしまったんです。だからなつめに、ありがとうって言いました。なつめのお陰で仕事できてるって」

なつめは笑って、よかったねと言った。あたしの手柄ではないだろうけど。でもあたしの書いたもので誰かが人生を豊かにしたんだと思うと、嬉しい。

「じゃあ、続けていかないとな。なつめも喜ぶと思う」

「あー……」

頬を掻く。それから久米島さんに、「奥さんが葬儀社で働くって嫌ですか?」と訊いた。

「別に? なんで」

「いや、いまさらっていうか、多分みんな期間限定と思ってたというか。いつまでそんな仕事するんだって」

「誰が」

「彼氏、とか。親とか」

結婚の話を進める前に、できれば転職を考えてもらいたいんだ。

純也にそう言われたのは二ヶ月ほど前、彼が東京に出向するときのことだった。戻ってくれば主任だかになって給与もあがるという話をしたのち、『そろそろ結婚しませんか』と純也が少し恥ずかしそうに言った。おれの給料が低いせいでなかなかプロポーズできなかったけど、もう大丈夫だと思うんだ。

嬉しさ大爆発、とまではいかなかったけれど、嬉しかった。

無邪気に喜ぶには、わたしはいささか年を取りすぎていた。結婚としあわせの間にイコールが必ずしもあるわけではないことくらい、知っている。それでも、純也と共に生きていくことにささやかな夢や希望を感じた。

純也は穏やかでやさしいし、傍にいて居心地がいい。冗談は苦手で、だけどその分真面目でひとを不快にさせない。彼と過ごしてきた中で、行動に感心することはあれど嫌な思いをしたことは一度もない。恋愛経験は多くないけれど、純也が得難いひとであることくらい、分かる。

それに、ひとりで生きていくということに、うっすらと不安を感じていた。いまはひとりで人生を生きていくことを選び取るひとが少なくない時代で、人生を逞しく溌剌と生き抜いているひとたちがたくさんいる。自分だって生きていけないはずはないと思うけれど、それでもそこに一ミリの不安もないか、寂しさがないかと問われれば頷けない。好きだと思うひとと二馬力で協力し合って生きていけるのならば、それはきっとひとりより豊かな人生になる。純也とならば、きっとそれが叶う。いいパートナーとして生きていけるよう、努力したい。ありがとう、これからよろしくお願いします。そう言おうとしたけれど、それより先に、純也は前述の言葉をさらりと告げてきた。

『いままで黙っていたけど、いまの仕事は辞めてほしいなって内心思ってたんだ』

『急に、どうしたの？　勤務体制のことが問題？』

　芥子実庵は万年人手不足で、そのせいでシフト表通りにいかないことが多い。施行が入れば残業になることもあるし、社長も男女も関係なく夜勤だってある。そのせいで予定をリスケジュールすることもときどきあって、純也に愚痴を零されたことも、一度や二度ではない。

『それはほんとうに、ごめんね。いまね、社長が求人出してくれてるの。新しくひとが入れば、人員不足は解消されるから』

『いや、そんな問題じゃなくて』

　純也が苛立ったように頭を掻く。

『ここは小さい町だけどさ、就職口がないわけじゃない。おれの勤めてる工場だって、工員の募集はいつもかけてるくらいだ。おれが言いたいのはね、仕事は他にもあるだろう？　ってことだよ。転職が嫌なら、専業主婦でもいいよ。真奈が働かなくてもどうにかなるだけの収入はある』

『何が言いたいの？　わたし、働きたくないなんて一言も言ってない。ちゃんと働くよ？』

　意味が分からなくて首を傾げる。

『いや、だから、働くことを否定しているわけじゃなくて、何も死体を触るような仕事じゃなくてもいいだろって……』

　言いかけて、純也がはっと口元を手で隠した。動揺したように目がきょろきょろと動く。

『死体を、触る』

　思わずオウム返しに呟いたわたしに、純也が『いや、その、言い方が悪かった』と慌てて言う。

『ちょっと、乱暴だった。でも、わざわざそういう仕事を続けなくてもいいんじゃないかな。ほら、いつかは子どもができるだろうし、いまから子持ち家庭に対して理解のある会社を見つけて』

『わたしの仕事を、そういう目で見てたのね』

思わず口をついて出た言葉が、真実だ。わたしの仕事を、彼はそんな風に思っていた。

怒りは湧かず、ただただショックで、何も言えずにその日は別れた。茫然としているとたまたま母から電話がかかってきて、『元気ないわね』と心配そうに言われたから、起きたことを聞いてもらった。わたしと一緒にショックを受けるか、『酷い』と怒るかと思っていた母は、『そう言われても仕方ないわねえ』とため息を吐いた。

『あたしも最初から反対だったもの。誰かがしないといけない仕事だろうけど、娘にはやってほしくはなかった。ぐちぐち言うと真奈は絶対逆ギレするだろうから仕方なく黙ってたけど、不満だった。あんたの恋人は、結婚を切り出すまでずーっと黙認してくれてたんでしょ？　いいひとじゃない。理解あるよ。しかもさ、専業主婦でも構わないって言ってくれてるって、素敵よお。いまの時代そうそういないわよ。いいひとと結婚できるんだって、感謝しなくてどうするの』

母は食い気味に言いつのり、『女はさ、妊娠、出産、子育てをして一人前でしょ。でもそうするには、旦那様に食べさせてもらわなきゃいけない。うちのお父さんは早死にしちゃったけど、でもあたしや子どもたちのためにじゅうぶんなお金を遺してくれて、だからちゃんと生きてこられたのよ。あんたもお姉ちゃんも、大学まで行けたでしょ？　それはお父さんがあってこそ。

あたしひとりじゃ到底無理だった。だからね、女は、伴侶になる男性の言うことに従っておけば間違いないの』と続けた。

『ねえ、ちょっと待ってよ。男のために仕事を辞めて、男に養われるんだから媚《こ》びへつらえって言ってんの？』

『そんな嫌な言い方を選ばなくたっていいでしょ。いまはただ、あんたは仕事を辞めるべきだって話をしてんのよ。いまの仕事はだーれも、賛成してないんだから』

怒りで言葉も出ない、というのはまさにこのことだったと思う。全身の血が沸騰したんじゃないかという感覚に襲われて、実際一℃くらい上昇したんじゃないだろうか。母が何か捲《まく》し立てていたけれど『もういい！』と叫んで、通話を切った。

誰にも迷惑をかけずに、自分の稼ぎで生活している。税金を滞納したこともないし、ボーナスのときには募金もする。アパートのごみ捨てマナーも守るし、公共施設をうつくしく使うよう意識している。姉たちが暮らす予定の家に出すお金は、もちろん自分で、葬儀業で稼いだお金だ。誰に責められるいわれもない。

ただ、時間が経つにつれて、わたしが悪いのか？　とちらりと頭をかすめるようになった。仕事を辞めれば、純也と何事もなく結婚まで進むだろう。いざ結婚してみれば、想像よりもしあわせな日々が待っているのかもしれない。仕事にこんなに固執しているわたしは、頑固なのだろうか。

そんなはずがないという自分もいる。でも。

「女が葬儀業って、だめですかね」

これまでのもろもろのやり取りを思い出して苦く笑うと、小首を傾げて聞いていた久米島さんが「その話はなつめにもした？」と訊いてきた。

「もちろん言いました。酷い話だね、と言ってくれましたけど」

でもさ、そういう偏見って昔っからずっと存在してて、時代が変わっていこうとしていたって、はびこってる。楓子の結婚式と同じで、綺麗さっぱりこの世から消え去ることはないよ。サクマは、私が風俗やっているって知って、どう思った？　別の仕事でもいいのに、って思わなかった？　これはサクマだけに降りかかった問題じゃないからさ、たくさん悩んで自分なりの正解を探すしかないよ。辞める道を選ぶのも、突き進む道を選ぶのも、サクマだよ。まあ、禿げるくらい悩みたまえよ。サクマはまだ、髪がふさふさすぎんよ。そういう風に話を締めたのだ。わたしはそれを聞いて『真面目に考えてくれてんの？』と文句を言った。自分の仕事を、結婚のために諦めないといけないかもしれない瀬戸際なんだよ!?　なつめは『悩め悩め』と笑い飛ばした。そういう話をすると「ふーん」と久米島さんは呟き、それから天井を仰ぎ見て考えこむ。

「……俺には分からんねえ。やりたいことやりゃいいんじゃねえの？　って思いますねえ。好きにするといいすよ。ただ、なつめは、戦えって言ってたんじゃねえかな」

発泡酒を舐めていたわたしは、思わず「戦え」と声を漏らした。

「いまの話を聞いて、やっと分かった気がする。正確には、なつめはあなたがこの葬儀を拒否して、ただの参列者になったら戦場から降りろって言いたかったんだ。仕事を辞めろ、って。でも担当したのなら、これからも戦えってことじゃないかな。どの仕事でも、ケツにぐっと力入れて、歯ぁ食いしばって乗り越えないといけない瞬間がある。あなたにとって、かけがえのないひとの葬儀がそれなんじゃないか？　あなたはなつめの葬儀から逃げ出さずに向き合った、それが答えだと思う」

一瞬ぽかんとして、彼の言葉を反芻《はんすう》して、それからざっと肌が粟立った。なつめがわたしに遺してくれたもの、わたしに伝えようとしてくれたもの……。

こんなかたちで受け取りたくはなかったけれど、でも、不思議と心が凪ぐ。胸の奥にすとんと落ち着くものがある。

「生きるって、難しいよなあ。やりたい仕事にそっぽ向かれることもありゃ、やりがいを否定されることもある。生きてるだけでじゅうぶんだと言われるのはガキのうちだけ。そっからはしんどいばっかりだ。必死にもがいた奴はさっさといなくなって、無為に過ごす奴はだらだら生きてるんだから、ひでえもんだ」

久米島さんがほろりと笑う。俺はいつまで、見送らないといけないんだろうねえ。

持ってきた発泡酒のほとんどを飲んだ後、久米島さんは「行くわ」と立ち上がった。

「さすがに、店に戻らねえと。明日の葬式には間に合うようにするつもりだけど、まあ、あなたに任せた」

山ほど飲んだにも拘《かか》わらずしっかりした様子の久米島さんは、立ったまま祭壇に向かって手を合わせた。

「そうだ、この花」

久米島さんが簡易祭壇を彩る供花アレンジメントを指差した。

「なつめらしい花だなって思った。ちいこくて丸くて。俺は花のことよく知らねえけど、いいと思う」

「千日紅《せんにちこう》って、いうんです」

白の千日紅を丸く生け、薄ピンクのオーガンジーリボンで飾ったアレンジメントは、わたしがなつめを思って作った。斎場室の花祭壇もそうだ。白の千日紅をメインにして、まっさらな花畑にした。明日は柩をこの花でいっぱいにするつもりでいる。

「花言葉は、色褪せぬ愛って言うんですよ。わたしからの友情の気持ちです」

「ふうん、センニチコウ、ね」

久米島さんが花を一輪抜いて、胸ポケットに差した。

ふっと笑う顔がやさしい。もしかしてあなたは。ふと思うことがあったけれど、口にはしなかった。

呼んだタクシーに乗って久米島さんが去るのを見送り、戻ろうとすると入れ違いに見慣れない車がやって来た。

降りてきたのは、純也だった。助手席から、楓子が転がり落ちるように飛び出してくる。

「どうして」

ぽかんとしていると、純也が「携帯の電源くらい入れとけよ！　心配しただろう！」と怒鳴った。連絡つかないから楓子さんに電話して、ここにも電話して、大変だったんだからな。

「やあ、無事に来てくれたみたいだねえ」

バリトンに振り返ると、事務所のほうから芥川さんがやって来るところだった。

「故人の特別な関係者だと判断したんで、おれが話しておいたんだよ。今夜、佐久間さんがずっと故人についていている予定だってことも」

すみません、と芥川さんに頭を下げると、楓子が抱きついてきた。

「遅くなってごめん。純也さんに家まで来てもらって、無理やり連れ出してもらったんだ。瑛《えい》太《た》くんって、男のひとの前だとやけにいいひとになろうとするから、そこ利用した。でもあんなひとだと、思いもしなかった」

「楓子は、大丈夫？　傷ついたんじゃ」

「あたしがいまショックなのは、この世になつめがいないこと。それだけだよ」

楓子を抱きしめ返すと、微かに震えていた。でも、言ってくれたらよかったのに、って思う。あたしが受け入れられないと思って何もかもを黙ってたんなら、見くびってんじゃねえよって怒鳴りたい。あたしはどんななつめでも大好きで、なつめがどんなことをしていてもよかったんだよ。ほんとうだよ。心からそう思うの。繰り返す楓子を強く抱きしめる。

ひとしきり泣いた楓子が、ず、と洟《はな》を啜った。

「文句は、あとで本人に直接言う。なつめはあたしたちに見送ってほしいって言ったんでしょ？　当たり前だよ。それすらさせてくれないんだったら、絶交してやる」

「そうだよね。ほんとうに、そう」

お互い涙を拭って、そこで純也の存在を思い出す。

「ああ、そうだ！　純也、あの」

東京からここまでどうやって来たのだろう。車で数時間はかかる距離なのに。

「見ての通り、レンタカー借りたんだよ。絶対大変なことになってると思って、でも残業でなかなか抜けられなくて、気が気じゃなかった」

純也は眉間の皺を解いて、「おつかれさま」とやさしい声で言った。

「……純也は、何も言わないの」

高瀬くんの言葉を思い出していた。純也は肩を竦めて「おれが何を言うことがある」と言った。

「おれはなつめさんに対して別段思うことはない。そもそも、何か感情が湧くほどの接点はない。真奈が大事にしているひとだから、おれも大事にすべきひとだと判断してるだけだ。そして、そんなひとがいなくなったのなら真奈が哀しんでいるだろうから、そのために行動しただけだよ」

ああ。そういえばそういうひとだったなと思った。わたしのことを考えてわたしのために行動してくれるところを好ましく思ったのだ。だからこそ、〝わたしの仕事〟に偏見を持っていたことのショックが大きかった。

「なつめさんは、三人で過ごしたいって言ってたんだろ？　おれはいったん、実家に帰るわ」

ふあ、と欠伸《あくび》をした純也が言う。

「楓子さんも送り届けたし、いいだろ」

「ありがとうございました。ほんとうに、助かりました」

楓子がわたしから離れ、深々と頭を下げる。

「純也、それだけで来てくれたの？」

「それだけってことはないだろう。ねえ、楓子さん。結構な救出劇でしたよね」

「ええ、それはもう。ハリウッドで映画化できるくらいに」

きっぱり言った楓子が、わたしに言う。

「いいひとだね、純也さん。瑛太くんなんか、この件でいろいろ見えてしまったな……」

さっと陰った顔に、「いろいろあるよね」と曖昧に返す。夫婦のことだから口出しはできないけれど、でも……。

わたしも、何もかも落ち着いたら、純也と話し合おう。仕事に対する思い。なつめからの伝言。純也ならきっと、分かってくれるはずだと信じたい。

「楓子、まずは中に入って。なつめと三人で話そう」

話したいことが、たくさんある。わたしたちのこれまでを、これからを。

自分の人生の戦場を真正面から生き抜いた友のことを。

二章
私が
愛したかった男

天音《あまね》が家を出て行くと言ったとき、私はキッチンで常備菜《じょうびさい》を作っていた。

梅雨が明けて間もないというのに真夏日の連続で、今日も午前中からうだるような暑さだ。大根とベーコンのコンソメ煮が鍋の中でくつくつと音を立てるキッチンは特に暑い。エアコンをつけようか、いや電気代のことを考えると、午後まで我慢したほうがいいか。そんなことを考えていた私は、天音の言っている意味が一瞬分からなかった。

「どこ行くの。コンビニ？　冷蔵庫に冷たいお茶があるし、アイスもあるから無駄遣いしなくたっていいんじゃない？」

天音は用もないのに出かけては無駄遣いをする。この間はSNSで話題になっていたからと言ってウェハース菓子をダースで買ってきた。菓子に同梱《どうこん》されているカードが高値で取引されているとか言っていたけれど、それはすぐに値崩れを起こしたらしい。開けっ放しで放置されていた菓子はいつまでも手つかずで、仕方なく私が食べた。

「違うってば！」と対面キッチンの向かいにいる天音が声を荒らげる。

「あたしは、この家を出て行くって言ってんの」

「は？　急に、なんなの。ひとり暮らしするってこと？　そんなもったいないことしなくても、大学は家から通えるでしょう」

「ううん、違うの。大学、辞めることにした。あたしね、きょんちゃんのとこ行く」

ゴーヤの味噌和えを作ろうと、ゴーヤの下ごしらえをしていた手を止めた。

きょんちゃんとは、天音の彼氏の河内《かわち》恭弥《きょうや》のことだ。高校二年のときに交際が始まって、かれこれ四年の付き合いになる。高校卒業後、天音は地元の国立大学に進学したけれど、きょんちゃんは東京に行った。美容学校に二年通い、いまは表参道だかのヘアサロンで働いている。若いころの遠距離恋愛なんて長く続かないだろうと思っていたけれど、ふたりの交際は意外と順調なようで、先月もきょんちゃんの誕生日を祝うと言って天音は貯めたバイト代を使って東京まで出かけて行った。

「大学を辞める？　天音、あなた何言ってるか分かってる？」

大学三年の夏。これから就職に向けてひときわ精力的に頑張っていかなければいけないというのに、辞める？　受け入れられなくてきょとんとした私に、天音は「もちろん」と頷いた。

「きょんちゃんね、いまメンタルぼろぼろなの。げえげえ吐きながら店に出てるし、体重は高校のときと比べて五キロも落ちてる。まじでやばくって、だからあたし、向こうに行って支えてあげたいんだ」

「待って待って。きょんちゃんが大変っていうことは分かったけど、だからってどうして天音が学校辞めなくちゃいけないの。親はどうしてるの」

きょんちゃんのご両親は健在で、お父さんは開業医、お母さんは専業主婦で自身にすみずみまで手をかけている綺麗なひとだった。うちの息子は末っ子なせいか気が弱くて頼りないところがあるので、しっかり者の天音ちゃんがいてくれると安心なんです、なんて言っていたけれど、まさか天音に大学を辞めてまで面倒を見ろと言っているのか。

天音が肩を竦めた。

「もちろん、きょんちゃんママはしょっちゅう様子を見に東京に行ってる。パパのほうは店を辞めて、いったん家に帰って来いって言ってるけど、店は好きだし仕事はやり続けたいんだ、ってきょんちゃんが言い張るんだ」

きょんちゃんを執拗《しつよう》にいびる先輩がいて、そのひとがあと半年で支店に異動になると決まっているらしい。そのひとさえいなくなれば、きょんちゃんのストレスもなくなる。その半年を、これから先を傍で支えたいと、天音は言った。

「支えるって、何をどうするの」

「身の回りのお世話だよ」

当たり前じゃん、と天音が言う。傍にいればできることってたくさんあるはずだよ。

「お金は？」

「向こうでバイトでもするよ。ていうか、きょんちゃんママが、あたしが行くのなら生活費も援助してくれるって言うからお金には困らないと思う。東京に通うお金だと思えば安いって言ってくれたし」

「それって向こうの親とはもう話ができてるってこと？」

思わず、声がざらついた。天音は「相談し合ってただけだよ」と唇を尖らせた。

「当たり前だけど、きょんちゃんのこと　番よく知ってるひとたちでしょ？　きょんちゃんのためにどうしたらいいかって、ずっと話し合ってたの。それで、あたしが大学辞めてきょんちゃんを支えに行くっていうのが最善だってことになった。きょんちゃんも、あたしがいるだけで頑張れるって言ってくれてる」

　頭の芯が緩く揺れた。

「天音の母親である私の意見はどこ？」

　娘の人生を大きく変えることだ。どうして、母である私が蚊帳《かや》の外にいるのだ。それに、付き合っている男を支える、それ一点のためだけに大学を辞めるなんて許せるはずがない。

「私が必死の思いで働いて、あなたを大学に通わせてるの分かってるよね？　奨学金も貰わずに通学させることがどれだけ大変か分かってんの？　この常備菜だって少しでも節約しようと」

「ああほら、すぐお金の話。ママはきょんちゃんの命より学費のほうが大事だもんね」

　天音は面倒くさそうにダイニングテーブルの椅子に座り「ママは絶対反対しかしないから、決まるまで黙ってたんだってば」と嫌な目を向けてきた。

「命より学費なんて言い方、やめなさい。私はあなたのことを考えて言ってるの」

「あたしのこと考えてるんなら、賛成してよ。あたし、きょんちゃんに万が一のことがあったら絶対に後悔する。いま、彼を支えたいの」

　天音は、どこか熱っぽい声で言った。

　きょんちゃんと付き合うようになって分かったことだけれど、この子は恋愛が絡むとやけに演技がかった言動になる。恋や愛に奔走《ほんそう》する自分、というものにうっとりしているのだ。それは若さゆえのことなのかもしれないが、自分の現状が見えていないのは、危険だ。

「支えるのは結構だけれど、限度というものがあるでしょう。彼のご両親に責任があることを、あなたがしなくていい。天音にも、大学で学ぶという大事なことがあるんだから」

「あたしの大事なことは、あたしが決める。東京できょんちゃんを支えて生きていくの。てか、これ相談じゃなくて、ママに報告してるだけだから」

すっと立ち上がって、天音は「大学の退学手続き、進めるから」と言い捨ててリビングを出て行った。

「ちょ……！　待ちなさい！」

慌てて天音を追いかけ、肩を掴む。

「ママ、許してない。あなた、あんまりにも恋愛に浮かれていやしない？　ちゃんと地に足のついた恋をしないと」

「は？　ていうか、ママはまともな恋愛したことなんてないでしょ」

ぱしん、と手を振り払われ、息を吞んだ。しかしそれは、天音の仕草があまりに乱暴だったからではなく、言葉のせいだった。

「ママは結婚に失敗してるし、あたしの知る限り彼氏も作ったことないじゃん？　そんなひとに恋愛の何たるかなんて説教してほしくないんだけど」

去って行く天音を、二度追うことはできなかった。長くぼうっとしていて、はっとしたのはキッチンから嫌な臭いが漂ってからのこと。小さく悲鳴を上げてコンロに向かうと、コンソメ煮の鍋から嫌な音がしていた。見れば汁気はすっかりなくなり、茶色く焦げかけた大根とベーコンだったものが鍋底に張り付いている。ああこの鍋はまだ買ったばかりなのに！　大根はまだ食べられる？　いやもう無理か。そんなことを悩む間に、天音の「出かけてくる」という声がして、玄関ドアの開閉音がした。

「ちょっと待……天音！」

　大学を辞めて東京へ行く、なんて話を突然聞かされて、はいそうですかと頷けるわけがない。逡巡していた鍋をシンクに置き、水を入れる。大根とベーコンの救済なんて考えている場合じゃない。ダイニングテーブルに行き、置いていた携帯電話を取る。誰にかけようかと少し考えてから、きょんちゃんの自宅に電話をかけた。数コールで彼の母親である朱美《あけみ》さんの声がした。

「もしもし、ご無沙汰しております。牟《む》田天音の母ですけれども」

　名乗ると、朱美さんはすぐに『あらあ、千和子《ちわこ》さん』と声のトーンを明るくした。

「あの、つい先ほど天音から話を聞きまして、それで驚いてご連絡をしたのですけれど」

　朱美さんは『ふたりが決めたことですものねえ』ともったりした口調で言った。

『ふたりとも、もう成人ですもの。天音ちゃんは恭弥のことを支えたいって言ってくれるし、恭弥も天音ちゃんがいれば頑張れるって言う。互いが支え合って生きていけるなら、親は見守らないと。とは言っても、うちも多少の資金援助はするつもりでいますけどね。親としてのちょっとした心遣いと言いますか。ですので天音ちゃんの生活は、ご安心を』

　うふふ、と笑う彼女に「ちょっと待ってください」と声を張る。

「私はいま初めて聞かされたんですけど、認められません。天音は大学があるんです。それを辞めるなんて、そんなの許しません」

『あら、大学に拘らなくてもいいんじゃありません？』

朱美さんが心底不思議そうに言った。

『天音ちゃんは女の子だし、いずれ恭弥と結婚することになったら学歴なんて必要ないでしょう』

「結婚⁉　それこそ聞いていません！」

『あら、いずれはそういうお話にもなるでしょう？　そのときに大事なのは何か、考えてくださいな。恭弥にはしかるべきときにこの土地で店を持たせてやろうって主人とも話してます。そうなったときのために、天音ちゃんは接客や経理を覚えたほうがよっぽど……ああそうだ、天音ちゃんも美容師免許を取ってもいいんじゃないかしら。これから先、長い人生を共に歩むひとのことを考えたら、無理に大学を出ることもないと思いますよ』

どうして彼女は、小鳥が歌うような喋り方をするのだろう。こちらを見ずに大空で楽しく舞っているようで、地面にいる私と位置が全然合っていない、そんな気がする。そして、私がいる地面の空気は焦げ臭い。

『あの恭弥が苦しくっても頑張って勤めようとしているお仕事ですから、少しでも応援したいんですよ』

「息子さんのことは、私がとやかく言うことではないです。でも天音は違うでしょう？　せっかく入った大学なんです。いま辞めてしまってはあの子の人生が」

『千和子さん、親が子どもの人生に口を出しちゃだめよ』

「は？」

耳を疑った。自分のことを棚に祭り上げてるの？

『天音ちゃんは、大学よりも大事なものがうちの恭弥だ、って言ってくれました。迷いのない、しっかりした言葉だった……。めったに感動しないうちの主人が、見上げたものだと目を赤くしたくらいです。彼女はもうれっきとした、立派な大人の女性です。親が口を出して道を曲げてはだめですよ』

「れっきとした大人って……、何を言ってるんです。あの子はまだまだ、未熟な子どもなんです。自立なんてしていない。なのに」

だめだ。意思の疎通すらできない。苛立つ私に、朱美さんは『落ち着いて』と言う。

『千和子さん、子離れしましょう。女の子はいずれ嫁ぐものですよ。それに、千和子さんだって生活がぐんと楽になるでしょう？　天音ちゃんを育てるためにとても倹《つま》しくされてきたと聞いております。御苦労も多かったことでしょう。天音ちゃんの辛抱強さは、千和子さんの背中を見てきたからだとも思いますよ』

朱美さんの声に哀れみが混じって、いよいよ言葉を失った。天音は、彼女にどんな風に私のことを話して聞かせたのだろう。

黙りこくった私をどう捉えたのか、朱美さんが『心配なさらなくても、生活は保障しますから』とおもねるように言った。

『いずれ結婚したときには恭弥が一番辛いときに支えてくれたお嫁さんとして、我が家もいま以上に大事にしますとも』

どうやって会話を切り上げたのか、覚えていない。

気付けばシンクの前に立ち、力任せに手を動かしながら、鍋の焦げをこそげ落としていた。親として、精一杯のことをしてきたつもりだ。大学まできちんと出し、ひとりで生きていけるよう力をつけてもらうまで、あと少し。そんな風に思っていたけれど、違ったのだろうか。

焦げ茶色の泡を水で流す。鍋底の焦げはまだ半分も取れていない。

だいたい、きょんちゃんと別れる可能性をどうして考えないのか。ひとり親家庭で質素に育った天音と、医者一家の末っ子として大事に育てられたきょんちゃん。学生時代や遠距離のいまはまだ分からないかもしれないが、生まれ育った土壌の違い、それゆえの意識の違いというのは必ずある。私は、ふたりの交際に反対こそしないけれど、結婚には至らないと思って見ていた。互いが成長し、ほんとうに大人になったときに、見ている世界が重なっていないことに気付き、きっと別れることになるだろうと。

「あ、痛」

みしりと痛みが走り、見れば右手の人差し指がぱっくりと割れていた。花を扱う仕事に就いているからか、私の指は年中あかぎれだらけだ。いつもどこかひび割れている。洗い物をするときはゴム手袋をつけるのに、忘れていた。

「あーもう」

考え事をしながらやるもんじゃない。ポケットにいつも入れているワセリンのケースを出し、手に擦り込む。鍋を洗う気力がなくなった私は、掃き出し窓に腰掛けた。

猫の額ほどしかない狭い庭の隅には『むたあまね』と書かれたプラスティック製のプランター

がある。朽《く》ちかけたそれには、小ぶりなひまわりが二輪咲いている。天音が小学生のときに朝顔観察で使ったもので、もったいないのでいまも使っているのだ。じいわじいわと遠くで蝉の鳴き声がし、かと思えば赤ん坊の泣き声がし始めた。二階の都築《つづき》さんちだろう。三ヶ月前に生まれた赤ん坊は、神経の細やかな子なのか四六時中泣いている。夜になるとしょっちゅうお母さんが抱っこをしてふらふら散歩をしている。人あたりのよさそうなお父さんが抱っこしている姿は、見たことがない。

ぶるる、と携帯電話が震える音がして、見れば少し離れた床に転がっていた。朱美さんと通話を終えて、放り出したのだろうか。「よいしょ」と声を出しながら手を伸ばす。発信者の名前は、『芥川』。私の職場である花屋、クリスタルフラワーと契約している葬儀社の社長であり、かつときどき居酒屋に行く年下の友人でもある。仕事で電話をかけてくることはほとんどないから、きっと酒の誘いだろう。そういえば最近は全然行っていなかった。

「はい、もしもし？　飲むお誘いだったらオッケーよ。いま、ものすごくアルコールに浸りたい気分なの」

通話ボタンを押して、あっけらかんな意識して言う。少しの間があって、芥川くんのバリトンが響いた。

『牟田さん。仕事のお願いなんだけど』

「あら、お店に連絡せずに私にってことは、ご指名？」

私は、花祭壇を作る仕事を専門に任されている。もちろん他にもスタッフはいるけれど、ときどき葬儀社から指名を受ける。芥子実庵で相性がいいのは、佐久間真奈という三十歳前後の女性スタッフだ。

『ご遺族からの指名、と言ったほうがいいのかな』

それも、ままあることだ。母のときに素晴らしかったから、参列したときに感心したから、そんな理由で花屋のスタッフも指名されることがある。

「ありがたいわ。どういう方から？」

一瞬、芥川くんが言葉に詰まった。

『牟田さんの元ご主人、と仰ってる』

「……野崎《のざき》、速見《はやみ》？」

舌に乗せるのも久しい、懐かしい名前だった。

野崎速見は、かつて私の夫だったひとであり、天音の父だ。天音が三歳のときに、家を出て行った。彼は、私とはもう生きていけないと言って、どれだけ歩み寄ろうとしても頑なに離婚を望んだ。私にとっては、寝耳に水の事態だった。私は、彼と天音と三人での生活を豊かにすべく頑張っていたし、いい妻いい母であろうとしていた。そんな私のどこに、幼子を悲しませてまで別れなければいけない理由があったというのだろう。しかし彼は泣きながら『別れてください』と繰り返すばかりで、最後には共通の友人から『もう解放してやれ』と言われた。千和子ちゃんの正しさが、あいつを苦しめてるんだ。

「野崎が……？　誰の」

野崎の母は結婚前に、父は結婚二年目に亡くなっている。他にきょうだいもいないはずで、一体誰の葬儀に関わっているのだ。

「だいたいどうして私に直接連絡をくれな……ああそうか、電話」

彼と連絡を取ったのは、天音が大学に合格した報告の電話が最後だ。こういうときってお祝いに何か贈ったほうがいいのかな、と問うてきた彼に、何にもいらないと返した。たったひとりしかいない娘のことなのに、どこか他人事のように話すのが相変わらずで、無性に腹が立った。天音が国立大に合格してくれたとはいえ、これからお金がどれだけかかるか分からない。お祝いなんてものより、『お金に不安はないか。養育費の延長や援助とかしなくて大丈夫か』という言葉が欲しかった。でもそういう責任感がないひとだから、私から逃げたのだろう。

『あなたなんかいなくても私はきちんと天音を育てているってことだけ、知らせたかったのよ。まあ、そんなことはあなたにとって露ほどの興味もないんでしょうけど』

野崎はくぐもった声でいや、とかそんな、とか呟いていたけれど、それもまた私を苛つかせた。どうしてこのひとは成長しないのだろう。いや、期待する私が愚かなのだろう。

『もう、この電話を以てあなたとは決別することにする。永遠にさよなら』

勢い任せに電話を切って、そして彼のアドレスを消し、着信を拒否設定した。あれから数日はいらぬストレスを覚えたものだけれど、いつの間にか忘れていた。

「着拒してたんだった。でもどうして芥川くんのところに……」

『客として依頼すれば断らないでくれるだろうから、ってさ』

そういえば、最後の電話のときに、離婚前に勤め始めた花屋で主任にまでなったことを話したような気がする。私は私の人生をしっかり堅実に生きていると伝えたい、と思ったような。確かな記憶ではないが、きっと私は言ったのだろう。

野崎は、記憶力だけはずば抜けている。私の生い立ちに家族構成、他愛ないやり取りまで覚えていて、かつての私はそれを彼が私に対して抱く特別な感情ゆえのことだと浮かれてしまったのだったが、なんてことはない、ただ覚えていただけだった。ふたりで初めて泊まったホテルの部屋番号も、樹木希林《きききりん》の旧芸名も、彼の中では同じカテゴリに存在している。

「仕事は断らない主義だけど、元夫となれば話は別よ。あのひとはそういう人の感情が分からないのよね。昔からそう。私が断ると、ばかみたいな顔をして『どうして』って不思議そうに言うの。そういうひとよ。自分の願いは善意で叶えてもらえると信じてる」

　無意識に、捲し立てるように喋っていたらしい。芥川くんが困っているような気配がして、はっとした。

「芥川くんに言っても仕方ないことよね。ごめんなさい。ええと、まず誰の葬儀なの。まさか喪主でもないでしょう」

　野崎は責任を伴うような面倒ごとが大嫌いで、実父の葬儀の喪主でさえ嫌がった。そんなことできないと言い張り、結局父方の叔父が喪主を務めてくれたからよかったけれど、叔父に断られていたら野崎は私を喪主にするつもりだったと言った。

『ぼく、そういうの無理だもん』

　あのとき二歳になったばかりの天音を抱いて、野崎ははらはらと涙を零した。そういうの、できないもん。

『いえ、喪主です。相手は……野崎さんの恋人だと』

　は、と音の出ない声が漏れた。急に視界が狭くなり、どうしてだかフローリングの傷だけがクリアに見えた。この部屋に引っ越してきた日にオーブントースターを落としてしまった傷だ。新築の物件を借りられたというのにもう傷をつけてしまった、というショックと、買ったばかりのオーブントースターが壊れてしまったんじゃないかという焦りを思い出す。そして、これからはもっともっとしっかりしなければいけないのに、最初から躓《つまず》いてしまうなんて、と哀しくなったんだっけ。

『牟田さん？　牟田さん、大丈夫？』

芥川くんの訝しむ声にはっとして「ごめんごめん」と返す。

「ええと、野崎は、自分の恋人の葬儀の喪主をするってことね？　その手伝いを元妻に依頼する、と。そういうこと」

『……お断りしようか』

芥川くんが言う。芥子実庵としてはもちろんお受けするけど、牟田さんは断ってもいいんだよ。一応連絡しただけだし、別に指名制でもないし。

手を伸ばし、床の傷を撫でる。あのとき鋭角だった窪みは長い月日によって丸みを帯びていた。

この傷ができてから――野崎と離婚が成立してから、十八年経つ。その間に会ったことは一度もなく、連絡も数回ほどだ。天音を挟めば、父と母として繋がっていると言えるかもしれないけれど、天音も別れてから一度も野崎に会っていない。物心ついたころにはすでに父がいなかった天音は、自分の人生に父がいないことを当たり前に認めているし、会いたいと言ったことは一度もない。となればもはや、私たちはただの他人だ。

私自身、彼のことをすっかり忘れていた。いや、正確には、彼に対する様々な感情や思い出を、段ボール箱にひとまとめにして押し入れの奥に仕舞うように、無理やり忘れた。段ボール箱の前にたくさんのものを置き、しっかり隠すことでやり過ごしてきたのだ。

ときどきは、その存在を思い出した。何もかもを詰め込んだだけのぐちゃぐちゃの段ボール箱は、いつか私自身が処分しなくてはいけないものだ。しかし希望など入っていない分、パンドラのそれより面倒で、やっかいで、だから忘れ続けた。

ああでも、いつか取り出さないといけないものならば、体力も気力もなくなったよぼよぼのおばあちゃんになる前で良かったと思うべきなのだろうか。

「会うだけ、会ってみようかな」

ぽつんと呟いた。

「あのひとが私を指名したのは、きっと私を呼び出したいからでしょう。仕事は集中してできなそうだからお断りするけれど、会うだけ会います。連絡先、教えてくれる？」

芥川くんが番号を口頭で伝えてくるので、メモを取る。

「日取りは？」

訊くと、今夜が通夜で明日が葬儀だという。

「そう。それで、あの、故人っていうのはどんな方？」

野崎が喪主を務めるという、亡くなった恋人。どんな女性だろう。あの野崎と、私の知らない時間を過ごしたひと。

芥川くんが言いよどんだ。

『お会いするんであれば、ご本人から直接うかがったほうがいいと思うよ』

「それも、そうね。連絡、ありがとう。野崎に電話してみるわ」

通話を終えて、悩んだ。わざわざ連絡を取る必要など、ないのではないか。どうしてする必要がある。あのひとは、私と天音を捨てて出て行った、夫にもなりきれなかったひと。私の中にある段ボール箱なんて、死ぬその日まで忘れていればいい。

でも私は、最終的に野崎に電話をかけた。数コールの後に、『はい』と懐かしい声がする。私が「千和子だけど」と名乗ると、からだの中すべてを吐き出したのではないかというような長いため息を吐いた。

『ああ、チワワちゃん』

「その呼び方、止めて」

付き合っていたときからの呼び名に、即座に苛立つ。恋人同士の甘い呼び名も、彼にとってはただの記号でしかない。

「恋人が亡くなったんですって？　ご愁傷さまでした。それでどうして、没交渉だった元妻に連絡を取りたがったの」

言葉に棘《とげ》があるのは分かっている。けれど、甘い顔をする理由もない。野崎は『迷惑だろうなとは、思ったんだよ』と苦しそうな声を出した。

『でも、チワワちゃんに連絡しないと、どうしていいのか』

「恋人を喪《うしな》ったから？　それはあんまりにも身勝手だけれど、でもあなたは昔っからそういう残酷なひとだものね。相変わらずで何よりね」

『そんな風に言っても、でも電話をかけてくれた。チワワちゃんも、変わらずやさしいままなんだね』

その声に、媚《こび》はない。ないからといって、腹が立たないわけじゃない。

「やさしいからって、つけこもうっての？　そういう最低なところも相変わらずなんだ」

『ああ、待って。怒らないで。ぼくはほんとうに困ってるんだ。ね、分かってくれるでしょう？』

こいつは、元妻が自分の性格を知っていて、手を貸してくれるものだと、ただ思っている。

「分かってないわよ、何も。十八年前に私たちを捨てて行ってから、あなたのことは何も分からなくなった。あのときあなた、自分の気持ちを説明してくれた？　理由を話してくれた？　一方的に逃げたひとのことなんて、知りようもないでしょう」

野崎が小さく唸った。それから絞り出すように『ごめん』と言う。

『あのとき、ぼくはほんとうに勝手だった。でも』

「いまさら謝罪なんていらない。それで、何の用なの」

電話の向こうで『貸してみて』と細い声がした。それからすぐに『はじめまして』と声がする。若い女の声だった。

『私は彼らの友人で君塚紀香《きみづかのりか》といいます。速見くんの代わりに、説明させていただけますか』

甲高い声ではきはきと喋るひとだった。友人？　亡くなった恋人の友人ということ？

「君塚紀香さん、ね。はじめまして。それで、何のご用でしょうか」

『上津清衣《かみつきよい》の葬儀一切の手伝いをお願いしたいんです。私は彼から、あなたに連絡することを頼まれていました』

きっぱりとした声だった。友達を喪ったばかりだというのに、気丈だ。しかし引っかかったのは、『彼』という単語。

「彼？　だから、野崎の頼み、ということでしょう？　なんか、遠回しな言い方」

『いえ。上津清衣は、男性です』

君塚さんが言う。男性？

言葉を失っていると、君塚さんではなく野崎の声がした。

『清衣くんは、ぼくの恋人だよ』

その声を、呆然と聞いた。

*

野崎と君塚さんのふたりに会ったのは、電話をして二時間後。芥子実庵近くの喫茶店だった。上津さんの遺体はすでに芥子実庵に安置され、いまは祭壇設営が行われている最中だという。クリスタルフラワーの後輩である坂下《さかした》くんが、花祭壇の支度をしているはずだ。

久しぶりに会った野崎は、驚くほど痩せこけ、老けていた。私より六つ下だから四十七歳だけれど、とてもそうは見えない。髪の半分は白くなり、頰は不健康に抉《えぐ》れている。昔は、はっとするほどうつくしいひとだった。一重の涼し気な目元、かたちのよい唇に見惚れたことは何度もあるが、いまはそのどちらもがくすんで見えた。

外はむっとする暑さなのに、野崎は長袖のワイシャツを着ていて、汗ひとつかいていない。四十代後半ごろから暑さにてきめんに弱くなった私は、リネンの半袖ワンピースを着ているというのに、背中はじっとりと汗ばんでいた。

「ごめんね、チワワちゃん。来てくれてありがとう」

小さく頭を下げる野崎の隣には、三十代後半くらいの女性がいた。小さな顔に大きな黒縁眼鏡。細い手足。小学校の先生のような真面目さと清潔さを感じた。彼女は野崎の横で、「来てくださってありがとうございます」と深々と頭を下げた。

「ええと、初めまして。あの、君塚さんですか？」

尋ねると、利発そうな彼女は「はい」と答えた。

このひとが恋人だと紹介されたら、驚いただろう。そして、感心しただろう。こんなにも若くしっかりした女性《ひと》と交際だなんて、そんな甲斐性があったのか、と。

しかし彼女は、野崎の恋人ではない。

「ええと、それで、野崎と……故人の話をしてくれるってことだけれど」

受け止めきれない事実に直面したとき、脳は機能を鈍くしてしまうらしい。私はふたりの向かいの席にどすんと座った。それからメニューを乱暴に引き抜いてばらばらとページを捲《めく》り、おひやを持って来てくれたウェイターに水出しアイスコーヒーを頼んだ。そういう、状況でもないのに。

電話では、野崎は『恋人だよ』と言った。男性が、恋人。そんなの、私には簡単に受け入れられない話だ。遥か遠い昔になったとはいえ、私は男として女の私を求めた野崎を知っている。

ベッドに誘うときの目、声の切実さ、触れる手の熱。それらを前に、からだの芯から震えるような喜びを感じた自分を覚えている。私の知る野崎は、ただの男だったはずだ。どうして、という四文字が呪いのようにぐるぐると渦巻いている。

「ええと、どこから話したものかな。むつかしいな」

野崎が軽く唇を尖らせて頰を搔く。そういう仕草は昔と変わっていない。野崎は説明というものが苦手なのだ。まったく関係ない話題を頭に持ってくることもあった。付き合い始めのころは、その仕草ののちにどういう話が転がり出てくるのか、楽しみにしていたところがある。すぐに、『回りくどすぎる』と苛々するようになってしまったけれど。

野崎は、私の知っている野崎ではないのか？　知っている野崎に見えるのだけれど、しかし君塚さんが先に「亡くなった上津と速見くんは、数年越しの恋人です」と切り出した。

「戸籍上では他人ですが、彼は病気で入院する前に速見くんと結婚式も挙げていますので、れっきとしたパートナーと呼んでもいいと思います。あっ、私は上津の友人でカメラマンをしていて、これも縁だと思って彼らを写真撮影させていただいたんです」

君塚さんが、脇に置いたトートバッグから封筒を取り出した。差し出されて中を見れば、一葉の写真が入っていた。

どこかの教会のようだ。タキシード姿のふたりが寄り添っている。片方はだらしない笑顔を見せる野崎で、もう片方は間違いようのない、男性だった。禁書を覗いてしまったような恐怖を覚えて、すぐに写真から目を逸らす。

「それは、近所の教会で……。清衣くんが知り合いから安く衣装を借りてきてくれて、それで」

野崎が説明するけれど、どこか遠くに聞こえる。

私は、野崎と式を挙げていない。できちゃった結婚だったので、式の費用を出産費用や生活費に回さないといけない、というのが理由だった。当時野崎はイタリアンレストランのウェイターをしていて、借金こそないけれどまとまった貯金はなく、そして給与は高くなかった。私は贈答品専門店の正社員として働いていて、そこそこ貯金はあったけれど、しかし出産半年前には退職しなくてはならなかった。理解のない会社で、産休という制度がなかったのだ。

親子三人で生活していくには、産後半年、遅くとも一年後には私も仕事に出なくてはいけない。支出は少しでも減らしたかった。ウェディングドレスは着たいけど諦めるしかないよね、と言った私に、野崎はそうだねと返した。

まともに見られなかった写真を君塚さんに返し、野崎に「本気、ってこと？」と訊く。口の中がかさかさに乾いていた。タイミングよくアイスコーヒーが届き、一緒に置かれたストローを無視してグラスに直接口をつけた。一息に、半分ほど飲み干す。そんな私を見ていた野崎が「もちろん」と頷いた。

「ぼくは……ぼくたちは本気だった」

刺されたような衝撃が胸の辺りに走る。天音に初めて『彼氏ができた』と告白されたときよりも、鋭い痛みだった。

「電話で少しお話しさせていただきましたが、牟田さんに連絡を取ってほしいというのは、そもそもは速見くんの発案ではなく、故人である上津清衣の遺志なんです。私の推測としては、速見くんひとりでは心配だったんだと思います」

野崎を見ると、すでに泣き出しそうな顔で首を横に振る。

「おれがいなくなってもちゃんと進めろよ、って言われた。でもぼく、そんなのできそうにない。清衣くんの見送りなんか、絶対できない。ちゃんとやれない。いまでも、どうにかして家に連れて帰りたいって思ってる。火葬なんて怖いこと、嫌だよ」

「嫌だ、とかそんな問題じゃないって言ったじゃない」

野崎を咎めた君塚さんが、私に「火葬なんかせずに家のベッドにずっと寝かせておく。このまま連れて帰るって言ってきかなくて。私じゃどうにもならなくて、病院の先生が何とか」と言う。

思わずこめかみを押さえた。昔、ペットの文鳥とずっと一緒にいたいからと亡骸を自宅の冷凍庫で保管しているというひとと知り合った。いるだけで安心するのだというそのひとを理解できなかったし特殊なひとなのだと思っていたけれど、まさか元夫もそういう思考の持ち主だったとは。

「君塚さん。あなたとのほうが話ができそうですね。その……亡くなった上津さんは、私に具体的にはどういうことを求めているんでしょうか？」

「これが、上津の遺したものです」

君塚さんが一冊のファイルを差し出した。

「あなたに渡してほしいと言われたたけなので、私は目を通していませんが、上津ならきちんと書き残しているはずです。読んでくだされば分かるのではないでしょうか。できれば私もお手伝いをしたいんですけど、どうしても行かなければいけない仕事があって」

悔しそうに、君塚さんが唇を噛む。彼女は今日の午後には撮影でロンドンに発たねばいけないという。

「残念ながら、他に頼れるひともいません。そういう事情もあって、どうしてもお願いしたいんです。私個人の気持ちとしては、どうしてあなたに、と思います。何年も前に別れた奥様に頼むなんて、正直どうかしてる。でも、言い訳させていただけるなら、上津はそんな非常識な人間じゃないんです。だから、きっと理由があると思うんです」

君塚さんの目には、真摯な光があった。彼女は私が断れば、仕事より葬儀を優先するのではないかと思った。彼女の横の野崎を見れば、目元を赤くしてファイルを凝視している。手を伸ばす気配はなく、いや、手を伸ばす勇気をこの男は持ち合わせていないのだと思う。弱いこのひとが、誰かの覚悟に手を伸ばせるわけがない。

ため息を吐いた。ここに来るべきではなかったのかもしれない。

「……まずは、細かな事情を聞きましょう」

故人、上津清衣さんは三十八歳。昨日、胃ガンで亡くなった。病に気付いたときにはずいぶん進行していて、手の付けようがない状態だったという。そのため治療らしい治療ができず、自宅で過ごしていたけれど、二週間ほど前から病状が思わしくなくなり、緩和ケア病棟に入った。上津さんは、四年前に同居し始めた野崎だけが家族と呼べる存在で、友人である君塚さん以外には深く親交のあるひともいなかった。彼は亡くなる前日まで比較的穏やかに、苦しまずに過ごしていたそうで、少しでも長く生きてくれるはずだとふたりは信じていたのに、急変。ふたりに見送られて逝ってしまった。あまりにも早すぎる死だったが、上津さんはすでに覚悟していたのか、君塚さんだけに死後のことでお願いをしていた。

『おれが死んだら、速見くんに元奥さんに連絡を取るよう伝えてくれ。元奥さんが来たら、このファイルを渡してくれ』

後始末をお願いしますと頼んでほしいんだ、と彼は言ったのだという。

「でも、連絡先までは分からなくって……。速見くんから牟田さんに連絡できないかって頼んでも、着拒されてるし。私から電話をかけるしかない、と思っていたところで、やっと『芥子実庵ってところと仕事していたはずだ』って思い出してくれて」

上津さんのいた病院から葬儀社をどうするか尋ねられて、それではっとしたのだという。

「なるほどね……。まあ、結果的に芥子実庵でよかったんじゃないかしら。あそこは家族葬の葬儀場だし」

「ええ、助かりました。とても親身にしてくださって」

「信じられないよ」

突然、野崎が言う。

「清衣くんは、ほんとうに元気だったんだ。あの元気を信じていればゆっくりと回復していくはずで、ぼくはそうなるように祈ってただ」

「速見くん……」

君塚さんが困ったようにため息を吐き、私を見る。その目には少しの諦めがあって、野崎はずっとこんな調子だったのだろうと思った。

いつだって見たいものしか見ようとしなかった野崎らしい。きっと、上津というひとが亡くなる寸前まで野崎は祈っているだけだったのだろう。その先のことなど、少しも見ずに。いやそれは、いまもか。

「……まずは諸々の手続きだけど、これは芥子実庵さんでやってくれることが多いから、ある程度任せましょう。そして、上津さんのご遺志はこのファイル……多分エンディングノートの一種だと思うんだけど、これで確認できるってことね」

エンディングノートは、自分の死後に遺族が困らないように書くものだ。お金に関すること、交友関係、葬儀に関する遺志などを書いておく。最近はポピュラーになってきており、百円ショップなどでも取り扱われるようになってきたけれど、死が遠い若いひとには浸透していない。

Ａ４サイズのファイルを手に取ってみるも、どうも、開く気になれない。躊躇っていると、君塚さんが「彼らの家に行きませんか」と言った。

「手続き諸々のことを考えると、そのほうが早い気がします。行きませんか」

「……そう、ね」

頷いて、バッグに上津さんのファイルを入れた。

君塚さんが案内してくれたのは、隣町だった。私と別れてから、ずっと隣町にいたという。そんなに近くにいたんだな、とぼんやり考える。助けてと連絡をすればその日のうちに駆けつけられる距離。天音とふたりしてインフルエンザに罹《かか》って、朦朧《もうろう》としながらおかゆを作って啜った夜や、庭に干していた下着が盗まれて天音と怯えた日々を思い出した。

ふたりが住んでいたのは小さな一軒家だった。赤い屋根と白い漆喰《しっくい》の壁が可愛らしい。小さな庭があって、きゅうりとミニトマトの苗か植わっているのが見えた。

「どうぞ、入ってください」

野崎の代わりに鍵を開けた君塚さんに示されて、少し気後れする。こわごわと中に入った。むわ、と熱気が押し寄せてきて、その中に野崎の匂いが混じっていた。十八年ぶりだというのに、匂いを判断できた自分が嫌になる。ぶるりと頭を振って足元に目をやると、あまり広くない玄関には、男物の靴が散乱していた。野崎が「病院から連絡を受けて、慌てて出かけてそのままだった」と言うのを聞きながら、靴を揃えていく。危篤の報を受けてから一度も家に戻っていなかったらしい。昨晩はどうしていたのかと訊けば、「清衣くんにずっとついてた」と野崎が言う。

「あんな冷えた場所にひとりになんて、できるもんか。連れて帰らせてももらえないし」

「待って。その間、君塚さんは？」

ベッドも何もない遺体安置室で、若い女性を一晩？　声が尖ると、君塚さんが「いいんです」と慌てて言った。

「私も、彼をひとりにできなかったから」

「それは、そうかもしれないけど」

早く葬儀社に連絡を取って、斎場に安置してもらえばよかったのだ。どこの斎場だって、ゆっくり過ごすことのできる遺族控室くらい用意してくれる。いや、『火葬をしない』なんてごねる男だから、葬儀社に連絡を取らせなかったのかもしれない。君塚さんに「大変だったでしょう」と言うと、「こうなるだろうと覚悟もしてました」とそっと眉を下げる。

「しかし暑いね。速見くん、リビングのエアコンを入れて。私はいったん窓を全部開け放して換気するわ」

君塚さんがぱっと靴を脱ぎ、先に中へ入る。私もそれに続いた。

玄関は乱れていたが、室内はとても整頓されていた。そこここに、丁寧な生活の匂いがする。拭き清められた、飴色に変わった木の廊下。すりガラスの嵌《はま》った引き戸が全開になっているLDKに入ると、ここもきちんと掃除されていた。いぐさの敷物と、使い込まれた様子のダイニングテーブル。三脚ある椅子のひとつに紫色のカーディガンが引っかけられていた。掃き出し窓のカーテンレールには、ハンガーでサイズの違う男物のワイシャツが二枚、かけられている。

ほんとうに、生活、してたんだ……。

奇妙な実感を覚えながら立ち尽くす。野崎がエアコンのスイッチを入れ、「そっちの椅子に腰掛けて」と言った。エアコンが、ぬるい風を吐き出し始める。

テレビボードの上に写真たてがいくつも並んでいる。いちいち見る気が起きないが、ふたりの写真なのだろう。冷蔵庫にはシフト表のようなものが貼られている。目を凝らして見れば、この町で人気のファミレスの名前が入っている。

「あなたのバイト先、ファミレスなの」

「あ、うん。キッチンで。前の経験が、役立ってる」

野崎が冷蔵庫を開けて、閉める。シフト表がふわりと揺れた。それをぼんやり眺めていると、野崎が私の前に籐を編んだコースターと涼やかなガラスの器を置いた。やさしい緑色の水面がそっと揺れる。

「ペットボトルの、お茶だけど」

「どうも」

居心地が悪い。「君塚さんを手伝ってきんら」と言って器に口をつける。よく冷えたお茶が喉を流れていく。野崎は「あまり歩き回りたくない」と首を緩く振った。

「この家は、清衣くんの匂いで満ちてる。ちょっと、しんどい」

あなたの匂いだったよ、とは言えなかった。黙って、お茶を飲む。

そういえば、元々香りに敏感なひとだった。好き嫌いもはっきりしていて、野崎の好みの柔軟剤が廃盤になったときは大変だった。あれも無理これも嫌と言って、当時はめったになかった無香料の柔軟剤を探し回ったことがあった。

黙ってお茶を飲んでいると、野崎が「ごめんね」と言った。

「頼って、ごめん。あんな別れ方、したのに」

「ほんとうね。でもあなたが〝ヒモ〟になりたかったんなら仕方ないことね」

ここに来るまでの道中で、いくつかの話は聞いていた。野崎はバイトをしつつこの家で主夫業をしていたという。上津さんは高校教師で、この家も上津さんの持家らしいから、贅沢をしなければふたりで暮らしていくことは可能だったろう。

私と夫婦のとき、野崎が主夫になりたいと言っていたら、私は却下しただろう。私が働いても生活に余裕がなかったし、そもそも一家を支えるべき父親が主夫だなんておかしな話、認められない。

楽がしたくて、このひとは私たちを捨てて行ったのだろうか。

「ヒモ……になりたかったんじゃなくて、その、分担というか」

「一家を支えるっていう男の義務を果たしていないんだから、ヒモでしょ」

野崎がぐっと言葉に詰まり「あの、ええと、ごめん。その、来てもらって」と言葉を探しながら言う。

「あなたのためじゃない。ひとりで抱えていた君塚さんが可哀相だったし、あなたなんかに見送られるひとが死んでも死にきれないだろうからよ」

野崎は「そうだね」と言って、私の向かいに腰掛けた。背を丸め、小さく座る姿には生気がない。親とはぐれた子どものような佇まいだ。

「あー、あっつ。速見くん、私にもお茶ちょうだい」

嫌な沈黙を破るように、君塚さんが戻ってきた。野崎の横に腰掛けた彼女は「さあ、時間もないですし、ファイルを見ましょうか」と私に言った。

「急かすようで申し訳ないんですけど、あと二時間くらいで行かなきゃいけないんです」

「あ、ごめんなさいね。見ます」

バッグからファイルを取り出す。小さく息を吐いてから、ファイルを開いた。

ルーズリーフがセットされ、いくつかの見出しシール——『葬儀』『保険』『口座』などが貼られている。まさしく、エンディングノートだ。

内表紙を捲る。

『はじめまして、千和子さん。ぼくは、上津清衣と言います』

最初のページにあったのは、私への手紙だった。

『驚いていることでしょう。ぼくも、まさかこんなかたちで手紙を書くことになるとは思いもしなかった。人生って、不思議ですね。

ぼくは、速見くんからたくさんのあなたの話を聞きました。しっかりしていて几帳面で、とても真面目で心やさしい、ということ。少し怒りんぼうだとも聞きました。こういうことを言うと不愉快にさせてしまうかもしれませんが、ぼくはあなたの話を聞くたびに、あなたに共感していました。ぼくたちはきっと、どこか似ている。出会えていたら、いい友人になれたとも、思います――』

じっと手紙を読んでいると、野崎が「どうしたの」と不安げに訊いてきてはっとした。一ページ目から動けずにいる私が、さすがに気になったのだろう。

「……ああ、いえ、何も。これはまさしく、彼のエンディングノートね。葬儀に関してや死後の諸々のこと、ちゃんと書いてくれているみたい」

慌てて次のページを捲る。一番上になっている見出し『葬儀』のページでは、要望がきちんと箇条書きにされていた。①とあるところには野崎と、できれば君塚さん、私だけの小さな家族葬を希望することが書かれていた。

「祭壇の花はひまわりを使ってほしい……。ああやだ、ちょっと待ってひまわり⁉ 祭壇もう作ってるかも」

「あ、お花はひまわりがいいってお願いしています」

君塚さんが片手を挙げて言う。

「故人さまが好きなお花は分かりますか？　って喪服姿にオールバックの男性に訊かれたので。祭壇に使っていただけるみたいです」

芥川くんだ。グッジョブ！　ほっとして、それから続きに目を通す。葬儀にあまりお金をかけてほしくないこと、宗教には拘っていないこと、親族、学校関係者には葬儀を終えたのちに連絡してほしくないこと、親族、学校関係者には葬儀を終えたのちに連絡してほしい旨などが書かれている。これだけあれば、故人の遺志に沿った葬儀ができるはずだ。君塚さんに断ってそのページをスマホで写真に収め、芥川くんに送信した。すぐに、『受け取りました』と返信が来る。

「君塚さん。上津さんの希望はすべて葬儀社の方と共有しました。葬儀に関しては問題ありません」

「よかった」

君塚さんがほっとしたように笑った。

「さすがの上津先生だ。あっ、私たち大学時代からの友人なんですけど、いつもしっかりして頼りがいがあって、みんなから『上津先生』って呼ばれてたんですよ。実際、先生になっちゃって」

「教師の素質があったんでしょうね。とても分かりやすく整理されてる。ほら」

ファイルを開いて見せると「ああ、昔と変わらないなあ。上津のノートはいつも争奪戦だったんですよ」と目を細める。

野崎は、ファイルを見ようとしない。そんな野崎に、私は「これから、あなたにとって一番大事なことを話すね」と言った。

これはいま言うべきなのだろうか。いやでも、それが故人の願いである以上、私は伝えるだけだ。

「葬儀が済んだあとは、彼の遺骨は九州にいるご両親の家にお渡しする。おふたりは健在で、いまは上津さんの弟さん家族と同居しているそうよ」

「実家ってこと!? 清衣くんは実家と縁を切ってるんだよ」

「ええ、そうみたいね。でも、万が一のときは引き取ってもらうよう、弟さんとは話がついているんですって。連絡をすれば弟さんが遺骨を引き取りに来て、先祖代々のお墓に入れてくれるそうよ」

「何だそれ！」

野崎がテーブルに拳を叩きつけた。

「ゲイだって告白したら縁を切られたっていう酷い親なんだよ!? 実の親に汚いって言われた、ってどれだけ彼が哀しんだか！ そんなひとたちのところにどうして……！」

「だとしても、親のもとに帰りたいという気持ちがあってもおかしくない。それを否定しちゃだめでしょう」

ああ、嫌な役回りだ。でも、あの手紙を読んでしまったからには、仕方ない。

「それに、あなたは彼を弔っていけるの？ 一周忌、三回忌、そういう法要ができるの？ できないでしょう。そういうことをさせたくない、というのが彼の気持ちじゃないの」

彼の手紙には『ぼくの骨は、彼を蝕《むしば》んでしまうでしょう』とあった。彼はぼくだったものの欠片を抱えて立ち尽くすしかできない。そういうひとだと分かるでしょう？ 哀しいけれど、ぼくの死は彼を傷つけるばかりで、頑張れと背中を押しはしない。

彼の予想通りというところか。野崎は駄々っ子のように「嫌だ、嫌だ。清衣くんは、ぼくと一緒にいてくれないと嫌だよ」と頭を振る。君塚さんに「昨日もこんな感じ？」と訊くと小さく頷かれた。

「速見、あんたまったく成長してないね」

思わず、昔の通りに言った。

「誰かに依存して、誰かに助けてもらって。嫌だ嫌だと喚けばどうにかなると思ってる。どうにかしてもらえると思ってる。上津さんとも、きっとそうだったんでしょう？　依存して甘えてたんでしょう？　それとも、大人の男としてまっとうに生きてたって言えるわけ？　無理だよね。できてるんだったら、私はここに呼ばれてない。死んだ人間に死んだ後の心配までさせない。上津さんが私を呼ばざるを得なかった気持ちを考えろ！」

野崎が両手で顔を覆った。

「ごめん。ごめ、チワ……ちゃ」

「その名前で呼ぶな！」

記憶の押し入れから、段ボール箱が飛び出してくる。勝手に蓋が開いて、中身が溢れ出してくる。せっかく、押し込めていたのに。

私は、私と天音を捨てていったこの男を、ずっと恨んでいた。

＊

会社の忘年会で訪れたイタリアンレストランで、速見と出会った。酔っぱらった部長が私のお気に入りのベビーピンクのワンピースに赤ワインを盛大に零し、フロアにいた速見がおしぼりを持って来てくれたのだ。べろんべろんに酔った部長は半泣きでワンピースを拭く私に「三十路の女がそんな若作りの服着てるからだ」と鼻で笑った。

「それとも何だ。いっちょ前に出会いでも求めてんのか？　うちの店の男は、西本《にしもと》以外はみんな結婚してるぞ。おい西本、どうだ？」

部長に媚びるのが一番うまい営業の西本さんが、「いやあ、千和子はちょっと」と下卑《げび》た笑みを浮かべた。

「三十路かもしれませんけど、まだまだ小娘ですよ。おっぱいも小さいし。千和子のおっぱい揉むくらいなら自分のを揉んだほうがいい」

アハン、と言いながら西本さんが自分の胸元を揉みしだき、他の男性たちが噴き出した。店の男性社員はみな四十を過ぎていて、全員当たり前にセクハラをしてくるようなひとたちだった。自分たちの突き出たお腹や薄くなった頭髪、毒ガスのような口臭を棚に上げて、私を小馬鹿にする。自分たちはどうあっても選ぶ側の男として当然だと思っているのだろう。

私まだ二十八です。あなたたちとなんてこっちからお断りです。そんな言葉を脳内で叫ぶ。声に出せたらいいのに、私は自分でも嫌になるほど、頭が固く、古い考えが刷り込まれた女だった。どれだけ悔しくても年上ばかりの男性社員たちに反論していいわけがない、と思っていた。

私は別段取り柄のある女ではない。地元の短大を卒業後、いくつか面接を受けて採用してくれた会社でずっと働いている。仕事は楽しくもやりがいもなかったけれど、過度な労働はなかったし毎月決まったお給料をもらえるから不満もなかった。指示された仕事をこなすだけの自分が、会社運営に大きく関わる男性たちに口答えなどしていいはずがない、そんな風に考えていたから、怒鳴り散らすなどありえなかった。

「あたしは可愛い服だと思うけど、でもちょっと幼いかもしれないわねえ。子どもみたい」

私の近くにいた、売り場主任の鷹田《たかだ》さんがくすくすと笑った。私の直属の上司である彼女は、店頭に立ち続けて三十年のベテラン社員だ。そもそも彼女が私に「飲み会では若手が華やかな服装をして場を盛り上げるべき」と言ってきたのだ。牟田さんは三十だけどさ、うちの店では一番の若者なんだからね。そんな鷹田さんは、普段よりも気合の入ったメイクで、紫ラメが散らばったミニスカートを穿いてきている。

「そもそも千和子はおれの好みじゃないんだよなあ。律子《りつこ》ちゃんみたいなグラマラスな女がいいよ。律子ちゃんは、我が社の永遠のマドンナだからなあ」

「あらやだ」

西本さんの言葉に、鷹田さんがまんざらでもない顔をする。

「おしぼり、こっちも使ってください」

私の隣に立つウェイターが新しいおしぼりをくれる。細くて綺麗な指だった。骨からうつくしいのではないのかと思うほど、関節の膨らみや長さのバランスがいい。どんなひとなのかと見たら、顔までもうつくしい男性だった。こんなひとにこんな情けない場面を見られているなんて、と瞬時に顔が赤くなる。

「すみません、すみません」

俯いて、そしてじわっと浮いた涙が零れないよう必死に目を見開いて、シミを拭く。我慢しろ、我慢。ここで泣いたら、場を白けさせてしまう。しばらくは、千和子のせいで忘年会が面白くなくなったと言われてしまう。

「ああ、今日もご夫婦でいらしてくださったんですね」

ふいに、彼が言った。え、と落としていた視線を上げると、彼は屈託のない顔で部長と鷹田さんを手で示した。

「この間もいらしてくださいましたよね。記念日だとかで」

鷹田さんの笑顔が凍り付き、部長が短く悲鳴を上げた。ふたりは夫婦などではなく、それぞれに家庭があった。しかも部長の奥様は、我が社の社長そのひと。婿入りをしているのだ。

「あのときワインをおすすめしたの、ぼくです。すごく喜んでいただけて、ぼくも嬉しかったので、覚えています」

にっこり、そう表現するにふさわしい笑みを浮かべた彼に、西本さんが「まままままさか！」と冗談なのかと思うほど言葉をつっかえさせながら詰め寄った。西本さんは、売り場にくるといつも鷹田さんにべったりくっついている。親密そうにしているから、好意を寄せているのは丸分かりだった。

「人違いだろう!?」

「え！　間違いないですよ。ええと、お名前が……ああそうだ、剣崎《けんざき》様」

それは間違いなく、部長の苗字だ。

「領収証を書いたので！」

まさかの社内不倫発覚に、その場にいた全員が言葉を失った。部長の顔色が赤くなり、白くなりしたかと思えば「帰る！」と叫んで立ち上がった。しかしふらついてその場にどったんと勢いよく倒れ込んでしまう。悲鳴が上がった。

「うわ、いま頭からいったぞ。ヤバくないか!?」

他のテーブルの客が叫び、鷹田さんが「しゅんちゃん！」と駆け寄る。西本さんはウェイターの彼に「おい、ほんとうなのか」と摑みかかっていて、他の男性社員から「それどころじゃねえ！」と引きはがされていた。

「救急車呼んだほうがいいな。誰か、救急車！」

「おばさん、動かしたらダメだって」

ワンピースの裾とおしぼりを握ったままの私は、事の急展開にただただ呆然としていた。あんなに苦痛で情けなかった時間が、一瞬で消えた……？

「家に帰ってすぐに、重曹に浸けたらいいですよ」

ふいに近くで声がして、驚いて見れば彼が何事もなかったかのように微笑んでいた。

「シミの原因は、赤ワインの中のアントシアニンです。アントシアニンは時間が経つと酸化して落ちにくくなるので、すぐにやってください。重曹をふりかけてぬるま湯でやさしく擦ればいいです」

「え、あ……、詳しい、ですね」

言ってすぐに、他にもっと言わなきゃいけないことがあるだろう、と思った。でも、思いつかなかった。

「ワインを零して困ってるひとを救うのも、仕事なので」

ふふ、と彼が悪戯《いたずら》っぽく笑う。薄い唇の隙間から白い歯が零れ見えて、そのとき、周囲の騒ぎが嘘みたいに遠くなった。強いお酒を呷《あお》ったかのように頭の芯が熱を持って震える。それを感じながら、私はきっとこの日のことを一生忘れないだろう、と思った。あまりに鮮やかに、悪夢からひょいと掬《すく》い上げるみたいに簡単に私を助けてくれたひとと、出会ってしまった。それは、私が速見に恋をしてしまった瞬間でもあった。

酔いが深いからか頭を打ったからか、部長は意識が朦朧としているまま救急車に運び込まれ、鷹田さんは「しゅんちゃん！　しゅんちゃん！」と部長の下の名前を繰り返しながら同乗していった。おれもついていくと騒ぐ西本さんを他の男性社員が止め、その横で誰が社長に連絡するかで残りの男性社員たちがじゃんけんをしていた。女性社員やパートの女性たちはひとところに集まって「あれは西本くんともやってるわ」「だろうねー。あたし倉庫で抱き合ってるの見たもん」「ねえねえ、鷹田さんの家に電話してさ、奥さん救急車で病院に運ばれましたって密告しちゃう？」と楽しそうに話していた。

ウェイターの彼は、いつの間にかいなくなっていた。

「あのう、私帰ります」

一応声をかけたけれど誰も私のことなど見ておらず、パートの田中《たなか》さんだけが「はいはい、おつかれー」とおざなりに手を振ってきた。

お酒なんてほとんど飲んでいなかったのに、からだが軽い。地面が軟らかい。ふわふわした気持ちで、帰路についた。服のシミを落とさなきゃ。そして綺麗になったワンピースを着て彼にお礼を言いに行こう。

これまで何度か恋をしてきたけれど、その中でも一等素敵な恋が始まった。そう思った。

それから私は毎日のようにイタリアンレストランに通い、回数を重ねるたびに彼の情報を得ていった。私より六つも年下だというのには少しショックを受けたけれど、でもそんなことはすぐに気にならなくなった。あんなにもスマートに私を助け出してくれたひとなのだ。年の差なんて些細なことだ。

幸い、速見には恋人はいなかった。

「ぼく、いつもすぐ愛想つかされてしまうので」

恥ずかしそうに頭を掻くのを見て、これまでの女に見る目がなかったのだ、と思った。私はちゃんと、彼を見ている。こんなに素敵なひと、そうそういない。

私は、自分にそんなバイタリティがあったのかと驚くほど強引に彼に近づき、その結果付き合うようになった。

距離感を探りつつの食事を重ねる。お酒で恥じらいを捨てて彼に迫ったのは、何度目だったか。ぼくもずっと触りたいと思っていた、と言われて、頭がくらくらした。

最初はとても幸福で、順調で、何の憂いもなかった。速見は私の自慢の恋人だった。それが大きく変わったのは、私が三十を目前としたころのこと。そろそろ結婚したい、という思いに私が囚われてから、苦しくなった。

＊

上津さんの通夜の儀は、彼の希望通り、とはいかなかったが野崎に見守られて執り行われていた。

私は斎場室の一番後ろの席に座って、その様子を見守っていた。

ひまわりで彩られた祭壇に、笑顔の上津さんの遺影がある。イケメンというタイプではないけれど、丸みのある額は賢そうで、穏やかに弧を描いた目元はやさしそう。総合的には誠実そうなひと、という印象だった。実際、彼が丁寧にまとめて残したものを思えば、きっとその通りだったに違いない。

うう、と唸り声がして、それは野崎だった。両手で顔を押さえ、泣いている。その姿から再び遺影に目をやる。

不思議な気持ちだった。

上津さんが女性であったなら、私はもっと分かりやすい感情を抱けただろう。野崎が執心し、家族葬とはいえ喪主まで務めると言わしめた女性に私は少しの嫉妬と羨望を覚え、そしてそのひととなりを知りたくて堪らなかったはずだ。でも、男性というその一点が、心をかき混ぜてありようを分からなくする。野崎は私と暮らしていたあのときから、男性を愛していたのだろうか。だから、私を捨てたのだろうか。そんな疑問が、どうしても姿を見せる。

野崎とはもう終わっている。それは間違いなくて、だからいまさら論ずることでもないと分かっている。けれど、それでも「もしかしたら」を考える。いや、もし彼の愛の方向がほんとうは男性に向けられているとして、だったら、私は「どう」思うのだ。そういうことだったならとこれまでのすべてを水に流せるとでもいうのか。自分の気持ちが分からない。

喪服のポケットに入れていた携帯電話が小さく震え、見れば天音からのメッセージだった。

『家帰ったらいないんだけど、どこ』という、昼間のことをすっかり忘れたような文面をしばらく眺める。

『ママはまともな恋愛したことなんてないでしょ』

昼間に投げつけられた天音の言葉が蘇る。まともな恋愛。まともな恋愛って、何だろう。

返信せずにポケットに押し込んだ。

恋人になってからだんだんと、野崎が酷く優柔不断な男であると知った。野崎は、結婚に対してものらりくらりとした態度を崩さなくて、私は彼を前向きな気持ちにさせることに必死だった。

あなたは収入を気にしているけれど、ふたりで生きていけば二馬力になって、ちゃんと生活していける。私は節約が得意だし、お金がかかるような趣味もない。絶対にいい妻になるから結婚して。それとも誰か他にいるの？　いないでしょう？　何度もそう言って結婚をせがんだのに、野崎は『もちろん、チワワちゃんしかいないよ。でもチワワちゃんの望むしあわせを叶える自信はまだ持てないんだもん』と言って躱《かわ》し続けた。

友人たちはみな嫁いでいき、子どもを産んだ子もいた。ひとつ上の兄は私より三つ下の嫁を貰い、ふたりも子どもがいる。両親は『三十の大台を超えちゃったんだし、相手がいるならいい加減、ねえ』と迫ってきた。鷹田さんと西本さんが辞め、部長がただの配達員に降格したというのに会社の空気は相変わらずで、とうとう『いかず後家《ごけ》』と揶揄《やゆ》されるようになった。取り巻く環境が息苦しくて、そして私自身が、とにかく結婚したかった。仲の良い恋人もいるのに結婚しないなんておかしいとさえ思った。早く結婚して、子どもを産みたい。みんなと同じように家庭を築きたい。だから何度も頼んだのに、野崎は決して頷かなかった。

　そんなとき、妊娠した。生理が十日ほど遅れ、もしやと思って使った検査薬にくっきりと陽性反応が出たのを見て、トイレで快哉《かいさい》を叫んだ。避妊にはじゅうぶん気をつけていたつもりだ。けれど妊娠したということは、神様が私の味方をしてくれたからに違いない。これで、野崎も腹をくくるはずだ。

　検査薬を見せたとき、野崎は『そんなことが』と驚いた顔をした。セックスしていれば当然の可能性に、まったく思い至っていなかった顔だった。そんなこと中学生だって分かるでしょうよ、と言いたくて、でもぐっと堪える。代わりに、『結婚するしかないね』ときっぱりと言った。野崎は『チワワちゃんの言う通りだよ、ね』と私に気圧されるように頷き、私はそれに『そういう言い方はないでしょう』と返した。

『結婚しよう、どうしてそういうことが言えないの』

『ああ、ごめん。結婚、しましょうか』

　曖昧に笑う顔に、こんな大事なときでさえ頼りないのかと少しだけがっかりした。いやでも、女性と違って男性は親になる自覚を持つのに時間がかかるという。これから、夫として父として成長して頑張ってくれたらいい。

『もっとしっかりしていってね』

私はもう、結婚後出産後を見据えている。恋人同士の甘い時間はじゅうぶんすぎるほど楽しんだ。これからは夫婦として堅実に、支え合って生きていくのだ。

しかし、結婚しても野崎は変わらなかった。勤めている個人経営のイタリアンレストランの収入は知れていて、今後の昇給はあまり見込めない。これを機に転職してほしいとお願いすると『あそこ、居心地いいんだよねぇ』と言う。三人で暮らすためにもう少し広い部屋を探そうと提案すると『不動産屋とかそういうひととのやり取り苦手』と眉尻を下げる。大きなお腹を抱えて部屋を探し、引っ越しの支度をし、同時に出産準備を進めた。

そのあとも、里帰りをしようと思っていたら『ひとりになっちゃうよ』と寂しがった。それなら産後のからだの大変さや赤ん坊の世話の仕方をしっかり学んでもらわなくては、と母親教室に連れて行ったが、二回で野崎は行くのを渋りだした。

『助産師さんが苦手なんだ。父親の自覚だとか、責任だとか、しつこいくらい繰り返すしさ。覚えなくちゃいけないことは、チワワちゃんがあとから教えてよ』

三回目からは、母親教室は私ひとりで通った。

天音が生まれても、変化はなかった。初めての子どものうえ、天音はとても手のかかる子だった。母乳をうまく飲めずに毎度噎《む》せるし、飲めたかと思えば吐き戻す。抱っこしていないと寝なくて、ベッドに置くとすぐにギャンギャン泣く。神経が細やかで、外でカラスの鳴き声がするだけでやはりギャンギャン泣いた。

寝不足で、常に母乳を与えているせいでふらふらになっているのに、野崎は変わらず私を頼ってきた。ねえ、やっぱりぼくマンションの自治会に出るのは無理だよ。ああいうの、苦手なんだ。ねえ、オーナーが腰痛めちゃってさあ。給料アップするからキッチンの仕事も覚えろって言うんだけど、どう思う？　料理は嫌いじゃないけど、お金を取るものをって思うと、気が重たくなる。

『どうしてそうなの。しっかりしてよ！　父親でしょう？』

　年下ということを差し引いても、野崎はあまりに頼りなかった。恋人のときはやさしいとか穏やかだとかいう言葉で表してきたことか、優柔不断で甘ったれなだけだとしか思えなくなった。

『自治会くらいなんだって言うの。キッチン、上等じゃない。家族のために仕事くらい覚えなさいよ。お給料上がるんなら、やってよ！』

　怒ることが増えたけれど、でもそれは野崎を見下げてのことではなかった。三人での生活を豊かにしたい、その一心からの叱咤だったのだ。早く自覚をもって、お願いだから。祈る気持ちすらあった。

　天音が一歳になると同時に保育園に入れ、パートに出た。贈答品専門店時代に培った包装技術を使おうと、老舗の和菓子屋での販売員にした。妊娠出産で鈍ったからだで毎日必死に働き、人見知りで泣き喚く天音の送り迎えをする。保育園に入ったばかりの子どもなら必ずいろんな病を貰ってくるが、天音もその例に漏れず、二週間に一度は体調を崩した。急に休むことに対してお店は最初こそ寛容だったけれど、しかししょっちゅうになると『小さいんだから、まだお母さんと家にいたほうがいいんじゃないの』と嫌みを言われるようになった。もう少し働きやすい職場を探そうか、いや内職なんてどうだろう？　でも単価が安いから思ったほど稼げないと聞いたこともあるし……。私が悩みながら園と病院、店を駆けまわっているのに、野崎はどうでもいいことばかりで『しんどい』『辛い』と言っていた。

あの日の夜も、そうだった。私は天音が園で使うスモックと野崎の制服にアイロンをかけていた。

『キッチンはうまくやれそうにないから嫌だって言ってから、店に居辛いんだよー。転職しようかなあ』

野崎は鼻水を垂らしている天音に抱きついて、辞める勇気もないくせに言った。

『ねえ、何の役にも立たない愚痴を零す暇があるなら、天音の鼻水を拭いてあげて』

野崎は動かない。天音の服に、長い指が食い込んでいる。あのときうつくしいと思った指が、大嫌いな蜘蛛の足に見えた。

『でもぼく、あの店以外でうまくやれる自信もないんだよね。いちから人間関係を築いていくって、とてつもない労力でしょ。どうしたらいいんだろう。ねえ、チワワちゃん』

天音の服がくしゃくしゃになる。蜘蛛に捕食されようとしているのに、天音は洟を啜りながら録画したテレビ番組を観ていた。大好きな幼児向け番組なのに父に邪魔をされて、眉間に皺を寄せている。

『ねえ、鼻水、拭いてってば』

時計を見ると天音の就寝時間に差し掛かっていた。これから病院で処方された鼻水止めの薬を飲ませて歯磨きをさせて、布団に入れなければいけない。ああ、明日はパートに出られるだろうか。今月は、あと五日は出勤しておきたいんだけど。来月私の実家で法事があるから、野崎に新しいワイシャツを買う予定でいるのだ。夫にみっともない格好をさせるわけにはいかない。靴も新調したいけど、これは諦めよう。せめて丁寧に磨いておこう。

『ねえチワワちゃん、ぼく明日休んでいい？　ほんとうに、辛いんだ』

思考が、一瞬止まった。

野崎の有休は残っている。一日くらい休んでも、大丈夫だ。でもこのときはそんな風に思えなくて、ただただ頭に血が上った。野崎の腕の中から力任せに天音を奪い取る。

『あんたって男はどれだけ役立たずなの！　その腕は飾り!?』

男の腕は、愛するものを守り包むためにある。私は、そう思っている。父も、兄も、友人の夫たちも、周りの男たちはみな、そうしている。女はその腕の中で安心しながら、内から男を支える。それが、〝普通〟のはずだ。だから私は、これまでどれだけ男に踏みつけられても受け止めてきた。認めてきた。いずれ結婚すれば、私も私の男に守ってもらえるはずだから、と。

『初めて会ったあの日、ちゃんと守ってくれたじゃない。私を助けてくれたじゃない！　ああこのひとだって思ったのに。あれは嘘だったの!?』

あの苦しい空間から助け出してくれたこと、私はとても嬉しかったのに。

『いまじゃ私や天音に縋るだけ！　あんた男でしょ？　ちゃんとしてよ。妻と子どものために頑張ってよ。抱きしめてもらおうとすんな！』

思い出してよ。あんたの腕は、抱きしめるためのものでしょう？

野崎は不意打ちで殴られたような顔をして、それからぽろぽろと涙を零した。私の剣幕に怯えた天音がからだを震わせる。『ああ、ごめん。ごめんね、天音』と天音の背中を撫で、涙を拭う野崎を睨みつける。

『ちゃんとして。私と天音を安心させられるひとになって』

野崎は、返事をしなかった。焦げたような臭いがして、はっと振り返ったら天音のスモックに載ったアイロンから白い煙が出ていた。天音が喜ぶから奮発した、キャラクターもののスモック、買ったばっかりだったのに！　天音を置いて慌てて駆け寄り、アイロンのコンセントを抜く。スモックは修正も不可能なくらい茶色に焦げてしまっていて、天音が『ひどいよお』と泣いた。明日から着るのすごく楽しみにしてたのに、こんなのひどいよお。その泣き声と一緒に、私も泣いた。

大きな望みは抱いていない。贅沢な暮らしがしたいわけでもない。ただ、三人で人並みに穏やかな日々を過ごしたいだけなのに、どうしてうまくいかないんだろう。

それでも、離婚は考えなかった。天音にとってたったひとりの父親だし、これから年を重ねていけば成長してくれる部分もあるだろう。

私も妻として母としてもっと努力するから、あなたも夫として父として頑張って。

野崎に呆れ、詰《なじ》り、時に叱咤する。そんなことを繰り返したある日、野崎から『離婚してください』と切り出された。彼は泣きながら『もう、辛いです』と言い、離婚届を差し出してきた。役所に用紙を貰いに行くのすら嫌がって、婚姻届も天音の出生届も私が何もかも支度したのに。

『どういうこと。意味が分からない。仕事、辞めたの？』

野崎は結局キッチンに入ったものの、あまりうまくいっていなかった。野崎の腕の問題ではなく、近くに競合店ができて客足が遠のいたのが原因だった。経営不振にイライラするオーナーがスタッフに八つ当たりするようになり、野崎はその標的になりやすかったらしい。辞めたいけれど他に働ける先を探すのも気が進まないし……というといつもの優柔不断さで、暗い顔をして出勤していた。

『相談してほしかったけど、辞めたのは別にいいんじゃない？　キッチンで頑張ってもあのお給料じゃあね。続けても生活は向上しないだろうし』

生活水準を少しでも上げられるよう、私は和菓子屋のパートを辞め、子育て応援企業を謳っていたクリスタルフラワーに正社員として雇い入れてもらっていた。花の勉強をし、祭壇づくりという特殊な仕事を覚えれば給与も上がるというのが一番の魅力だった。水に触れることが多いから手荒れに悩まされるようになったけれど、それでも独身時代よりも高額な給与が貰えるので嬉しい。なにより、生まれて初めて〝仕事〟に対してやりがいを見いだせた。『ありがとう』『素敵』といった、自分が手掛けたものが感謝され褒められる、という経験は初めてだった。ここなら続けられる、そんな気がしていた。

『でも、なるべく早く次の働き口を見つけないとね。パパが毎日家でぼーっとしてるってのは、天音の教育によくないよ』

『そうじゃない。そうじゃないんだ。ぼくはもう、君とは暮らせない』

野崎は苦しそうに言い、『君といたら、ぼくは死んでしまう』と続けた。

『は？　どういうこと』

『君はぼくを苦しめるんだ』

いい年をした男が、涙を零しながら言う。チワワちゃんの求めることが辛いんだ。ぼくはチワワちゃんと一緒にいられない。

『私のどこがあんたを苦しめてるって言うの？　ごみ捨てを頼んでること？　でもそれはいっつも忘れるから結局私が捨ててる。こないだの喧嘩？　でもあれは保育園の保育参観日に行かなかったあんたが悪いんじゃない。他のきちんとしたお父さんたちの中にいると居心地が悪いとか何とか言ってたけど、それは努力でどうにでもなることだったよね』

勤務先のレストランは清潔であれば髪形に決まりはなく、美容室に行くのも苦手な野崎は肩まで伸ばした黒髪をいつも後ろで適当にまとめていた。それでいて人目を気にしているなんて、どうかしている。

『チワワちゃんの前にいるだけで、息ができなくなるんだ』

嗚咽を漏らしながら、野崎が言う。お願いだよ、ぼくを解放して。

それはあまりに、悲愴感溢れた姿だった。それを見ながら、からだの内からマグマのような感情が湧いてくる。

『あんたの中で、私は〝面倒〟になったってわけ？　それ、お得意の〝逃げ〟でしょ？』

これまでずっと一緒に生きてきた私に対して、使っていいものじゃないでしょう。

何かがブツンと切れて、初めて私は野崎の頬を打った。

悪夢のような日々が始まった。私の親や、互いの少ない友人たちを巻き込んで翻意を迫り、私自身も、『逃げるなんてだめ』『私に悪いところがあったんなら、直す努力をする』と言った。

『天音のためにも父親でいてちょうだい』と頼んだ。けれど、野崎は泣きながら詫びるばかりだった。

私は、分からなかった。どうして野崎が私から逃げていくのか。面倒だと切り捨てられるほど、私たちの関係は薄っぺらなものじゃないはずだ。

『ねえ、速見に父親と夫を望むのが、そんなに悪いの？』

友人たちに訊いた。平凡なしあわせを望んだだけだ。抱きしめてくれる腕、その中にある安心感を求めていただけだ。人並みの生活でじゅうぶんで、私も働くことだって厭わない。なのに、どうして。

みんな、困った顔をした。言葉を探して、『千和子は悪くない』と言った。

『千和子は、間違ってないよ。間違えているとすれば、そもそもの相手を間違えたんだ』

そんなことない。だって、あのひとは私が最悪なときに、手を差し伸べてくれたひとなんだから。

しかし、野崎は記入済みの離婚届を置いて、まさしく逃げた。ある日、血の滲む手で花を扱い、天音を迎えに行き、両手に買い物袋を抱えて部屋に帰ると、リビングのテーブルに紙きれが一枚置かれていた。彼の服のいくつかと愛用していたリュック、昔から気に入って履いていたドクターマーチンのイエローブーツがなくなっていた。

あのひとでも、こんな残酷なことができるんだな、と思った。数年間を共に生き、娘もいる。あんなに幸福な出会いをしたのに、全部なかったことにしていけるんだ。そういうことをされても仕方ないくらい、私が悪かった？

あのときから、野崎は男性を愛する男だったのだろうか。女の私では何をどうしても同じ結末だったのだろうか。じゃあそもそもどうして私とセックスをしたのだ。途中から性対象が変わるということがありえるんだろうか。

ことん。外で気配がして、はっと意識を戻した。祭壇前ではまだ導師様が経を上げている。音を立てないように気をつけながら斎場室を出て見れば、今回の施行担当者である佐久間さんが、仕出し屋やなぎの大将と食事の搬入をしているところだった。今晩は、野崎はここに泊まる。通夜のあとは私も一緒に食事をとることになっていた。

何か手伝うことでもあるだろうか、とふたりのところに行く。やなぎの大将が「お、千和子ちゃん！　久しぶり」と片手をあげた。仕出し屋と花屋ではなかなか接点がなさそうだけれど、気付けば人あたりのよい大将とは飲みに行く仲になっていた。

大将は、今夜の通夜の喪主について知っているらしい。少し悩んだ顔をしたのちに、「今度さあ、芥川と一緒に暑気払いの酒でも飲もうぜ。な！」と笑った。

「ええ、喜んで。生ビールと、焼肉かなー」

「いい店連れて行ってやるよ。ああ、佐久間ちゃんも来いよ」

「行きたいんですけど、彼氏が文句言うと思うから」

佐久間さんが心底残念そうに言う。

「なんだ、それ。オレも芥川も佐久間ちゃんに下心なんてないし、千和子ちゃんもいるんだから余計な心配かけさせねえぞ？」

「いえいえ、そうではなく。ただでさえ不規則な仕事をしてるんだから、空いてる時間があれば自分に回してほしいって」

「ああ、なるほど。少しでも時間があれば会いたいってやつだな。かー！　そういうの、懐かしすぎるな」

　大将が笑って言うと「まあ、大事にしてくれるひとではあるんですけどね」と佐久間さんが肩を竦める。

「やさしくてしっかりしてて、このひとがいてよかったと思うこともたくさんあるんです。でも」

　佐久間さんが唇を尖らせる。いつも飄々と仕事をこなし、あまり自身の話をしない彼女が珍しい。

「どうしたの？　いま聞いた限りだと、最高の相手じゃない」

「……わたしは、彼の仕事に口出しはしません。結婚して、ふたりの生活に支障がある場合は言うこともあるかもしれない。だけど、それでも最大限相手を尊重したい。でも、向こうは違うんです。わたしはまだ何も迷惑をかけてないのに、わたしの仕事に意見してくる。それがどうしても納得いかないんです。そういうの止めてほしいって言ったら、彼が『女性はさ』って言ったんですよ」

　女性はさ、結婚したら必然的にライフスタイルが変わるだろ？　君とのこれからを考えているおれには、君の仕事についていまから意見を言う権利があるはずだ。佐久間さんの恋人はそう主張したのだという。後ろでひとまとめにした髪の毛先をいじって、佐久間さんはため息を吐いた。

「結婚。なるほどそんな年頃だもんなあ」

大将が腕を組む。

「この辺りはまだまだ田舎だから、古い考えもいまだに常識扱いされてるところがあるよな」

うんうん、と大将は頷き「女は男より稼げねえとか、女の仕事は家庭の次とかさ、オレでも耳を疑うようなことを平気で言う奴がいる。男手ひとつで嫁さん子どもを養えた時代はとうの昔に終わってんのに、いつまで女の仕事を馬鹿にするんだろうなあ」と続ける。

「そう、その通りですよ。わたしはここでちゃんと働いているし、他の男性社員と比べて劣ってるわけでもない。なのに女だからって仕事に口出しされる。納得できないですよ」

あーあ、と佐久間さんがまたため息を吐く。

「母や姉は、彼氏の言う通りにすべきだ、出産や育児を考えたら彼氏に食べさせてもらうんだから、の一点張りで相談にもならないし」

私は、その会話に入れなかった。

私は、佐久間さんの恋人や家族の言うことをもっともだと思ってしまったから。

大将の言うことも、正しい。男性以上に稼ぎ、男性以上に働く女性も確かにいるだろう。結婚後も男性の稼ぎと対等であり続けられるひとだって、いるに違いない。天音にもそんな力を身につけた女性になってほしいと思っている。しかしそんな女性はまだ、ほんの一握りしかいないはずだ。少なくとも、私の周りには夫の給料を主軸にして生活している女性が圧倒的に多い。

それは田舎ゆえのことではなく、大多数の女性の生き方はいまだ変わっていないということではないだろうか。女性はライフステージが変われば、必然的にライフスタイルも変えざるを得ない。子どもを産めばその変化は特に大きなものになる。どれだけ世相が変わっても、覆されないものもある。

佐久間さんが、結婚やその先のいろいろを望んでいるのなら、夫となる恋人の意見に従うべきだと思う。いずれは家庭を第一に考えて仕事を選ぶようになるのだから、何も結婚前から喧嘩することはない。

「ぶっちゃけて言うと、彼はこの仕事が気に食わないみたいです」

佐久間さんが思い切り顔を顰めてみせた。

「ご遺体と関わる仕事は辞めてくれっていうようなことを言われました」

「何それ、酷い」

思わず、大きな声を出してしまった。

数ヶ月前のことを思い出す。佐久間さんは親友の葬儀を担当した。本来は私に指示を出せばいい立場なのに、彼女は白い千日紅をメインにした花畑のような花祭壇を自分の手で作り上げた。永遠の友情を誓う祭壇の中央に、親友の遺影を大切そうに置く彼女を、私は誰よりも近くで見ていた。

こちらが泣きそうになるほど、凜とした顔だった。覚悟をして仕事をする強さが眩しく、そしてその年で真正面から向き合える仕事に就いていることを羨ましいと思った。彼女と同い年のころ、私はとにかく結婚したい、ということしか考えていなかったのに。

ああ、あのころは野崎だけではなく私も責任感がなかったんだろうな。

そんなことを思った。私がもっと覚悟や責任感を持って結婚していれば、こんな未来に辿り着かなかったかもしれない。

そんな風に恥じ入らせてくれた彼女の仕事を根本から否定するようなことを、他でもない恋人が言うなんて。

「佐久間さんの仕事への姿勢、すごくいいと私は思うよ」

手を握って言うと、大将も「そうだそうだ」と頷き、彼女は弱音を吐いたことが恥ずかしくなったように俯いた。

「周りに負けずに頑張りなさ……」

励ましかけて、はっとする。いまの私、あんまりにも矛盾していやしない？

女なら男に従うのも仕方ないってさっきまで考えていたくせに、佐久間さんの立場で考えれば、男だから何様、って腹を立てている。

女だから仕事を諦めても仕方ないはずがない。女だからって仕事を軽んじられていいはずがない。そんなはず、ないのに。分かっているのに。

おりんの音が高く響いた。

通夜経が終わるのかもしれない、と振り返った私ははっとする。

さっきまで見つめていた、項垂れた野崎の背中を思い出す。寄る辺のなさそうな頼りないそれは、昔私に責められて天音を抱いていたときのそれとどこか似ていたような気がした。

通夜の儀の後、遺族控室に柩が戻された。これからは遺族と故人の最後の夜が始まる。やなぎ自慢の通夜振舞いの膳を、野崎は口にしようともしなかった。柩の前に座り、じっと上津さんを見下ろしている。

「何か、食べたらどう」

「……ごめん、食欲ないんだ。チワワちゃんは食べて」

私に背中を向けたまま、野崎が言う。

「君塚さんに聞いたけど、昨日から何も食べてないんでしょ？　からだによくないよ」

「大丈夫。さすがに、自分のからだのことくらい、分かるよ。死ぬほどのことじゃない。死ねるほどのことじゃない」

そんな言い方、と咎めようとして、声音の静かさに止めた。通夜の儀を経て、上津さんの死を受け入れようとしているのかもしれないと思った。

「……私、少し外に出てるから」

言い置いて、外に出た。喫煙所を兼ねた東屋のベンチに座る。昼間の暑さが嘘のように涼しい風が吹き、頬を撫でる。外灯には蛾や羽虫に交じって小さなクワガタがいた。

はあ、と小さくため息を吐いてから、闇に溶けた庭に目をやる。芥川くんが毎日手入れをしている空間は、夜であってもどこか温かさを感じられる。

「何が、私と似てる、よ」

遺影の顔を思い出し、小さく呟く。上津さんというひとは、私よりもよほど野崎をよく知っていて、大事にしていた。それは、『死』というものを見据えたひとだからこそ得た覚悟なのかもしれないけれど、それにしたって。

「私よりあいつのことを分かってるくせに」

君塚さんが発つ前、少しだけふたりで話をした。友人として上津さんと長年関わり、野崎とのことも見守ってきた彼女は『ふたりは、しあわせだったと思います』と言った。

『でも、それが正しいしあわせだったのかと訊かれたら、分かりません。彼らを共依存と言うひともいました。上津は誰かを庇護することで安心する性格で、それは過保護と言われてしまうものでした。そのせいでこれまでの恋人とはなかなかうまくいかなくて。でも速見くんと出会ってから、とてもしあわせそうだった。速見くんがどういう性格かは、私が言わずとも牟田さんならお分かりでしょう？　凹凸がぴったり嵌るように、ふたりはふたりだけで完結していて、それは間違いなく完成されたしあわせだったと思います』

『野崎は、しあわせだったの？』

もはや疑いようもないことなのに、尋ねる声が微かに震えた。私の記憶の中の野崎は、特に、別れ際の一年ほどは、ほとんど笑っていなかった。君塚さんが申し訳なさそうに『ごめんなさい』と謝ってきた。

『気持ちのいい話じゃないですよね』

『いえ、別れてもう十八年だから、どうでも』

嘘だ。どうでもいい、と切り捨てられるわけなかった。

出会ったころ、私だけが野崎の良さを分かっていると思った。誰よりも理解できていると思った。なのに野崎は……。

頭をぶるんと振った。二度、三度。五度目で頭がくらくらしてきて、止めた。

もう、自分に言い訳を重ねるのはやめよう。

私は、野崎のことをちっとも分かっていなかった。夢のような出会いに目が眩んだ私が、私にとって都合のいいフィルターを野崎にかけてしまったのだ。気弱そうでも優柔不断でも、肝心なところでしっかりと私を守ってくれる、ほんとうは頼りがいのある男性なのだと信じ込んだ。

私が野崎に求めていたものは、彼を苦しめるだけだった。あのひとは、誰かからもたらされる安心感がないと生きていけないひとなのだ。私の願う〝男〟ではない。なのに私は、彼に強固でゆるぎない、〝男らしく〟や〝夫らしく〟、〝父親らしく〟を望んで、押し付け続けた。

私は、若かったときの自分が嫌悪したこと——性の強要を、野崎に強いていたのだろう。自分の満足する枠の中に野崎を押し込めようとし、どうしてできないのと責めた。誰よりも近くで詰り続けた分、彼らよりたちが悪かったかもしれない。

抱きしめてくれる腕を、安心感を。そしてありのままの自分を愛してくれるひとを求めて、野崎は逃げたのだ。

そして、心安らげる相手に出会った。

「情けな……」

呟くと、涙が滲んだ。

天音、あなたの言う通りよ。私はまともな恋愛なんてしたことなかった。愛も育めず、相手を苦しめるばかりだった。そんな私の言うことなんて、あなたに響かないのも当然かもしれない。

「こんばんは」

やわらかな声がして、見れば芥川くんが立っていた。出かけるのだろう、夜目にも鮮やかなアゲハ蝶柄のアロハシャツに、チノパン姿だ。彼のトレードマークともいえる黄色レンズの眼鏡がキラキラしている。

「あら、いまからご出勤？」

彼の趣味は、女の子だ。可愛い女の子と喋るのが好きで、暇さえあれば隣の樋野崎市《ひのさきし》にあるキャバクラやガールズバーに通っている。

「まあね。でもその前に、牟田さんが気になって。おれの部屋から、見えるんだよ。牟田さんが亡霊みたいに座ってるところが、もう丸見え」

にこりと笑って、彼が事務所兼住まいの方向を指す。嘘ばっかり。東屋の屋根が邪魔して、見えるはずないのに。

「相変わらずね」

彼は芥子実庵の経営者だが、施行には関わらない。本人曰く、子どものころから筋金入りの怖がりで、とにかく『死』が怖いのだという。遺族の喪失の哀しみに触れることも苦手で、だから施行中は黒子役に徹しているのだが、しかしこれがいい仕事をする。私が思うに、観察力が秀でているのだと思う。背中にも目が付いているのかと驚くほど、遺族や参列者の様子に気を配り、対応していた。ひとと接する仕事が天職なのだろう。施行担当者になればきっと、と思うが彼は『絶対無理』と情けない顔をする。幽霊や呪いは克服したけど、『死』だけはダメだ。向き合いたいとは思うけど、と。

「この辺り、蚊が多いんだぞ。ほら」

芥川くんは虫よけスプレーを雑に振りかけてきたあと、私の隣に腰掛ける。飲みなよ、と缶入りのおしるこを差し出された。

「冷たくて美味《うま》いよ」

「え。これってあったかくして飲むやつでしょう」

「冷やしても美味いよ」

受け取ると、ひやりとしている。訝しむ私をよそに、彼は自分の分の缶のプルタブを引き、口をつけた。ごくりと喉仏が上下する。

「ほんとに？」

プルタブを引き、そっと口をつける。

「あら」

流れ込んできたおしるこは、想像していたよりも、美味しかった。いや、どちらかというと冷えているほうが好きかもしれない。

「意外。美味しい。あったかいときより甘ったるくないかも」

「そうだろ？　小豆の味が立っている気がするんだよ」

「相変わらず、甘いものが好きね」

「酒と甘いものと、元気な女の子に目がないね」

ふたりでしばらく、缶を傾けた。

「あの部屋でどうやって過ごせばいいのか、分かんないのよね」

甘い息に乗せてほろりと言葉を零した。

「最後にふたりきりにさせてあげたい気もするし、野崎をひとりにしていいのか気になるところでもあるし。あのひと」

弱いから、と言いかけて口を閉じる。それから少しだけ考えて「しあわせにできなかったなあ」と言い足した。

「私じゃ、しあわせにできなかった。苦しめるばかりだった」

はあ、とため息を吐く。

「後悔してるの？」

「後悔、なのかな。分からない」

缶を弄び、考える。どこからか虫の音が響いてくる。

「しあわせにしてあげたかったなとは思ってる。でも、私じゃ無理だってことがよく分かって……ううん、そうだな、申し訳ない、のかな」

言葉を探していると、芥川くんが「そういう気持ちは、抱かないでいいと思う」と言った。

「どうして」

「牟田さんがそういう風に思うことはない。野崎さんは、牟田さんをしあわせにしてくれた？」

訊かれて、戸惑う。

「おれは牟田さんがシングルで頑張ってた姿を知ってる。天音ちゃんの具合が悪いとき、芥子実庵の応接ソファに寝かせてまで働いたこともあっただろう？　もし彼が夫として牟田さんを支えていたら、もっとしあわせだったかもしれない。豊かだったかもしれない。あなたが彼をしあわせにできなかったとしたら、彼もまた、あなたをしあわせにできなかった。こういうのって、お互い様じゃないの？」

「そう……そうね」

ひとりで子どもを育てることは、容易ではなかった。信頼できるパートナーが欲しい。辛さを受け止めてくれる腕が欲しい。たったいま、この瞬間だけでも、誰かに縋りたい。そんな風に願ったことは何度あったか知れない。

「恋愛も結婚も、ひとりじゃできないんだ。彼を責めろとは言わないけれど、自分を責めるのはやめなよ」

「うん……」

おしるこを飲む。やさしい甘さが喉を滑り落ちていく。恋愛も結婚も、ひとりじゃできない。その通りだ。私たちはふたりで、失敗した。

「ありがと、芥川くん。あなたがこんなに素敵な話し相手になるとは思わなかった」

「おれはどういう風に思われていたんだよ」

「お酒と甘いものと女の子が好きなおじさん」

「自分で言うのはいいけど、他人に言われると胸に刺さるものがあるな。あと、実はおれは可愛いものも好きだ」

「いや、そんな告白いらないから」

私がつっこみ、芥川くんが笑ったそのとき、「牟田さん！」と大きな声をあげて佐久間さんが走って来た。

「大変！　あの、娘さんが！」

「え？　娘って、天音？　天音がどうしたの」

思わずポケットに入れたままの携帯電話を探る。あれから一度も返信しないままだった。

「ここに来て、いま、野崎さんのこと怒鳴りつけてます」

「何で!?」

どうしてそんなことになるの。缶を芥川くんに預けて、走った。

建家に近づくと、「ふざけんなよ！」と天音の怒鳴り声がした。玄関前で、仁王立ちの天音と、へたり込んだ野崎がいた。

「ちょ、ちょっと天音、どうしてここにいるの！」

「ママが帰って来ないから会社に電話したら、社長さんが『元夫さんの恋人の葬儀に出てる』って」

天音のことを実子のように可愛がってくれている社長なら、言うかぁ……。というより口止めしなかったし、まさか天音が会社にまで問い合わせるなんて思わなかった。眉を下げた私に、天音は「馬鹿じゃない？」と言った。

「ママ、ほんとうに馬鹿じゃない？　何で馬鹿みたいに式を手伝ってんの？」

天音は「信じられない、信じられない！」と地団太を踏んで「甘いんだよ、ママは」と私を指差した。

「どのツラ下げて頼ってきてるんだって言わなきゃだめじゃん。馬鹿にすんなって怒鳴らなきゃだめじゃん。ママは恋人ひとり作らないで、誰にも甘えずにずーっとあたしを育ててくれた。どんなときもあたしに手を抜かないでいてくれた。だからママは、このひとにお前もひとりでやれって言わなきゃだめじゃん！」

だんだんと、天音の目のふちが赤くなっていく。声が濡れていく。

天音は顔を歪めて自分を見上げている野崎に「ふざけんなよまじで！」と声を張った。

「ママに甘えんな。ママに関わんな。これまでのママの苦労を全部経験して初めて甘えてみろ。できないんだったら、あたしはこんな我儘を通したあんたを、絶対許さない！」

天音が保育園児だったころ、癇癪を起こしたときと同じ怒り方だった。地団太を踏んで、怒りの対象を指差して、そして最後は、私に抱きついてきた。

いまも、私に「ママ」と抱きついてきた。

「帰ろ。こんな最低男のために酷い目に遭うことない。帰ろ」

必死で縋ってくるからだはあのころし違って、大きい。最後に天音に抱きつかれたのはいつだっただろう。あんまりにも記憶と違って、戸惑う。でも間違いなく天音で、私はあのころとおんなじように抱きしめて、背中を撫でた。

「なあに、落ち着きなさい。こんなこと、故人さまに失礼よ」

「だって」

「だってじゃない。故人さまの最後の時間を乱してはだめ。冒瀆になるの。でも、私のことを庇《かば》ってくれたのは、嬉しい」

鼻の奥がツンとした。

「私のことを、そう言ってくれて、ありがとう」

零れそうになった涙を拭って、天音の背中を強くさする。深呼吸をひとつして、私は野崎に「ごめんなさい」と頭を下げた。

「付き合うつもりだったけど、こんな状態だし、帰ります。失礼をしたことも、謝ります。でも、天音は私のことを思って、こういうことをしたの。それだけは理解して」

野崎は私の腕の中から自分のことを睨みつける娘の前で、小さく座り込んでいた。肩で息をしている天音に「ほら、行くわよ」と促して建家を去ろうとする。おろおろしている佐久間さんと微笑んでいる芥川くんに「うるさくしてごめんなさい」と頭を下げた。

「一応、親子のことだから許してちょうだい」

「やめて。あたし、あのひとと親子だなんて思ってない」

「天音はちょっと黙ってなさい。あの、今日はとりあえず帰ります。後のことは、お願いします。明日、また」

最後の言葉は天音に聞かれないよう小声で言って、芥子実庵を出た。

「あなたねえ、失礼よ、あまりに」

門を出てから天音を咎めると、半泣きの顔をした天音は「はぁ？」と顎をしゃくってみせた。

「失礼なのは向こうでしょ。ていうか、ママってほんとお人よしすぎる。ダメンズの元カレからの連絡は拒否ることって、もはや法律なんだよ？」

「そんな法律知らないけど」

「じゃあいま知って！　連絡貰っても、のこのこ会いに行っちゃだめなんだよ。いいことなんてないの。今日みたいにいいように使われるんだからさ」

天音が私の少し前を歩きだす。数分歩いた先の大通りまで出ないとタクシーは拾えない。この時間は簡単には流しのタクシーがつかまらないかもしれないから、芥川くんに配車センターへの連絡をお願いすればよかったか。

芥子実庵を振り返りながら考えていると、天音が「ごめんなさい」と足を止めた。

「え、何が？　ここに来たことなら、もう仕方ないことだしいいわよ」

「そうじゃなくて。ママがあのひとの連絡に素直に従って行ったのって、あたしが昼間に酷いこと、言ったからかなって」

「ああ、まともな恋愛も結婚も、ってやつ？」

「うん。あれは、その、言いすぎだった。ママが自分のことよりあたしを最優先してきたこと、分かってたのに」

天音が俯き、それから少し経って、私を窺うように目を向けてくる。その居心地の悪そうな顔を見ていると、思わず笑みが湧いてきた。

「何で笑うのよ！　あたし、ほんとうに反省して」

「疑ってるわけでも、冗談だと思ってるわけでもないのよ。ただ、私は恋愛も結婚もうまくいかなかったかもしれないけど、でもあなたっていう子どもと出会えたから、全部間違えてたわけじゃないいんだなあって」

振り返れば、辛いことよりもしあわせなことのほうが多かった。徒競走で一番になったのは、五年生の運動会。中学一年生でバドミントンの選手に選ばれて、二年生の県大会で三位になった。インフルエンザが長引いた私におかゆを作ってくれたのは先に快復した天音だし、母の日はいつも私の好きなブーゲンビリアをくれた。天音の高校合格のお祝いで、長崎県まで旅行したのは、楽しかった。たくさん撮った写真は、いまでもときどき見返す。

天音の成長を誰よりも近くで見られたし、天音を育てたのは私だって、胸を張ることもできる。

「あのひとと出会ったから、天音との日々がある。そう考えたらそんなに悪い結婚じゃなかったよ」

天音は目を見開いて、「何、そんなくっさいこと言ってんの」と恥ずかしそうに顔を背けた。夜目にも、顔が赤くなっているのが分かる。

「くさかったかー。さ、帰ろう、天音」

そう言うと、天音は小さく「うん」と答えた。


翌日、青空と入道雲が鮮やかにうつくしい中、上津さんの葬儀は静かに終わった。

「落ち着いて、いらっしゃいましたね」

火葬場の喫煙所で煙草を吸っていると、佐久間さんがやって来た。私が訊くより早く「野崎さんは待合室で眠ってます。少し、ほっとされたのかも」と微笑む。

「泣いて喚かれたらどうしようかと思ってたけど、よかったわ」

紫煙を吐いて、肩を竦める。

野崎はとても穏やかに喪主を務めた。ときおり震える様子もあったけれど、でも取り乱すことなく、逃げ出すことなく、炉の前までちゃんと見送った。

煙草を灰皿に押し付けてから、大きく伸びをする。背骨がぼきりと鳴った。

「ああ、私のほうこそほっとしちゃった。終わったわねえ」

「お疲れ様です。あ、これどうぞ」

佐久間さんが缶のアイスコーヒーをくれる。「ありがとう」と受け取って、煙臭さの残る喫煙所から離れた。庭を眺めることのできるベンチに並んで腰かける。それから、自分の手の中の缶のプルタブを引く佐久間さんの横顔を見た。

「夜勤明けでしょう？　眠たくない？」

「ぜーんぜん。天音ちゃんが来てからは、ほんとうに落ち着かれてましたし、わたしも休めました」

「なら、よかった」

私もプルタブを引き、冷たいコーヒーを飲む。それからふと思い出して、「佐久間さん。仕事、頑張りなさいよ」と言った。

「昨日佐久間さんの話を聞いて、考えの浅かった自分の若いころが恥ずかしくなった。自分にとって大切な仕事に出会えるって、素敵よ。頑張って」

佐久間さんが目を丸くして、それから「ありがと、ございます」とはにかんだ。それから少し躊躇うように視線を彷徨《さまよ》わせて「あの、訊いてもいいですか」と私を見る。

「ええ、構わないけど。なあに？」

「結婚して……好きなひとと一緒に生きる選択をして、よかったと思ったことって何ですか？」

今度は、私が目を丸くする。それを見た佐久間さんがはっとして「す、すみません！　離婚された方に訊くことじゃないですよね。でもその、結婚生活が全部悪かったわけでもないんじゃないかって思って。じゃないと、こんなところまで付き合わないだろうし」と早口で言う。

昨晩の彼女の話を思い出しながら、焦る顔を見た。張りのある肌に血色のよい頬。若くて、私から見ればあどけなくすらある。

「……そう、ねえ。確かに、一度は一緒にいたいと思ったひとだし、悪いことばかりじゃ、なかったわね」

缶を脇に置き、腕組みして考える。いや、そんなことしなくても、私にはすぐに挙げられる思い出がある。

「よかったと思うことは、とても惨めで哀しくて、誰か助けてと無意識に願ったときに、手を差し延べてくれたこと。ヒーローみたいだった。それで、このひとなら一生私を守ってくれるって、信じてしまったのよねえ。あのころの私はね、男のひとに守られて安心感の中で暮らすことが自分の……ううん、女のしあわせだって思ってた」

口にすると、その浅はかさに笑ってしまう。

「せっかく助けてくれたひとを、自分の中の『正解』に無理やり当て嵌めてしまったのよね。大事なひとがどんな風に生きたいか、何をしあわせに感じるかなんて考えてなかった。それが、離婚の理由なんだけど」

腕を解いて、佐久間さんを見る。彼女は私を見ていた。

「私からのアドバイス……っていうほどのものでもないけれど、一緒に生きていくために大切なのは『しあわせな瞬間』だけではなくて、『相手のしあわせを考える時間』も大事なんだよ」

佐久間さんが小さく息を漏らした。それから考え込むように俯く。私はその真面目な横顔に「大丈夫よ」と言った。

「佐久間さんは私よりちゃんと考えられるひとだから。でも、たくさん悩むといい。それも、相手や自分のしあわせを考える時間だと思う」

失敗というのは、あってもいいものなのだなと思う自分がいた。失敗したからこそ、伝えられる言葉もある。

缶コーヒーに口をつける。ほろ苦くし、美味しい。


すべてのことを終え、野崎たちが暮らした家に、遺骨を安置した。佐久間さんが後飾り祭壇を作ってくれて、祭壇でも使われたひまわりが華やかに室内を彩っている。

佐久間さんが帰ったあと、私はリビングのダイニングテーブルで、書類と向き合っていた。各所への連絡、手続きの段取りをしているのだ。多少ではあるが葬儀に関わっていると、葬儀に関する手続き諸々に関してそれなりの知識ができていた。門前の小僧習わぬ経を読む、というやつかしらと悦に入っていると、ふいに「いろいろ、ありがとう」と声がした。目を向ければ、野崎が部屋の入り口に立っている。所在なさげな様子が昨晩の天音に似ている。

「いろいろ、ご迷惑をおかけして、その」

「座りなさいよ」

顎で向かいの席を指すと、野崎は黙って座った。

「別に、怒鳴りつけようとか叱ろうとか、そんなつもりはないいんだし」

手にしていたペンを置き、野崎を見る。

「いまさらだけど、やっぱり気になって。ひとつだけ確認してもいい？　あなたは……速見は、上津さんが男性だから、好きになったの？」

野崎が、すぐに首を横に振った。

「そんなわけないよ。ぼくは、清衣くんだから好きになった。清衣くんが女性だったとしても、きっと」

きっぱりとした声に、私は思わず口角を持ち上げる。

「いいひと、だったんだね」

「清衣くんと会えてからずっと、ぼくはしあわせ、だよ」

言葉を探りながら言い、それから野崎ははっとしたように私を見た。

「あ、違う！　あの、チワワちゃんと一緒にいたときだって、その、あの」

「ごめんね」

焦る顔に、やさしく伝わるように意識して言った。

「ごめんなさい。私は、あなたを生きやすくしてあげられなかったね」

す、と野崎が息を吸い、それから口元を歪めた。泣き出すのを堪えるときの顔だ。

「ぼくこそ……、ぼくこそ、謝るべきだ。チワワちゃんや天音を守ってあげられるひとになれなくて、ほんとうに悪かった。チワワちゃんが強がりを言うひとだって分かってたのに、知ってたのに、でもぼくは、その強がりに甘え続けた」

私は、告白する野崎の顔を見つめる。

「ぼくは、ろくでもない男だ。狡かった。ほんとうに、ごめんなさい。君はぼくの分まで、親としてずっと頑張ってきた。君がどれだけ頑張っていたかは、昨日の天音を見れば分かる。あんなにやさしくてまっすぐな、親を大事にできる子はいない。天音をあんなにもいい子に育てたのは君だよ。ぼくじゃ、できなかった。ありがとう。ほんとうに、ありがとう」

たどたどしく言う野崎の顔が、霞んで見えた。

天音に言われたときも、嬉しかった。でも、野崎からの言葉は別の感情も引き連れてくる。私は野崎に、そう言ってほしかったんだろう。ずっと。ごめんねと、ありがとうを。

心の段ボール箱の蓋がふわりと開いた。ほんの少しだけ、軽くなる。

箱の底には、まだ澱みたいに言葉が沈んでいる。長い間重なり続けた、私の中の薄汚れた感情。彼を傷つけるであろう言葉も、こんなことで許せないほど苦しかったという訴えもまだある。でも、もういい。

「お互い、若かったよね。そういうまとめは雑かもしれないけど、そういうことにしようよ」

覚悟のない若いふたりが、うまく生きられなくて、ただお互いを傷つけあってしまった。それだけだ。

野崎はぽかんとした顔をして、それから何度も躊躇うように口を戦慄《わなな》かせて、小さく「ありがとう」と呟いた。私はそれを穏やかに聞き、「お茶、貰える?」と言った。野崎はすぐに「あ、うん。待ってて」と立ち上がった。

冷えたお茶を向かい合って飲んでいると、「それ……」と野崎が顔を曇らせる。視線の先を見ると私が纏めていたメモで、九州の鹿児島に住んでいる弟さんの連絡先が書いてあった。

「やっぱり、清衣くんの遺骨をぼくが預かることは」

「できません」

野崎が少し成長できたとはいえ、私の判断で遺骨をどうこうすることはできない。

「上津さんの遺志だから、従って。それにまずあなたは、ひとりでも生きていける強さを持たないと。この家はあなたに譲るとあるから住むところには困らないだろうけど、それにしたって税金がかかるし維持費だってばかにならないんだから、暢気にはしていられない。まあ、ここを読んでみなさいよ」

上津さんのノートの最初のページを開いて、野崎の前に置いた。

「ここの部分から。さあ」

野崎が渋々と視線を落とす。少しして、ノートを両手で摑んだ。

『あなたの事情や気持ちを考えずに不躾なお願いをして、ほんとうにすみません。なんて失礼な奴、と思われていることでしょう。呆れ果てているかもしれませんね。でも、あなたしか頼れるひとがいなかった。速見くんがどれだけ弱いかを知った上で、彼がどういうことを考えるかを想像できた上で、叱咤して前を向いて歩かせることのできるひとは、あなたしかいない。

ぼくは、彼を甘やかすことが己の愛情の示し方だと思っていました。真綿で包むようなやさしい日々を送らせたいと考えていた。でもそれは、彼をやさしく殺める行為だった。ぼくがいなくなったあとのことを、ちっとも考えていなかった。情けないです。

ぼくは、彼にしっかりと生きていてほしいと願っています。そして、ぼくの生きられなかった分を生きて、ぼくが見ることができなかったものをたくさん見てほしい。そして何十年後か、また再会できたときに、いろんな話を聞かせてほしい。ぼくはどれだけでも彼岸のかたわらで速見くんを待っているから、焦らずに来てくれ。早く来たときは承知しないと、どうか伝えてください』

野崎がノートを抱きしめた。その肩が震えている。

「まさかこんなところで惚気《のろけ》られるとは思わなかったわよ」

まるきり、ラブレターだ。

「彼は彼なりに、あなたのことをきちんと考えていた。そしてそれは、これからもそうなのよ。だから、頑張ってみなさいよ」

野崎が私を見る。その目に、先ほどまではなかった光が感じられる。

「遺骨に縋らなくても、たくさんのものを遺してくれてる。そうでしょ？」

野崎がノートに視線を戻した。束の間の、沈黙が落ちる。それからふっと口を開いた野崎は「分かった」としっかりと呟いた。

家に帰ると、天音がいた。ダイニングテーブルには辞書や参考書、タブレットが広げられている。

「お帰り。結局、最後まで手伝ったんでしょう」

不機嫌そうに口を尖らせる天音に苦笑する。

「仮にもあなたの父親だし、手を貸すくらいのことはいいでしょう」

「生物学上ね。まあでも、昨日思う存分文句言ったからこれ以上は控えておく」

「それはどうも。それで、どうしたの。勉強してんの？」

大学を辞めて、きょんちゃんのところへ行くつもりではなかったか。天音はタブレットを見下ろしながら「卒業、する」と言う。

「やっぱちゃんと学校卒業する。ママがやりくりして大学行かせてくれてるっていうこと、ぶっちゃけ、ちょっと忘れてた。元々、あたしが行きたいってゴネたってことも」

「あら」

驚いて目を見開く。これはまたどういう心境の変化だろう。

「あのひとに『ママがどれだけ大変だったか』って怒鳴ったじゃん？　後から、あたしもあのひとと同じじゃない？　って気付いたんだよね。ママに甘えて、してもらったこととか忘れて、ママを蔑《ないがし》ろにしてた」

「それは、ええと、ありがとう」

面と向かって言われると、照れてしまう。頬を掻いて、天音を見る。

「でもそれで、きょんちゃんとちょっと喧嘩しちゃった。ママのことを話して、大学を卒業するまではいままでみたいに遠方から応援するって言ったんだけどさ、親が子どもに金かけるのは当然じゃない？　だって」

親にしてもらった『恩』に縛られるのはどうかと思う、ときょんちゃんは言ったという。

「ママがシングルで苦労してたこと考えたら『恩』にも応えたいって言い返したんだけどさ、子どもにお金をかけられないくらいお金に困っているひとはそもそも子どもを作るべきじゃない、って話が逸れてきて。多分、あたしがきょんちゃんを優先せずに、ママを選んだっていう風に受け取って怒っちゃったみたい。あたしは、『恩』だけじゃなくて、自分のこれまでとかこれからを改めて考えて、自分の納得できる道を選んだつもりだったんだけどね。きょんちゃんがいま余裕がないのはよく分かってるし、つい言っちゃったんだと思ってる。だからちょっとだけ距離置いて考えてみるつもり」

「向こうのご両親は？」

「まだ連絡ないけど、どうなるだろ。きょんちゃんと同じようなことを言われたらショックだけど、まあどうにかなるよ」

あはは、と天音が笑う。強がっているその表情は、どことなく野崎に似ていた。

何もかもの手配を終えて野崎の住む家を出るとき、『これから』と言いかけて口を噤《つぐ》んだ。これから困ったことがあったら、少しくらいなら手を貸すから、という台詞を呑みこんだのだ。ここで、そんな言葉をかけてどうする。

しかし野崎は察したらしい。困ったように眉を下げて『それは、嬉しいけど』と続けた。嬉しいけど、言わないで。いまはいいけど、ぼくはいつか、その言葉にしがみつきたくなるかもしれない。そういう、弱い奴だから。

頼りないようで、しかし声の奥にぴんと芯のような強さを感じた。

甘やかそうとした自分を恥じて『これから、頑張って』と言い直した。

『何十年後かに、ちゃんと胸を張って彼に会えるようにね』

『うん。そうしたいと、思ってる』

ええと、と野崎がおずおずと手を差し出してくる。その手をぐっと握って、『さよなら』と言った。

『さよなら。元気で、千和子ちゃん』

ああ、四十を半分も過ぎたひとがやっと知ることだってある。五十を超してやっと踏ん切りをつけられる過去がある。

ひとはいつ、大事なことに気付くか分からない。気付けるその日まで、自分なりにもがくしかない。

さようなら、と言って野崎と別れた。

「……ねえ。久しぶりに、夕飯でも食べに行く？」

思いついて言うと、険しい顔をしていた天音が「行く」と即答した。

「中華がいい。あ、でもハンバーグも食べたい。チーズのったやつ」

現金さに笑うと、ピー、と音が鳴った。何？　と見れば天音が「あ、ごはん炊いてたんだった」と言う。

「炊飯だけでもすませてたら、ママの仕事、減るでしょ」

「あらありがとう。でも、ごはんあるなら、家で食べようか。もったいないし」

「え、嫌だ！　冷凍しときゃいいじゃん。餃子！　ハンバーグ！」

ぶう、と頬を膨らませて抗議する天音に、私は笑った。

三章
芥子の実

豊かに生きたひとは、豊かに死ねる。

貧しく生きたひとは、死すらも貧しい。

豊かなひとは豊かに見送られ、貧しいひとは寂しく送られる。

死はすべての生きものに平等だというけれど、しかし死が纏う衣には、確実に格差があるのだ。


目の前の葬儀の様子をぼんやりと眺めながら、おれはそんなことを考えていた。亡くなったのは、九十二歳の男性。同居している息子の嫁が作った朝食を妻と食べた後に、愛用しているマッサージチェアに座り、大好きな水戸黄門の再放送を観ている間に亡くなったという。まさに大往生だ。

ひと付き合いが苦手で、しかし家族を生涯大切にしてきたという故人のことを考えて、通夜葬儀は家族葬になった。妻と息子夫婦、遠方に住むふたりの孫娘に見守られての弔いは、静かで温かだった。家族葬とはいえ、生前付き合いのあったという数人が弔問に訪れ、遺族と穏やかに語り合う。ときおりやさしい笑い声が起きたのは、故人がひとつも苦しまずに人生を全うした故だろうか。

「おじいちゃん、いままでほんとうにありがとう」

出棺前、孫娘[illegible]は祖父を花で彩りながら何度となく礼を伝え、息子夫婦もまた目に涙を浮かべて感謝の言葉を贈っていた。

「わたしが行くまで待っててちょうだいね」

最後に、同い年の妻がそっと語りかける。

「いい葬儀だな」

隣から小さな声がして、見れば先輩の井原《いはら》がおれに顔を向けていた。

「穏やかな式だ。温かいよな」

な、と井原が白い歯を零して笑う。おれより一回り上だという話だが、井原はとても若く見える。くるくると表情が変わるからか、それとも単に容姿が整っているからか。特に喪服を着ると筋肉質な体軀と相まってか凛として、喪家《もけ》も弔問客も、井原を見るとはっとした顔をして囁《ささや》き合うくらいだ。

「いいよなあ。最期まで家族としあわせな時間を過ごせた。素晴らしいことだよな」

ほんとにいいよ、と繰り返す井原の瞳が少しだけ潤んでいる。井原の左手薬指には指輪が常にあり、スマホの待ち受けは妻だという女性が赤ん坊を抱いている写真だ。ちらりと見たが、いまどきの美人だった。結婚してどれだけ経つのか、子どもはいまいくつなのか、詳しいことは何も知らないが、しあわせなことくらいは分かる。どうせ、遠い未来の自分を重ねているんだろう。趣味がいい想像とは言えないし、おめでたいことだ。

「そっすね」

短く返したおれに井原は満足げに頷いて、家族と別れる遺族に視線を戻した。

どこにでもありそうな、どうでもいい式っすね。

心の中で、そう付け足した。三日もすれば、おれは故人の名前も孫の顔も忘れてしまうだろう。何の感慨を抱くこともない、個性のない葬儀。孫娘のどちらかでも綺麗だったら多少は記憶できただろうか。いや、そんなわけないか。

「参列者気分でいるのは終わりだ。ほら、もう出棺時刻だぞ。準備」

新たな声がして、見れば我が社で最年長の嘉久が立っていた。定年後も働き続けて現在六十五歳。こちらは、井原とは逆に老けて見える。痩せぎすで、短く刈った真っ白の髪がそう錯覚させるのだろうか。それとも、どこか陰のある印象だからか。嘉久はこれまで一度も結婚したことがないと聞く。

「井原は喪主の方へそろそろ出棺の時間だと知らせて。須田《すだ》は火葬場へ連絡」

はい、と小さく答えて、おれたちはそれぞれの指示に従うべく動き始めた。

いまから柩と遺族は、ここから車で二十分ほどのところにある持山《もちやま》市営火葬場に向かう。彼らの受け入れ準備を市営火葬場が整えておくために、出発時刻を先に知らせておくという決まりがあるのだ。

おれは斎場室から離れた建家の事務所に駆け戻り、固定電話の前に立つ。出棺を知らせるクラクションを待ってから、電話をかけなければいけないのだ。たかが数分の誤差に何があるのかったるいところだ、と毎度思う。デスクで事務処理をしていたらしい、社長の芥川が書類に目を落としたまま「出棺の時間か」と短く尋ねてきた。

「はい、そうです」

言いながら、ちらりと芥川に目を向ける。髪をぴっちりとオールバックにし、黒縁眼鏡。今日は葬儀が入っているから喪服を着ているけれど、普段はどこで買っているのか疑問に思うほど、ど派手なアロハシャツやデザインシャツを着ている。オールバックの髪はいつもはカリフラワーみたいなアフロだし、愛用している眼鏡のレンズは黄色。社長だと自己紹介されたときには『チンピラじゃないのか』と驚いたものだ。

年は四十過ぎらしいが、年齢不詳。結婚指輪の類はつけていないし、この事務所の二階にひとり暮らしをしているところを見ると、独身。普段着のセンスはどうかと思うが喪服を着て身なりを整えた姿はまあまあの雰囲気イケメンといっていいし、経営も順調のようだし、バツがひとつくらいついているかもしれない。

「どうかした？　須田くん」

おれが眺めていることに気付いたらしい芥川が顔を上げる。その声は無駄に渋いバリトンだ。

「あ、いえなんでもないです」

慌てて言うと、ファー……ン、とどこか儚いクラクションの音が聞こえた。出棺の合図だ。

受話器を取り上げ、短縮ダイヤル8を押す。すぐにコール音がした。

「……あ、もしもしお疲れ様でございます、芥子実庵です。あの、いま、ええと」

しまった。喪家の名を忘れた。電話口で一瞬焦ると、芥川が「国見家《くにみ》」と言う。

「国見家、ご出棺です。どうぞ、よろしくお願いいたします」

ほっとして、電話を切る。三日もすれば忘れるどころか、もうすでに忘れかけていた。

「すみませんでした、社長」

受話器を置いて言うと、芥川が顔を上げ「三ヶ月経ったんだっけ？」と訊いてきた。

「あ、はい。そうです」

おれが芥子実庵に入社して、三ヶ月。まだ電話ひとつまともにかけられないのかと叱られる、と一瞬身構えたが、芥川は「慣れた？」とごく普通の調子で尋ねてくる。

「え、あ、はい。あの、会社の雰囲気とか、そういうものには、まあ」

宗派とか、葬儀でのしきたりとかそういったことはまだ半分も頭に入っていない。祭壇にぶら下がっている掛け軸や、僧侶が唱えるお経に宗派ごとの違いがあるなんて思いもしなかったし、葬儀のときの作法――例えば焼香のやり方や、供える線香の本数――まで様々だなんて、知らなかった。おれの尻ポケットにはカンニング用のミニノートが常に入っているが、そろそろページが足りない。覚えきれる気もしない。

「うんうん、それでじゅうぶん。葬儀は、どう？」

「どう、と言われましても」

言葉を探す。入社して三ヶ月だが、すでに何十件という葬儀に立ち会ってきた。これまでの人生では、実母の葬儀しか経験したことがなかったから、葬儀はぐんと身近になったと思う。だからといって、何の感傷もなかった。むしろ、『死』に対して抱いていた思いがどんどん軽くなっていっている気がしている。特別なことのように扱われているけれど、誰しもが迎える強制イベントだ。そして、当たり前に貧富の差がある世俗的なものでしかない。

「えっと、その、難しいですね。あの、ご遺族への対応とか」

これは、ほんとうの感想だ。故人がどんなに大往生であっても、ナイーブになってしまう遺族がいる。そういうひとはどれだけ丁寧に接しているつもりでも、些細な言動にいちいち反応して、気遣いが足りないとか、親身になってくれないとか言う。そして、接客に大事なのは笑顔だとよく言われるけれど、この仕事に限っては使えない。

「それは確かに難しい。寄り添うことと、踏み込むことは違うからなあ」

うんうん、とひとりで納得して頷いた芥川は「ではでは、引き続きよろしく」と微笑んで書類に視線を落とした。よく見れば、手にしたボールペンはピンクのキティちゃん柄だった。スワロフスキーの飾りがついていて、手の動きに合わせてキラキラ輝いている。ひげのおっさんがキティちゃん……。じっと見ていると視線に気付いたのか「これ、可愛いでしょ。NEXTのミサキちゃんから貰ったの」と顔を上げる。そのドヤ顔に「キャバクラですか」と言うと「そう。誕プレなんだよ」と鼻の穴を膨らませる。芥川は女好きで、暇さえあれば女の子のいる店に通っているらしい。しかし誰かに入れ込んでいるわけでもないようで、口から零れる名前はいつも違う。嘉久曰く、誰かと深い繋がりを持つのが怖い臆病者、とのことだ。しかも、葬儀社の経営者のくせに『死』が怖くて施行に関われないという話も聞いた。嘘だろと思ったけど、どうやらほんとうの話らしい。ドMなんだろうか。祖父の経営していた思い出の場所だから閉業したくないし手放したくもないということだが、それにしたって。

芥子実庵の従業員は、あまり多くない。嘉久に井原、亀川という四十代の男性と唯一の女性社員佐久間、新入社員のおれの五人だ。平時はいいが、施行が続くとこの人数では手が足りず、スタッフを外注しなくてはならない。おれはまだまだ半人前だし、芥川が施行担当に入ればぐんと楽になるのに。

『死』、というものにトラウマでもあるんですか、何か思うことがあるんですか、と訊いてみたい気もする。けれど深入りしたいわけではない。口を引き結び、頭を軽く下げてから事務所を出た。

人気のなくなった斎場室には、井原と佐久間、外注スタッフの久保《くぼ》と山根《やまね》がいた。今日の夕方から次の施行の喪家受け入れが予定されているため、すでに清掃に入っている、のだったが、四人はにこやかに雑談をしていた。五十を超している久保が、井原の厚い胸板を叩いて笑っている。

「もー、やだ。井原くんったら。そういう下ネタ言ってると、ファンが泣くわよ」

「下ネタって受け取る久保さんがおかしいんだって。ていうか俺、もう三十五のおっさんだよ？　ファンなんていないよ、そんなの」

「いるわよー。芥子実庵さんからの施行依頼は絶対断らないって子、うちの派遣事務所には多いんだから。ね、山根ちゃん」

おれにはいつも塩対応の、口角を持ち上げたことさえない久保が、満面の笑みを浮かべている。絶対断らないファンって自分のことだろ、と呆れていると、井原がおれに気付いた。

「あ、須田。俺はもう少ししたら喪家に後飾り祭壇の設置に行くからさ、みんなと一緒にここの片づけを頼むよ」

「は？　須田くん、まだ後飾り祭壇も作れないの？」

久保がいつもの仏頂面に戻って呆れたように言う。その顔には「お前が行けよ」とありありと書いてあった。すると井原が「もちろん、一通りはできるよ。でも、ご遺族からぜひ俺に来てほしいって言われたんだよ」と返す。スイッチでも切りかえるように、久保がぱっと顔を明るくした。

「ご指名ってこと？　ああ、分かった。故人のお孫さんからじゃない？　彼女、井原くんばっかり見てたもん」

「あれはちょっと、あからさますぎたわよね。葬儀そっちのけで、お母様がむっとしてらしたもの」

四十代くらいの山根がくすくすと笑う。式の最中、彼女たちは淡々と仕事に徹しているように見えるが、その実いろんなことを観察している。

「ふたりとも、よく見てますねえ。わたしはまだそういう余裕は持てないな」

感心したように言ったのは、佐久間だ。佐久間は、ごくごく普通の、強いていえば綺麗、と言えなくもないひとだ。それは顔立ちじゃなくて、女性のわりに背が高くて立ち姿が決まっている、という意味で。

おれが入ってくるまでは最年少として半人前扱いされていたという話だが、どの男性スタッフと比べても遜色がない仕事ぶりだ。気を遣いすぎているところがあるように思うが、女性ゆえと言われればそうかもしれない。しかしそれにしたって若い女が勤める仕事ではないだろうとおれは呆れている。何か理由があるのかと訊いたら〝閃光に焼かれた夏〟に感銘を受けたか

故人の妻、つまり伊藤の母親がご遺体の前に座り込んだ伊藤に訊くと、「一緒に行くって言ってたんだけど、臨月だから無理はさせられない」と首を横に振った。

「ああ、そうよね。あと一週間くらいで予定日だもんね。お父さんも、初孫を楽しみにしてたのに」

母親が、ずず、と洟を啜る。彼女はここに来てから何度も、まさか亡くなるなんて、ただの風邪だと思ったのに、と繰り返しては涙を零していた。

「でも、お兄ちゃんが来てくれて、ほっとした。春樹《はるき》とも相談したんだけど、お兄ちゃんが喪主をしてくれるわよね？」

「もちろんそのつもり。ええと、ここの担当者は？」

「わたしが担当させていただきます、井原です」

井原が名乗ると、伊藤がくるりとこちらにからだを向けた。こんなときだというのに薄く笑みを浮かべて、「よろしくお願いいたします」と頭を下げた。見間違いではない、本人だ。

「これからちょうど、お母さまとお打ち合わせをさせていただくところでした。到着されて間もないと存じますので、お時間を少し延ばしましょうか」

「ああいえ、構いません。いまから始めましょう」

「ではこのご遺族控室でこのまま進めさせていただきます。おい」

何か仕事を思い出したふりをして退室しようとしたおれに気付いた井原が、目で止めた。

今回だけは席を外させてくれ、と頼みたいけれど、しかしその理由は言いたくない。どうやって切り抜けようかと逡巡しているうちに、井原は伊藤に「ではまず、改めてご遺族控室の説明をさせていただきます。この部屋のほかに、寝室、パウダールーム、バスルームの御準備がございます」と話し始めてしまった。

遺族控室は、故人との最後の時間を有意義に使ってもらうために、とても豪勢な設えになっている。肌触りの良いカーペットにふかふかのソファ。楡《にれ》の一枚板のテーブルに、大きなテレビ。二口コンロのあるシステムキッチンには電子レンジやトースター、大型冷蔵庫まで完備されており、隣に続く寝室には高級ホテルでも使用されている寝具が置かれている。バスルームにはもちろん大きな湯船。女性の身支度用に作られたパウダールームにはアメニティもしっかり揃えられている。

「ははあ、これはなかなかいいですね。そこここに手すりがちゃんとついているのもいい。うちの母は足が悪いので、助かります」

伊藤が感心したように言う。

「オヤジもきっと気に入るんじゃないかな。あ、そうだ。家族葬専門って聞きましたが、俺の友人や仕事関係の人間も弔問に来てくれるはずなんですよね。こちら、受け入れは問題ありませんか？」

「もちろんです。家族葬専門とは言いましても、弔問客をお招きできないということではございませんので、ご安心を。この建物の外に簡易受付所を設えることも可能です」

「ああ、そう。それでよろしく。では、話を始めましょうか」

仕立ての良さそうなコートを脱いで、伊藤はソファの真ん中にどっかと腰掛ける。テーブル脇の小さなスツールに井原が座り、おれは渋々、その後ろに正座した。

「この度は、ご愁傷さまでございました。心を込めて務めさせていただきますので、よろしくお願いいいたします」

井原が頭を下げて、おれも続く。伊藤が「あれ」と声をあげた。

「須田？」

気付かれた。腹の中で、大きく舌打ちをした。

「うん、やっぱり須田だよな。うわあ、なに、こんなところで会うなんてこと、ある？」

まるで奇跡だ、と伊藤が大きな声で言った。

「おや、須田とお知り合いですか？」

「知り合いっていうか、中高のときのクラスメイトなんですよ。中高は隣の県なんで、だからすごく遠い。それがこんなかたちで再会するなんて、ちょっと驚きだな」

のろのろ顔をあげると、伊藤がおれに「偶然にも程があるよな」と笑いかけてくる。俺の親はさ、定年後は田舎暮らしがしたいってこっちに移住してきたんだわ。須田は就職で？

笑顔を目の当たりにしながら、背中に蛇が這っているような感覚を抱いた。はあまあ、と笑い返したつもりだけれど、うまくできているかどうか分からない。いや、こういう場合は怒鳴り返したほうが正解なのか？

「そうですか、それはすごい」

何も知らないくせに井原が感心したように頷き、わざわざおれを振り返って「すごいな」と笑いかけてくる。能天気な顔に返す言葉が、分からない。

「父の葬儀の打ち合わせで再会するだなんて、どんな意味があるのやら」

伊藤が言い、「不思議なこともあるものですね」と井原が頷く。おれは、過呼吸を起こしそうな予感に背中にびっしょりと汗をかきつつ、呼吸にだけ意識を向けた。何も考えるな、何も考えるな……。

「おっと、貴重なお時間ですのに申し訳ありません。ではお打ち合わせを」

「ああ、そうですね。こちらこそ、話を逸らしてすみません」

井原が、持っていたバッグから書類を取り出した。手際よくテーブルに並べて、祭壇や会葬品の説明を始める。伊藤は身を乗り出して井原の手元を覗き込んだ。おれは、ふたりの様子を見ながら肺の運動のことだけを考える。それでも、どうしても暗い感情が火花のように爆ぜる。どうしてこんなところで会ったんだ。どうして大人になってまで、伊藤に見下ろされなくちゃいけないんだ。どうして愛想笑いを返さないといけないんだ。どうして……。

いじめの対象になったのは、中学二年のころだった。

そのきっかけは、母だった。母子家庭だった我が家は、いつも金に困っていた。大酒飲みのギャンブル好き、暴力上等というクズ男の見本のようなクソオヤジがいて、そいつは母と離婚後もときどき現れては金をせびっていくろくでなしだった。母は母で、別れた夫を拒否しきれない頭の弱い女だった。時に殴られ、時に泣き落とされ、お前しかいないんだという言葉にほだされて、なけなしの金を渡していた。それがたとえ、止められる寸前のガスの料金であっても、おれの修学旅行代金であっても。

金がなかったから、風呂は週に二回、冬場は週に一回。食事は主に母が仕事先から貰ってきた廃棄食品——昼はスーパーの惣菜コーナー、夜は居酒屋の洗い場で働いていた——だった。

あたしがもっと綺麗だったら、他にもお金を稼ぐ手段があっただろうけどねえ、と口癖のように言っていた母は、子どもの目から見ても醜かった。色気のないがりがりのからだ、頭蓋骨のかたちが分かるような薄毛に痩せこけた顔。目が小さくて鼻は大きく、乱杭歯《らんぐいば》だった。それでも心根だけは綺麗で、いや、綺麗というよりは愚かだっただけかもしれない。ひとに見下されることも、自分が幸福でないことも、自分に与えられたものとして受け入れてしまっていた。すれ違う赤の他人に『すげえブス』と笑われても、困ったように眉を下げるだけだった。

『スーパーマルキョウの惣菜コーナーにシャレコウベがいるんだぜ』

中学二年の、五月のことだった。朝礼前の教室内で、クラスで一番発言力を持っていた伊藤が声高に叫んだ。

『まじで〝妖怪クエスト〟のラスボスのシャレコウベにそっくり。なのに割烹着《かっぽうぎ》みたいなの着て、パック入りのからあげ並べてんの。俺、買おうとしてたもの忘れて愕然としちゃったもんな。俺、無意識にゲームの世界に入っちゃったの？　みたいな』

『えー、なにそれ』

女子の中でも特別賑やかな、女子バスケ部の子たちが笑った。その中の誰か、一番派手だった子が伊藤と付き合っていたはずだ。

『そんでさ、髪の毛が異常に薄くてさ、それが汗かいてべっとり肌に張り付いてんの。まじ、リアルシャレコウベ』

え、やだー、と盛り上がる彼らから離れたところで、おれは冷や汗をかいていた。それは、おれの母親に違いなかった。そしてそのシャレコウベと呼ばれた母は、今日の授業参観に来ると言っていた……。

数時間後、手持ちの中で一番清潔感のある服を着て、百円ショップで買いそろえたメイク道具で薄化粧を施した母が教室に入ってきたとき、伊藤が『うげ!?』と叫んだ。

『え、ちょっと待ってまじで？　え？』

伊藤が、傍にいた友人たちに耳打ちし、彼らはあからさまに母を見て噴き出した。その嫌な笑いは彼らと仲の良い者たちに伝わり広まってゆく。小声で『誰の親？』『え、朝の話のあれ？』と囁き声がし、それがじわじわとおれに迫ってくる。泣き出しそうになるのを堪えていると、小学校からずっと同じクラスだった新垣由真《にいがきゆま》が『須田くんの』と口にしたのが聞こえた。ああ……、終わった。

新垣の情報はすぐに伊藤に届けられ、伊藤がおれを見る。目が合った瞬間、伊藤はふっと目を細めて笑った。それはまさしく、獲物を見つけた獣の顔だった。

『ほら、お前たち。授業始めるから席につけー』

担任が入ってきて、声を張る。『はーい』と返事しながらそれぞれの席に戻るクラスメイトたちが、おれを見て笑っている。女子バスケ部の奴らはおれと母を見比べて、我慢できないといった風に声をあげた。

母は、自分が嘲笑《ちょうしょう》されていることに気付いていなかった。教室の後ろに掲示されたプリントを見て、クラスを見回して、まるで初めて訪れた観光地に感心しているような様子だった。視線を集めているのに気付かない母が、情けなかった。そして、うつくしく着飾った母親や若く可愛らしい母親、青年のようにも見える父親や要職についていそうな父親たちの中で、母は何も持っておらず、ただただ醜かった。

母と目が合うと、ひらひらと手を振ってくる。誰かが『リアル、シャレコウベ』と囁く。この日から、おれは『シャレコウベジュニア』と名付けられ、いじられることとなった。

ゲームなんてできる環境になかったから詳しく知らないけれど、ゲームのラスボスがいつも抱いている子どもの妖怪の名であるらしい。和風の『妖怪』で『ジュニア』なんて名付けとは設定が緩すぎる、と思ったけれど、突っ込んだって仕方がないことだ。ただただ、この嫌なブームが早く通り過ぎてくれるのを願うばかりだった。しかし奴らはいつまで経っても飽きなくて、むしろ定着するのではないかというほど、おれを『ジュニア』と呼び続けた。そうこうしているうちに夏になり、おれを見下すことに慣れた奴らは、簡単に『ジュニア、臭い』と言い始めた。

『髪の毛べたべたしてるし、まじで臭い』

あのころから、いじりがいじめに変わっていったように思う。クラスメイトたちはこれまで指摘しなかった部分――ひとからのおさがりで着古された制服、履きすぎて鼠《ねずみ》色になってほつれたスニーカー、自宅で母に刈ってもらっている頭などをいちいちあげつらって嘲笑し始めた。『ジュニアキモい』『あいつに近寄ると洗ってない犬の臭いがする』と近寄るだけで顔を顰められ、最終的には『来ないで』と女子たちに蹴られた。『やめろ！』と言い返すとすぐに男子たちがやって来て、『ジュニアが言い返してんじゃねえよ』ともっと強く蹴られた。ぼこぼこ蹴られているおれを、クラスの輪の中心にいる伊藤はうっすら笑って見ていた。ああ、こいつがあのとき『シャレコウベ』なんて言い出さなければよかったのに。そうしたら、少し不細工な母親がいる、くらいで誰もがスルーしたかもしれないのに。

『何見てんだよ、ジュニア』

おれの視線に気付いた伊藤が眉間に皺を刻む。

『うぜえんだよ。つかお前、離れてるのに脂《あぶら》くせえのが分かるんだけど。お前もマルキョウでからあげ揚げてんじゃねえの？　もう、あそこのからあげ食えねえなあ』

どっとクラスメイトが笑う。まじ無理だよなー。あたし、ママにあそこの惣菜絶対買わないでってお願いしたもん。シャレコウベが作ったものなんて食べたくないよ。

せめて清潔にしなくては。熱いシャワーで全身を擦りあげていると、母が『何してんの！』と素っ頓狂な声をあげて浴室に飛び込んできた。

『今月お金ないんだよ。シャワーなんてもったいない。やめてよ！』

『くせえって馬鹿にされんだよ！』

慌てて湯を止める母の薄い背中に叫んだ。

『満足に風呂に入れねえから、脂くせえって言われてんだぞ、おれ。シャワーくらいいいだろ!?』

『え、あんたもしかしていじめられてるの』

母ははっとした顔をして、おれの手を掴んだ。それをすぐに振り払う。

『そうだよ！　貧乏くせえって！』

それでも何故か、母がシャレコウベと呼ばれていることは言えなかった。

母は安いビー玉みたいな小さな目を見開いた後、目じりに涙を滲ませた。こういうとき、ドラマだったら宝石みたいな涙がころんと転がるものだけれど、貧相な人間は満足に綺麗な涙も流せないんだな、と腹が立った。

『おれんちは、底辺だ。金もねえし、でかい家もねえ。賢いオヤジも美人な母親もいねえ。どん底の、貧乏だ。いじめられても、胸張って言い返せるところがひとつもねえんだよ！』

『……貧乏なのは、ごめん』

母が視線を彷徨わせながら言った。

『あたし、ばかだし。こんな顔だし。要領もあんましよくない。小学生のころから、いっつもびりっけつだったよ。頑張ったけど、でもこんなだから、生きてくだけで精一杯なんだよ』

脂っ気のないかさかさの両手を揉みさすりながら、あんたには申し訳ないと思ってる、と母は続けた。あたしみたいな女のとこに生まれてさ、可哀相だなって思うよ。あたしだって、こんな不細工のくせに子どもなんて産んじゃいけないと思ってた。でもほら、お父さんはさ、性格はちょっとあれだけど、顔はまあまあいいじゃない？　絶対にお父さんに似ますようにって氏神様に何度もお参りに行ったんだよ。だからあんたはお父さんに似ていい顔をしてるし、それにあたしたちの子とは思えないほど賢い。学校の成績だっていつも上のほうだもんね。あたしは……もう無理だけどさ、あんたは頑張れば貧乏から抜け出せると思うよ。だから、人並みのお金が欲しかったら勉強してさ、どうにか自力で頑張ってよ。あんただけでも、ひとの上に立ちなよ。あたしは、そういうの、無理だからさ。

からだがぐんぐん冷えていく。石鹼《せっけん》の泡が残っていたのかやけに目が痛くて、涙が出る。滲んだ視界の端に、大きな金盥《かなだらい》がある。それは母が洗濯物を踏み洗いするためのものだ。ガキのころから使っていた二槽式の洗濯機はいつだったかオヤジが金が足りないと暴れて蹴ったときに壊れてしまい、買い替える余裕がなかったのだ。母がパート先からくすねてくる業務用洗剤で洗った洗濯物はどれもごわごわしていて、どこか薬品臭い。金盥に、おれのブリーフと母のパンツが一緒くたに沈んでいるのが見えた。

『……風呂に入らねえと、いじめられんだよ』

『だから、それはごめんって。昨日お父さんが来て、お金ないんだよ』

このひとはもう、人生を放棄しているんだなと思った。親として子どもに何かできることを、なんてこれっぽっちも考えていない。はなから、自分には無理だと諦めている。このひとはおれを最低限生かすことしかできないんだ。おれはこの薄汚い貧困から、自ら抜け出していくしかない……。

それから、これまで以上に勉強に力を入れた。母の庇護下にいるしかない学生の間は、いろんなことを諦めるしかない。どれだけ臭いと笑われようと、クラスの輪の中に入れてもらえまいと、おれはそれら一切を無視して淡々と勉強をした。いつか大人になったときに、こいつらを全員見返してやる。いつしか、そんなことを考えるようになっていた。

「では、いまのお話通り、施行を進めさせていただきます」

井原の声にはっとする。気付けば話は終わってしまっていたらしい。

「通夜の儀まで、まだお時間がございます。隣室にはクローゼットもございますので、どうぞご利用くださいませ」

井原が立ち上がり、座ったままの伊藤が「よろしくお願いします」と頷く。

「しつこいようですが、ケチケチしたことはしたくない。追加料金が発生しても構いませんから、とにかく豪華にお願いします」

「かしこまりました」

井原に促されて、おれも立ち上がる。かたちだけ頭を下げて、控室を出た。

「仲良かったの？」

建家を出ると井原が訊いてきて、ぼうっとしていたおれは「ハァ？」と思わず素の返答をしてしまう。井原が驚いた顔をして、慌てて取り繕う。

「あ、いや、ええと、その、仲良かったかと言われたら、そうでもない、です」

いじめられていた、なんて言えない。

「あ、そうなんだ。高校まで一緒って仰ってたからさ」

「たまたまです」

「そう？　でも、伊藤さんは須田との再会に感激されていたように見えたよ」

「そんなこと、ないですよ」

勉強しか縋るもののなかったおれは、地域で一番偏差値の高い公立高校に進学した。生活のほとんどを費やしてきたというのに、入学後すぐに行われた実力試験では六位だった。母は『これが、トンビが鷹を生むってやつだね！』と大喜びしたし、担任教諭も褒めてくれたけれど、しかしおれは発狂しそうなほど傷ついていた。人生を懸けていると言っても過言じゃないほど努力したおれの上にいる五人は、どいつもこいつも生活が豊かそうな奴ばかりで、そして三位に伊藤がいたのだ。おれを馬鹿にし続けたあいつが、日常において勉学に割く時間はおれより確実に少ないであろうあいつが、どうして。

公開された順位表を見た者たちは伊藤を賞賛した。しかしあいつは平然とした顔で『そんなすごくもないよ』と言った。たまたま、ヤマが当たっただけだと思うよ。

伊藤は悪くない顔をしている。背は中学のときから百八十に届くほど高く、ずっとサッカー部に在籍していた。レギュラーだったと記憶している。中一のころから学年で一番可愛いと称されていた女の子と付き合っていて、その子とは高校は別々になったらしいけど続いているという。その子と仮に別れたとしても、どうせ同じような、もしかしたらもっと上位互換の女の子と付き合いだすに決まっている。靴も文房具も、所持品はどれもセンスが良く、もちろん貰いものなんかじゃない。卒業式や入学式に現れた母親は高そうな着物を着ていたから、それなりに裕福なのだろう。何もかも持っているくせに、勉強まで。

高校に入ると、あからさまないじめはなくなった。学力の高い進学校において、『シャレコウベジュニア』などと幼稚ないじめを楽しむ輩はいなかったのだ。しかし彼らはいじめこそしなかったものの、おれを腫物のように扱った。おれは、勉強しか楽しみのない不潔男という扱いだった。

伊藤は昔のようにおれを嘲笑《あざわら》うこともしなかったし、『シャレコウベジュニア』と呼ばれていたことさえも周りに言わなかった。しかしそれはおれに対する気遣いなどではなく、そうすることで自分を貶《おと》しめないようにしていただけだ。自分をより良く見せる処世術を覚えただけに過ぎない。それはおれの思い違いなどではなく、伊藤は、おれと廊下ですれ違ったときや、他者がおれを笑っているときに、蔑むような、虫けらを前にしたような視線を向けてきた。あいつは変わらず、おれを見下していた。

いつか。いつかあいつの成績を抜くんだ。あいつよりもいい大学に進学して、いい企業に就職する。それだけが、おれが伊藤に唯一できる反撃なんだ……。


伊藤の父親の通夜は、大勢の弔問客が訪れた。供花も多く、祭壇の周りに設置できないものが建家の外にまで溢れた。こんなにひとが来るなら駅前にある大きな葬儀場に行けばよかったのに、と思いながら、おれは駐車場の誘導係に徹した。なんとなく見覚えのある顔がちらほら見えて、そのたびに俯く。どうか見つかりませんようにと願う。伊藤の親友ともいえる位置にいた安田《やすだ》が現れたときには、冷や汗が流れた。伊藤と安田のふたりが揃っているときの威圧感を、まざまざと思い出す。伊藤と安田が簡易受付所の前で固く抱き合っているのを、おれはぞっとしながら眺めた。

「寒い中、ありがとうございます」

通夜はつつがなく終わり、弔問客が帰ったあとのこと。受付の簡易テントを清掃していると声がした。顔を向ければ、喪服から私服に着替えた伊藤の母が立っていた。

「これ、よかったらスタッフのみなさまで召し上がってください。わたしの妹に買ってきてもらったのよ。熱いうちにどうぞ」

差し出された紙袋の中に入っていたのは、人気の大判焼きだった。昭和のころから商店街の入り口で営業しているという老舗で、うちの会社では佐久間の大好物だったはずだ。中を覗くと黒あんと白あんが五個ずつ入っている。

「亡くなった主人が、大判焼きが大好物だったの。実はね、こっちに越してきたのも、ここの大判焼きが気に入ったのが理由のひとつなのよ。信じられないでしょ。でも、大事な思い出のものだから、みなさんにも、おすそ分けを」

ふふふ、と笑う彼女から、「はあどうも」ともぐもぐと言いながらそれを受け取る。両腕で抱えると、じんわりと温かかった。

「この斎場は、過ごしやすい、いいところね」

ライトアップされた庭のほうに目を向けた母親が言い、おれは「はあどうも」と同じ言葉を返しながらその横顔を窺う。学生時代に何度か見かけたことがあったが、顔立ちまで記憶していなかった。

若いときは綺麗と言われたんだろうな、と思わせる顔だった。じゅうぶんに手間と金をかけているのか、シミや皺が少ない。六十三で亡くなった故人と同い年だという話だったが、栗色に染められた髪は艶々としていて、頰はふっくらと丸みがある。五十歳でも通りそうだ。着ているセーターは上品な紫色で、耳朶《じだ》と首まわりには大きなパール。富裕層の奥様の見本のようだ。

「ほんとうに、素敵だわ。最初は動揺するばかりだったけれど、いまは、主人をゆったりとした気持ちで見送れる、と思ってるんですよ。大判焼きのことまで思い出せたんですもの」

やわらかな顔で笑うのを見て、むくりと黒い感情が湧く。しかしそれをぐっと堪えて、「ここは、いい葬儀ができる場所だと、思います」と返した。

おれの母は、二年前に亡くなった。団地の踊り場で大量の下血をして、倒れて死んだ。あとから教えられたが、末期の大腸ガンだったらしい。ガンの診断を受けた後に通院の記録はなく、しかし倒れる際に抱えていた布バッグに診察券を入れていたというから、病の進行による苦しみに耐えきれなくなって病院に行こうとしたところだったのかもしれない。手遅れになって初めて助けを求めようとするなんて、愚かな母らしいと思った。

実家を離れていたおれに連絡をしてきたのは、市役所の生活保護担当の女だった。母はおれが家を出た後から体調を崩して仕事を辞め、生活保護を受給していたのだ。お母さんの生活の面倒を見てあげられませんか、と冷酷な声で連絡してきていた女が珍しく狼狽《うろた》えていたのを覚えているけれど、そのときの自分の感情はまったく思い出せない。ガンの家系なんだなとか、最後に会ったときにはすでに病魔に蝕まれていたのかな、程度のことを考えていたような気もする。

息子として最後の弔いくらい、と言われて、実家に戻った。母の葬儀は、住んでいた団地の中にある公民館で行った。生活保護受給者が死んだ場合は、役所から最低限の葬儀資金を出してもらえるらしい、という話をどこかで聞いたことがあったが、実際は喪主になる人間に支払い能力があれば対象外になるとのことだった。実家を出て、誰に頼ることもなくひとりで暮らしていたおれには、借金こそなかったけれど貯金もなかった。件《くだん》の役所の女に相談して葬儀社を紹介してもらい、そこで公民館を利用するのが一番安いと教えられた。

いまなら、もっとうまいやり方ができたと思う。でもあの当時、無知だったおれは葬儀社の言うままに最安値だと示された家族葬を執り行うことにした。花も祭壇も、何もかもを最低限に。通夜には誰も来ないだろうから、通夜振舞いはなし。真冬で、外は小雪がちらついていたが、後で請求されることになる電気代を節約したくて暖房はつけなかった。実家に残っていた毛玉だらけのトレーナーや高校時代のウィンドブレーカーを重ね着して、寒さに耐えた。コンビニで買ってきたカップ麺と温かなペットボトルのお茶で暖を取り、こんなに寒いんだからドライアイス代は削ってもらえるんじゃないか、なんて下らないことを考えた。

通夜は案の定誰も――多分どこかで生きているはずの実父すら来なかったが、団地の自治会の会長が部屋着でやって来て、母の血で汚れた踊り場の清掃代を請求してきた。子どもたちが怯えて大変だったんだぞ、と睨みつけられて、すみませんと頭を下げて財布を開いた。

『だいたい、いまどき公民館で葬式なんてありえんよ。二週間後には子ども会がクリスマスイベントに使うんだぞ。あんな死に方されたひとの葬式をしたところなんて、子どもたちがどう思うか。せっかくの楽しみに水を差された子どもたちが可哀相だろ』

『はあ、すみません』

頭を下げながら、母は死んでも誰かに見下されるんだなと思った。それに怒りを覚えるのではなく、正しい答えを突き付けられたような感覚だった。どんな解き方をしたとしても、そのマイナスは覆ることはないのだ。

会長の言い値を支払って帰ってもらった後、軽くなった財布を覗き込んだ。母の後始末に、あとどれくらいお金をとられるんだろう。ああそうだ、親が死んだら何日休みを貰えるんだっけ。このとき勤めていた飲食店はいわゆるブラックな体質で、インフルエンザだと診断を受けても出勤してこい、というような無茶を平気で言うところだった。母の死亡診断書を提出したとしても、休んだことでのペナルティーを課されそうな気がした。いっそ辞めようかな、いやでも、高卒で何の資格もない自分がすぐに次の就職先を見つけられる気がしない。ああ、金がいるのに……。

あのとき、目の前の寒さと貧困のせいで、心は完全に麻痺していた。母の死に対して、少しの感傷もなかった。

「わたしも何かあったら、ここで送ってもらいたいわあ。子どもや孫に見送られて、穏やかに」

しあわせそうな独り言を耳にした、その途端に怒りがこみ上げた。

なあ、あんた。薄汚い団地の、ごみと埃だらけの踊り場で死ぬ女もいるって知ってるか？　底冷えする公民館で、誰にも死を惜しまれることなく厄介者扱いされて。そしてたったひとりの息子はその死について考える余裕もなく金の計算ばかりしている。そんな惨めな女がいるって、想像つくか？

信じらんないだろうな。でもそういう女もいるんだよ。そしてその女の息子を長年小馬鹿にしてきたのが、あんたの息子だ。

「……なあ」

口を開いた瞬間、「おばさん」と声がした。

「おばさん、外は冷えるだろ。やっと落ち着いたし、そろそろゆっくり食事でもしようって、基樹が」

建家の中から、安田が顔を出した。帰っていなかったらしい。安田はおれと伊藤の母親が並んでいるのを見て、微かに眉根を寄せる。安田が室内に顔を向けて何か合図をすると、すぐに伊藤が出てきた。最悪だ。

「どうかしたの？　母さん」

「ああ、さっき瑞枝《みずえ》ちゃんに、お父さん用の大判焼きを頼んだでしょう？　そのときに、スタッフさんの分もお願いして買ってきてもらってたから、渡してたの」

「そっか。須田、今日はありがとうな。無事に、通夜ができた」

伊藤がにこりと笑う。

「ああ、そうだ。俺たち、須田と少し話がしたいと思ってたんだ。母さん、食事の準備を叔母さんとしておいてくれないかな。俺は少し、彼と話をするから」

「あら、そうなの？　そういえば同級生って話していたものね。はいはい」

母親が中に入っていき、入れ替わるように伊藤と安田がおれの傍へくる。思わず、後ずさりした。

「うわ、ほんとに須田じゃん。こういう偶然ってあるんだな」

安田の仕事は何なのか知らないが、両耳にたくさんのピアスの穴があり、髪は明るい茶髪だった。喪服はすでに着崩されており、開いた胸元からゴールドのネックレスが見えた。

安田を脇に従えるようにした伊藤が「今日はお疲れさん」と軽く片手をあげてみせる。

「途中で安田とも話したんだけど、須田がここで働いてるなんていまでも信じられないよ。すごい縁だよな」

受付係が使っていたパイプ椅子に腰掛けた伊藤が、俺を見上げてくる。

「俺さ、いつか須田に会いたいなって思ってたんだ」

「はあ」

「というのも、須田に謝りたくってさ」

にこ、と伊藤が微笑む。安田も、「俺も俺も！」と笑顔で言った。おれは、言われていることの意味が分からなかった。

「俺たちさ、学生のころ、須田にけっこう酷いことしてしまっただろ。いや、ここははっきり言うべきだよな。俺たちは須田に、いじめってやつをしてしまった。当時は全然罪悪感とかっていうのがなくて、ほんと、子どもゆえの残酷さってやつだったと思う」

伊藤が腕組みをして神妙に言い、安田が「酷かったよな、ほんと」と頷いてみせる。

「言い訳になってしまうけど、誰かひとりをスケープゴートにすることで残りの奴らの団結感が強まって、それで安心できたんだよな。ほら、共通の敵がいることが最大の絆っていう感じ、あるだろう？　あの当時の俺は、一歩間違えば自分がハブられるかもしれないってことに恐怖を抱いていてさ、だから自分がハブられないよう必死だったんだよ」

「そう、そうなんだよな。俺たちのクラスってちょっとギスギスしてたっつーか、油断してたら背中から蹴られて落とされそうな感じ、あったじゃん？　俺もひとの顔色見たりしたもん」

「ハァ？　いや安田はそれ嘘だろー。お前は昔っから図々しいの極みじゃん。取引先に対してゴリ押ししてるって、さっきも言ってただろ？」

「待ってくれよ。ゴリ押しは仕方ないんだって。強引の権化みたいなオヤジの跡を継ぐためには多少強気でいかないと、頼りない跡継ぎと思われるんだよ」

ふたりがげらげらと笑う。おれはその会話が、これっぽっちも理解できなかった。何をこいつらは言っているんだろう。伊藤はとても気持ちよさそうな声で喋り続け、安田もへらへらとしている。呆然と眺めていると、伊藤が「でさ、俺たちも大人になったんだよ」と声を大きくした。

「安田はもう、四歳の子どもがいるんだ。女の子で、めちゃくちゃ可愛いの。そして俺は、もうすぐ父親になる。俺の子どもはたぶん男の子なんだけど、息子ならやっぱり父親の背中を見て育ってほしいと思うんだ。俺という存在から、世間を生きていく術や姿勢を学んでほしい。そしたらなんか、過去の須田とのことがいまさら引っかかってしまってさ」

　憂うように、伊藤が眉をきゅっと寄せた。

「子どものために、正々堂々、まっすぐ生きてる父親でありたいのに、弱者をいじめた過去があるなんてあってはならないことだろ？　でも、過去に戻ってやり直すことはできない。だからさ、須田に会って、きちんと謝りたかったんだ。けじめをつけたかった。というわけで、あのときはごめんな。悪かった、この通りだ！」

　伊藤がテーブルに手をついて大袈裟に頭を下げる。安田も「悪かった」と続いた。

「俺もさ、娘に『いじめはしちゃダメだぞ』って教えてるんだよ。でもその言葉が軽くなっちゃいけないよな？　悪いことをしたら、謝る！　須田、ほんとーっに、悪かった！」

　おれは、ただただ足が震えた。こいつらは、こんなことを本気でやっているのか。

　顔を上げた伊藤が、満足そうに息を吐いた。

「ああ、なんだか胸のつかえが下りた、いや肩の荷が下りたって感じだなあ。願いが叶ったよ。打ち合わせでも話したけどさ、俺いま福岡に住んでるんだ。仕事も忙しいし、同窓会に滅多に参加できないんだよね。だから須田に謝る機会なんてないだろうな、と残念に思ってたんだ。

それが、まさかのこの再会だよ。これってオヤジの最後のプレゼントかもしれないなあ。孫のためにも過去をきちんと清算しろ、みたいな？」

「基樹のオヤジさん、すごく人間のできたひとだったもんな。俺も可愛がってもらったもんだよ。俺たちのために、懺悔《ざんげ》の場をくれたんだよ、きっと」

安田の顔も、明るい。晴れ晴れとしているふたつの顔が、ぐにゃりと歪んで見えた。

「……許す許さないの問題じゃ、ないだろ？」

喉の奥から絞り出した声が、裏返った。もはや、全身が震えていた。

「中学時代、雑巾で顔を拭かれた。腐った牛乳を飲まされた。トイレで、パンツを脱がされたこともあったよな？　どれだけ汚いチンコしてるか見てやる、って。くせえくせえって割りばしで摘まれて、君たちはそれを携帯で写真まで撮った」

思い出すだけで、吐きそうになる。あの写真は女子にまでバラまかれ、卒業するまでおれは女子の間で汚物扱いだった。そして、広いネットの海のどこかにはまだ、死んだほうがましだという顔で下半身を出しているおれがいるのかもしれない。

伊藤の顔が陰った。安田が眉間に皺を刻む。

「だから、こうして謝ってるんだろ？　それに俺は、伊藤とは違って高校はお前と別だったから、ほんの一年ちょいのことだ」

運動神経ばかりよくて、野球の強い高校に進学した安田とは、確かにそれから疎遠になった。

「おいおい、俺は高校では何もしてないよ。そういう幼稚な真似しなかったし」

「一年ちょい、じゃない。一年以上卑劣ないじめを続けてた奴が、いつまた心変わりするか。同じことを仕掛けてくるか。そういう恐怖があるのを知ってるか？　校内で伊藤を見るたび、街中で安田を見かけるたび、恐怖だったよ。それに、伊藤はそういう『幼稚』な真似をしなくなっただけで、おれを見下げる感情は何ひとつ、変わっていなかっただろう」

手を出さず、ただ、見下していた。

「お……おれは、これから先何があったって君たちを『許す』とは言わない。おれにしたことが君たちの人生の汚点だというなら、汚点であり続けるよ。おれは君たちにされたことを一生、忘れない」

「お前、調子に乗んなよ？」

安田が一歩近づいてくる。その顔に確実な怒りがあるのを見て一瞬びくりとしたが、そんな安田を「同じレベルになるな」と伊藤が止めた。

「なあ、須田」

ふう、と伊藤がため息を吐いた。ゆるゆると首を振り「大人になろうぜ」と穏やかに言う。

「そういうマイナスの感情を背負って生きてもさ、しんどいだけだぞ。重ければ重いほど、過去は乗り越えていくべきだ。囚われているままなんて、不幸だ」

「どこで乗り越えるかはおれが決めることで、君たちが決めることじゃない」

「もちろんそうだ。でも、人生は一度しかないんだ。その大事な時間を誰かを恨んで生きるより、恨みを昇華して楽しく生きたほうがいいと思わないか？」

「そんな簡単にできることじゃない。君たちの人生にとって、おれはしょせん小さな汚点だろうけど、おれにとっては、大きな〝ガン〟なんだ。あんな謝罪にもならない言葉ごときで昇華できるものじゃない」

「……言いすぎてんぞ、須田」

善人ぶっていた伊藤の顔に、かつての表情が戻った。安田がもう一歩踏み込んでくる。

「被害妄想もいい加減にしろよ。俺たちがせっかく、歩み寄ってるんだぞ？」

「そういうセリフが、傲慢なんだって分かんないのか」

足が震える。声が裏返りそうになる。こいつらの拳に震えた日から九年ほど過ぎたはずなのに、昨日のことのように思い出される。安田と睨み合っていると、伊藤が「残念だ」と立ち上がった。

「これ以上話しても平行線だな」

んん、と両腕を天に突き上げて伸びをした伊藤は、大きく息を吐いた後に、おれに笑いかけてきた。

「正直なところ、お前がどう思おうがどうでもいいんだ」

まっすぐに、おれを見ていた。

「悪いことをしたと思ったら謝る。それが大事で、俺たちはいまきちんとお前に過去の罪の謝罪をした。謝罪を受け入れてくれないことは、それは残念だと思うよ。だけど、お前の赦しを貰うことが俺の目的ではないんだ。お前の感情は、大した問題じゃない」

立ち尽くしたおれの肩をポンポンと叩いた伊藤は「まあ、お前が俺の謝罪を素直に受け入れたくないっていう気持ちも分からなくはないしね」と苦笑した。

「俺のことが妬ましいよなあ？　大学、大変だったらしいもんな」

「あー、そっか。こいつ、基樹と同じ大学行くはずだったんだっけ」

思い出した、と安田がぽんと手を叩いた。

「貧乏すぎて、入学金振り込めなくて入学できなかったんだよな。大学で号泣したって噂、聞いたことあるわ。お前、とことん運ないな。いま流行りの『親ガチャ』ってのが大爆死だったんだな」

「おい、安田。それはあんまりな言い方だって。なあ、須田。安田はこれで、悪気はないんだぞ」

頭の中が、真っ白になった。

志望していた国立大学に受かったあの日が、おれにとって人生最良の一日だった。暖房をつける余裕もなく、寒さでかじかみながらペンを動かした手はあかぎれだらけで、拳を握り込めば皮膚が何ヶ所も裂けた。それでも構わないと勉強し続けた甲斐があった、と泣いた。実家を出て、大学の寮に入ろう。奨学金を貰い、アルバイトをすればじゅうぶん生きていける。ここから、おれは這い上がっていけるんだ。

これからの人生に、夢しかない。しかし、その希望は簡単に砕けた。新生活に必要な金を少しでも貯めようと掛け持ちでアルバイトを始めたおれは、母に入学金の振り込みを頼んでしまった。国立大学に合格したおれに大喜びだった母は、入学金くらいは親としてちゃんと工面するからと言った。そう言った、はずだったのに。

入学金の支払期限を過ぎた後、久しぶりに現れた父が言った。

『おい、奨学金ってのはいつ貰えるんだ？　こないだの金、もうなくなったんだわ』

母が明らかに狼狽え始め、ぞっとする。問い詰めれば、母は入学金をすべて父に渡していた。

目の前が真っ暗になった。

　バイト先に頭を下げて金を前借し、大学の事務局に駆け込んだ。母が忘れていて、それで土下座して必死に言ったけれど、事務員は『規則ですので』と繰り返すばかりだった。絶望の涙がぼろぼろ零れる。事務局で蹲《うずくま》るおれに、別の男性が言った。

『残念だけど、来年また頑張りなさい』

　来年まで頑張れる余裕など、家にはない。万が一来年があったとしても、母は変わらず、あのクズに金を渡してしまうだろう。ああ、おれは這い上がることなど、できなかったんだ。

　あのとき、母と父を殺したかった。それが叶わなければ、自死したかった。でも、そんなことをする気力も、湧かなかった。

　昭和の遺物のような、朽ちた墓石にも似たぼろぼろの団地に帰ると、母はシチューを作っていた。子どものころのおれが好きだったクリームシチュー。と言っても、鶏ガラとクズ野菜をクリームシチューという名の安いルーで煮ただけのものだ。それでもおれにとってはごちそうで、鶏ガラにこびりついた肉片を歯でがりがり齧り取るのが好きだった。

『あの、ごめんね……』

　母がシチューの皿をおれの前に置く。普段はめったに目にすることのなかった鶏もも肉がごろごろ入っているのを、ぼんやりと眺めた。へえ。おれの人生を棒に振った詫びが、これか。スーパーでグラム百何十円かの鶏肉が、おれの人生と釣り合っているというんだな。他でもない、母親のあんたが。

『出て行くよ』

湯気の立つシチューを前に、言った。あんたのせいで、思い描いていた豊かな生活はもう望めない。ここから這い上がっていく意欲すら、奪われた。あんたが生きてるうちは、もう会わないよ。これ以上憎みたくないんだ。

母は湯気の向こうで『ごめん』とだけ言った。

気付けば、おれは芥川と井原に地面に押し付けられていた。起き上がろうとすると、ふたりがかりでぐっと押し込められる。右頬が地面に押し当てられ、その少し先にぐちゃぐちゃに潰れた大判焼きが転がっているのが見えた。どうにか目を動かすと、離れたところで、数人の親族と共に伊藤と安田が立っていた。大判焼きをくれた母親がおれに向かって「なんでこんなことを！」と叫んでいる。

「主人のお通夜の夜ですよ⁉　こんな酷いことするなんて、信じられない！」

「申し訳ございません！」

井原がおれの横で深々と頭を下げた。

「大切な時間を乱すようなご無礼、まことに申し訳ございません！　こちらの指導不足でございます！」

おれは、ふうふうと息を吐く。口の中が鉄臭くて、酷く痛む。ああ、おれは伊藤に殴りかかったんだったか。しかしあっさりと返り討ちにあって、そして安田に何度も殴られ、蹴られた。全身が酷く痛んだ。伊藤のほうは、さっきまでセットされていたはずの髪がわずかに乱れており、おれをぼこぼこにした安田は腕を組んで仁王立ちをしていた。伊藤は手櫛で髪を整えた後、「いや、井原さんの責任じゃないです」と言った。

「学生のころからの知り合いだと言ったでしょう？　せっかく再会できたんだから、父の前で、須田との過去のちょっとしたいざこざを清算しようとしたんです。が、そいつはそういうことができる人間じゃなかったようだ」

「詫びてる人間にいきなり摑みかかってくるなんて、どうかしてるよ」

安田が言い、伊藤の母親が「ああ、恐ろしい」と泣きながら頭を振る。そんな母親に伊藤は
「関わっちゃいけない人種ってのがあるんだよ」と哀しそうに言った。

「広い世界には、どこまでも理解し合えないひとがいる。近づけばお互い傷つくだけなんだよ。なあ、安田」

「そういうことだな。こいつには俺たちの気持ちが理解できないだけさ」

ふたりがおれを見下ろし、おれの右目から涙が零れた。熱い雫は、すぐさま地面に吸い込まれていく。

おれはきっと、こいつらとは一生分かり合えないだろう。それは、構わない。そんな涙じゃない。おれはきっと一生、こいつらの下にいるんだろうと、思ってしまった。

豊かなこいつらは豊かに生き、豊かに逝く。

おれは、そうじゃない。おれも、母と同じなんだろう。

まざまざと見せつけられて、それが、ただ泣けた。

「ああ、井原さん、頭を上げてください。こちらにも非があることですから、気になさらないでください」

伊藤が穏やかな声で言う。別段、このことを問題にしようとも思いません。父の弔いの場を

これ以上乱したくない。だから、彼にはこれ以降我が家に関わらせないでくれませんか。母も動揺してますし。

それは、スマートな対応だったのだろう。みんな、伊藤の言葉に頷いた。おれは「そいつはそんな殊勝な奴じゃない」と叫びたいのをぐっと堪えた。ここで何を言ったって、おれの言葉なんて誰も信じてくれやしない。

伊藤がおれに目を向ける。

「須田、お前とはもう二度と会うこともないだろうけど、元気でな。俺たちはもう、お前のことは忘れるよ」

「お前もさ、どっかでその歪んだ根性捨てて頑張れよ」

伊藤と安田はそう言って、建家の中へ消えていった。

「須田、大丈夫か」

井原がおれを抱き起こす。それから「悪かった」と頭を下げた。

「庇えなくて、悪かった。個人的な問題だとはいえ、従業員が客に殴りかかるのは、まずいと判断したんだ。ましてや、身内を亡くした通夜の晩だ」

芥川も「申し訳ない」と続く。

「故人の奥様があまりに動揺していらしたから、まずは収めようと彼に任せてしまった」

「別に、いいふよ」

喋ろうとするも、うまく口を動かせない。のろのろとからだを動かすと、どこもかしこも痛んだ。見下ろせば、右の腹に潰れた大判焼きが張り付いていた。泥と同化した黒あんがぼろりと剝がれ落ちた。

「おれが、ばかでした。すんません、した」

頭を下げると、「そんなこと言わなくていいんだって」と井原が言う。

「実は少しだけ、須田たちの話を聞いてしまった。あのひとたちに対して、須田はすごく我慢したと思う」

聞かれていたのか。だが恥ずかしいとか、みっともないとか、そういう感情が湧かない。ただただ、どうでもいい。

「おれ、この仕事辞めまふ」

俯いたまま言う。もう、いいれす。どうせ、ほんきでやりたかったわけじゃないし。

「そんな。こんなことで辞めるなんて言うなよ」

井原が言うも、おれは首を横に振る。口の中が気持ち悪くて、溜まった血をぺっと吐いた。

「ただ、どんな不幸な奴がいるのか、見てみたかっただけだから」

へ、と井原が間抜けな声を漏らした。

「ろくでもない死に方するような、底辺の人生を見たかったんだ、おれは」

母より憐《あわ》れな死に方をしたひとがいるだろうか？　寂しい見送られ方をするひとがいるだろうか？　いるというのなら、見たい。母よりも酷い、悲惨な生き方をした人間がいるなら、それを見ることができたなら。

「人生に何の実りもなかった人間の終わりを見ることで、見下すことで、悦に入りたかったんだ」

ゆっくりと立ち上がる。そこかしこがみしみしと痛むのを我慢して、おれは「ご迷惑、おかけしました」とふたりに頭を下げた。

「今日で辞めます。帰ります」

「待てって、須田。俺と少し話をしよう。そういうことを考えるには、理由があるんだろう？」

井原がおれの肩を掴む。振り返り見ると、まっすぐにおれを見ていた。逸らすことのない視線は、伊藤のそれとは違う痛みをおれに与えた。

「話してくれよ。俺に」

「話してどうなります？　意見を言う？　でも、豊かに生きてる人間の言葉は、おれには響かない」

井原が目を見開いた。

「言わばあなたも、伊藤たちと一緒ですよ。持ってる人間だ。そんなひとの言葉に耳を貸す余裕、おれにはない」

言い置いて、その場から離れる。荷物を取りに事務所に向かうと、残っていたらしい佐久間が誰かと電話をしていた。

「だから、仕事だって言ってるじゃない！　どうしていちいち純也に許可を貰わないといけないわけ？　わたしのこと馬鹿にされてるみたいで腹が……あ、須田さん。あの、大丈夫？」

電話の相手が怒鳴っているようだったが、佐久間はぷつんと通話を切った。ポケットにスマホを押し込みながら「顔、怪我してる。救急箱出すから、こっち来て」と言う佐久間に「彼氏ですか」と問うた。

「余計なお世話ですけど、相手に馬鹿にされてると感じたときには、十中八九ほんとうに馬鹿にされてますよ。あ、おれ今日で辞めます」
佐久間の顔が、一瞬で強張った。それをちらりと見てロッカーに向かう。荷物を纏め、「お世話になりました」と出て行くのを、佐久間は止めなかった。

*

芥子実庵を辞めて、二日が経った。何の意欲も湧かないおれは、ベッドに寝転がってスマホをいじるだけの時間を過ごしていた。

モトキ@もうすぐ新米パパ　@ito_m2929
オヤジから教えてもらったたくさんのことは、俺の中に息づいている。
それを俺が生まれてくる息子に伝えることで、オヤジは孫の中でも生きていくんだ。
オヤジ、いままでありがとう。これからも、愛しているよ！

伊藤のSNSだ。どうせやっているのだろうと検索したら、案の定すぐに見つかった。
SNSから窺い知れる伊藤の日々は、充実していた。
趣味はサッカーで、社会人チームにも在籍。大手広告代理店に勤務しており、数ヶ月前に、大学時代から付き合っている女と、本人曰く授かり婚。マタニティフォトというのか、女のでかい腹にキスしている写真や、腹に向かってキメ顔で花束を贈っている写真などがこれでもかとアップされていた。それらには二桁を超える『いいね』や、安田をはじめとしたかつてのクラスメイトたちが『めっちゃいいじゃん！』『子どもが生まれたら、俺の家族と一緒にキャンプ行こうぜ』などとコメントをつけていた。父親が亡くなったという投稿には『ショック……、いいおじさんだったのに』『あんなにやさしいひとが孫に会う前に死んじゃうなんて、神様何してんだよ』というようなコメントがあった。

「いい人生だ」

ぽつりと呟く。おれのものとあまりに違いすぎて、もはや羨望の気持ちも湧かない。これだけ差があればそりゃ意思の疎通もできないよな、と納得する思いがあるばかりだった。いっときは同じ場所で競い合っていたこともあったのに、と考えたこともある。しかしあのときからすでに、目に見えない大きな差がついていたのだ。

変な笑いがこみあげてきて、げらげらと笑う。スマホを放り投げてひたすら笑っていると、フローリングの上でスマホが震えた。連絡をくれるようなひとなど、おれにはいない。どうせ、逃げるように辞めた芥子実庵からだろう。無視を決め込むと、数秒後に振動は止んだ。

「面倒くさい」

すっと気持ちが冷める。眠くもないけれど眠ってしまおうと目を閉じた。

それからすぐのことだったのか、少し時間が経ってからだったのかは、分からない。来客を告げるインターフォンの音がした。居留守を使おうとするも、音は止まない。それどころか、どんどんとドアが叩かれ始めた。

「くそ」

この品のないやり口は、絶対に宅配便だ。この辺りを担当している男は、再配達を嫌うのか何度もドアを叩いてくるのだ。一度、夜勤明けで眠りに落ちた瞬間に起こされたことがある。いい加減一言文句を言ってやる。起き上がり、玄関へ向かったおれは確認することもなくドアを勢いよく開けた。

「あのさ」

「お、いるじゃないの」

立っていたのは、芥川だった。

「元気そうでよかった。連絡がつかないから、心配してたんだぞ」

芥川は何故か、喪服に黒のコート姿だった。昨日から寒波の到来だとかで、外は小雪が舞っている。さすがに化繊でぺらぺらのデザインシャツでは寒いのだろうか、なんてどうでもいいことをちらりと考えたおれに、芥川が「押しかけてすまないね」と笑う。

「あれから、からだはどこも痛んでない？」

「はあ、大丈夫です。あの、退職のことなら」

「よかった。退職のことはとりあえずいったん置いて、おれと少し出かけないか？」

芥川が車のキーを掲げてみせた。

「君を連れて行きたいところがある」

どうして行こうと思ったのかは、分からない。することが何もなかったからだろうか。とにかくおれは、芥川について行った。芥川の運転する、シルバーグレーの社用車で向かった先は、持山市営火葬場だった。

「火葬場……？」

「君はまだここに来たことなかっただろ」

市のはずれにあるそこは、木々に囲まれた静かなところだった。芥子実庵の庭も庭木がたいしたものだが、ここは森の中に紛れ込んだような錯覚を抱かせる。葉の落ちた冬だから少し物悲しいが、新緑の季節にもなればさぞかし鮮やかな緑に包まれるに違いない。

冬のきりりとした風がさっと頬を切るような強さで撫でていった。

「思っていた感じと、違いますね」

建物は小綺麗なホールのようだった。開放的なロビーに、重厚な扉。やわらかそうなソファにテーブル。奥に行けば音楽会でも始まりそうな気がする。遺族の控室はまるでカフェのようだった。ソファにガラステーブル。壁際にはドリンクバーが設けられ、コーヒーやジュースが無料で飲めるようになっていた。疲れた遺族のためだろうか、リクライニングチェアまであった。

母のときに訪れた火葬場は、古臭いところだった。リノリウムの床がしんしんと冷える待合室で、缶コーヒーで暖を取って過ごした。つけっぱなしだった小さなテレビではタレントが年末特番ドラマの宣伝をしていて、『絶対に泣けます』と胸を張っていた。泣けて、だから何なんだろうな。ぼんやりとそう思ったのを覚えている。

「綺麗だろう？　五年前に改装されたんだ。それまではどこもかしこも古かったんだけどねえ」

「へえ」

ロビーは無人だった。珍しく、予約が入っていないのか。芥川にそう言うと、「あと三十分ほどで到着されるはずだよ」と返ってきた。

「芥子実庵の施行ではないんだけどね。ああ、こっち。こっちが事務所」

慣れたようにロビーを突っ切った芥川が、カーテンの引かれた小窓を叩く。すると窓の隣のドアが開いた。

「来たかい？」

ひょいと顔を覗かせたのは、恰幅の良い女性だった。年は六十くらいか。白髪交じりのおかっぱ頭に、太い黒縁の眼鏡。暖かそうなベージュのベストに、黒のスカート。事務員だろうか。

「こんにちは、南条《なんじょう》所長。研修を許可してくださって、ありがとうございます」

芥川が頭を下げると、南条と呼ばれた女性は「こちらも、理解してもらうために大事なことだと思ってるんでね」と微笑んだ。

「ああ、挨拶しておかないとね。ここの所長を務めています、南条です。どうぞ、ここの仕事をしっかり見ていってちょうだいよ」

南条がぱきぱきと喋る。どういうことかと芥川を見ると、「君はここを知るべきだと思ったんだ」と言う。

「少し、おれに付き合ってよ」

それから、南条の案内で火葬場の裏側を見学させてもらうことになった。さっき見たロビーからは想像できない、武骨な空間があった。職を転々とした中で工場で働いたこともあったが、工場に近い雰囲気だ。やけに暖かくて、ごうごうと音を立てる、大きな制御盤が備え付けられた機械に、重たそうな金属製の扉が三つ並んでいる。

「ここ、すごくあったかいだろ？　これから今日初めての受け入れがあるから、炉を温めているところなんだ。夏場は地獄だけどね。さて、ここから中が見える」

南条が、扉の中央にある小さな蓋を示した。開けて覗いてごらん、と言われ、蓋を持ちあげて覗けば、狭い空間が赤に染まっていた。熱気が目元にぐっと押し寄せてきて、反射的に後ずさりする。

「ここで、ご遺体を焼くんだよ」

南条の言葉に、ひゅ、と息を吞んだ。

「その窓は、ご遺体を綺麗なお骨にするために状態を確認するときに使うんだ。そして必要に応じて、これを使って焼きを調整する」

長い金属製の棒を、南条が片手に持つ。

「調整、って……」

「小窓から差し入れて、ムラがないようにご遺体を動かすんだ」

この時代、機械で何もかも管理されているのかと思っていた。まるきり、原始的じゃないか。芥川を見ると、おれの言いたいことが分かったのか「おれも最初は驚いたよ」と頷いた。

「これでもだいぶひとの手は減ったらしいけど。以前はもっと大変だったという話だ」

「そうだねえ。昔の炉は、火を入れている間ずっと張り付いていなくちゃいけなかった。いまじゃ事務所に戻って煙草を吸う時間がある」

ふふ、と南条が笑った瞬間、その首にかけていたスマホが鳴った。

「事務所だ。出棺の連絡が来たかな？　もしもし」

少しのやり取りをして、南条が通話を切る。それから「少し、遅れそうだ」とため息を吐いて言った。

「今日は人手が足りないから、お迎え準備はあたしがしないといけないんだった。悪いけどあたしは失礼するよ。芥川、あんたは引き続き案内してあげな」

言って、南条はどすどすと去って行った。

「あの、おれ芥子実庵は辞めると言ったはずです。今日はつい、言われるまま来ちゃいましたけど、あの、働くつもりはもうなくて」

「案内というか、ただ、ここで話したかったんだよ、君と」

芥川が、近くにあった丸椅子に腰掛けた。おれにもひとつ差し出してくれるが、素直に座る気にはなれない。話がしたいならカフェでも、どこでもいいはずだ。「ここじゃないとだめなんですか」と訊くと「ああ」と頷かれた。

「あと二、三十分で故人が到着されるから、ここを出なくちゃいけない。それまでのことさ」

終わったら部屋まで送るし、と再び椅子を示されて、おれはしぶしぶ腰掛けた。

「君は、何もかもを間違えていた」

突然、芥川が言った。

「芥子実庵は、家族葬専門の葬儀社だ。仕事を依頼してくれるのは〝自分たちで見送りたい〟、〝大事なひとに見送られたい〟という、誰かを愛しているひとたちだけなんだよ。誰にも見送られない、孤独に亡くなるようなひとの見送りの依頼は、そもそも来ないんだ」

思わず「あ」と声を漏らした。そりゃそうだ。おれはばかか。そんな当たり前のことに、どうして気が付かなかった。

「君は分かりやすい『憐れ』が見たかったんだろう？　それなら、うちに来るのではなくここに来るべきだったね。大勢に死を惜しまれたひとも、ひとりで亡くなったひとも、みんな最後は〝ここ〟に来るんだ」

芥川が背後の扉を指差した。小窓の向こうは、いまも内包する温度を上げているのだろう。

「この市に住まうたいていのひとはこの市営火葬場を利用する。先日の伊藤家の方も、ここに来たよ。そして、これまでに君の望んでいるような不幸な境遇のひとも来ただろうし、これからも来るだろう。君はここで、待ち構えていればよかったんだ」

芥川の声は、いつも通り穏やかだった。怒りでも呆れでもない。だから、「それを教えるために連れてきたんですか」と訊けた。

「転職しろと？」

「それも、いいかもしれないな。いつかきっと、自分で自分の答えを見つけ出せるだろうから。自力で見つけたものだけが、万の言葉よりも自分を納得させるものだよ。でも、おれは教えてあげてほしいと頼まれたんだ、井原くんに」

思いもよらないひとの名に驚いて、眉間に皺を寄せた。

「説教の伝言ですか」

「そういうつもりはない。説教なんて柄じゃないし。ただ彼は伝えたかったんだと思う。目に見えない『憐れ』があることを」

　ふう、と息を吐いて、芥川は「君は、彼のスマホの待ち受けを見たことがある？」と尋ねてきた。

「え？　ああ、奥さんが赤ん坊を抱いてる写真ですか」

「そう。あの赤ちゃんの名前は、真珠《まじゅ》ちゃん。名前の通り真珠みたいに綺麗な肌をした女の子。彼の奥さんは妊娠つわりが酷くて、初期のころから入退院を繰り返していたんだって。何度も流産しかけて、それでも奥さんは必死にお腹の中で育てた。予定日より一ヶ月早かったものの、無事に生まれた。産声を聞いた瞬間、産院の先生が『よかった』と泣いたくらい、奥さんも真珠ちゃんも頑張ったんだ」

　へえ、と口の中で呟いた。生まれてきた命に優劣はない、という話でもするつもりか？　だが、優劣は生まれたときに既にあるんだ。クズと愚かなシャレコウベの間に生まれた子と、顔立ちの整った夫婦の間に生まれた子のスタートが同じなわけないだろう。

　おれをちらりと見た芥川がくつりと笑った。

「きれいごとを話そうとしてるわけじゃないから、安心しな」

　そんなにあからさまだったかと俯こうとすると、「死んだんだよ」と芥川が言った。驚いて目を向ける。

「真珠ちゃんが生まれて三ヶ月後、ふたりは揃って死んだ」

「……事故、ですか？」

「いいや、育児ノイローゼになった奥さんが、真珠ちゃんと心中したのさ」

淡々と告げられた内容に、寒気がした。

「八年前だ。当時芥子実庵で施設長をしていた美《み》住《すみ》という女性が施行を担当した。彼女はとても真面目で、毎回丁寧に施行内容を文書に残してくれていて、そしておれは芥子実庵での施行は全部、覚えている」

全部？　そんなことあるのか？　でも芥川はまるで自身が見てきたかのように、語り出した。

「ふたつの柩に泣いて縋ったのは、奥さんのご両親だった。井原くんはそれを呆然と眺めていた」

心中の引き金は、分からないという。ただ、産後の回復が悪かった妻は寝たきりの状態になってしまい、心まで病んでしまっていた。自分の子どものおむつひとつ満足にかえられないなんて情けないと泣き喚くこともあったし、子どもが泣いていても気付かないほど塞ぎ込むこともあったという。

「井原くんは仕事をしつつできる限りのことをして、互いの両親も世話をしてくれていたらしい。いまは大変でもいつかきっと乗り越えられると思っていたある日、たまたま奥さんと真珠ちゃんがふたりきりになってしまった」

鬱状態の妻から目を離してはいけないと、みんなで気をつけていたという。それでもぽっかりとできた誰の目もない時間に、妻は了の首を絞めて、そして自身も首を吊った。

「彼が全部話してくれ、と言ったから続けるけど……ふたりが亡くなった時間、井原くんはスロットを打っていたそうだ。その日は奥さんの調子が良くて、午後から奥さんの両親も来ることになっていて、これなら問題ないだろうと思った彼は仕事と嘘をついて外出したらしい。そしてふらりと入った店で勝ち続けてしまって、そのせいで彼はスマホを一切チェックしていなかった。娘と孫の無残な姿を発見した両親の連絡も、緊急搬送先の病院からの電話も、気付かなかったんだ」

留守電を聞いて井原が駆け付けたときには、ふたりはもう冷たくなっていた。

芥川が続ける。彼は、鬱と闘う妻も、真珠ちゃんも、愛していた。ただ、少しだけ日常から解放されたかったんだって。自分ひとりでぼんやりとする時間が欲しかった。子どもが生まれてから、初めての出来心だった。

おれは、何も言えなかった。芥川が口を閉じると、機械の音が大きく響く。深い唸り声のような音が、迫ってくる。

「ここで、ふたりは荼毘《だび》にふされた」

芥川が、背後の扉を指す。

「赤ん坊は、ほとんど骨が残らないんだ」

芥川が再び口を開く。赤ん坊の小さくて軟らかな骨は、簡単に灰になってしまう。胎児用の火葬炉を使えばまだ残るけど、この周辺地域にはない。そして、七年前のここの炉はとにかく古くて、火力の調整も難しかった。ここの職員で一番腕の良かった白石《しらいし》さんってひとが苦心してくれて、それでもほんのわずかな……ひとかけらの骨しか残せなかったよ。立ち会ったひとたちはみな、あんなに苦労して生まれたのに、これだけしか生きた証が残せないのかと泣いたそうだ。

おれは、芥子実庵の資材庫にある小さな骨壺を思い出していた。手のひらに収まる卵形のそれは、やさしいパステルカラーをしていた。子ども用なんだけど、これはできれば永遠にここで埃をかぶっていてほしいもんだな。そう説明してくれたのは、井原だった。あのとき、井原はどんな顔をしていただろう。

「葬儀後、ふたりの遺骨は奥さんのご両親が引き取った。まだ若いんだから過去に囚われずに新しい人生を歩んでほしいという願いがあったそうだ。でも、井原くんは当時勤めていた会社を辞めてうちに来た。どうしてと訊いたら、遺族の心に触れるときだけ、妻と娘の存在を身近に感じられる気がするから、と言ったんだ」

大事なひとを喪った心は、血を噴くような痛みを覚え、哀しみが溢れる。それに触れることで、自分自身の心の傷もまた血を噴く。その痛み、哀しみこそが、ふたりが間違いなく自分の傍にいてくれたのだと感じさせてくれるのだ、と井原は言ったという。

「瘡蓋《かさぶた》を剝がし続ける行為だ。おれは、ほんとうは彼が早くこの仕事を辞めてくれればいいのにと思ってる。見ていられないんだよ。でも、私情はあれど、それを仕事に影響させないし、いい仕事をしてくれる以上、クビにはできない。おれは、彼が担当になると安心はするけれど、いい気はしないいんだ、実は」

やれやれ、と芥川は頭を振って、それからおれに目を向けた。

「どうだ？　これで、満足かな」

やわらかく、目が細められる。

「彼はたくさんの大切なものを喪って、いまもそれに囚われている。ちっとも、豊かじゃない。彼だけじゃない。どれだけ幸福そうに見えても、みんな、それぞれが何かを背負って生きてる。

情けなさに歯噛みをしたことのない人間なんて、いないんだよ」

唇を噛んだ。満足なわけないだろう。実は彼はとても不幸でした。そんな告白、いらないんだ。そんなことで愚かな己の考えを恥じろと言うのなら、最初からとっくに恥じてる。いまは死んでしまいたいくらい、自分が情けない。ばかだと、自分が誰より分かってる。でも、それでも、誰か不幸な人間を見たかった。情けないと見下せるひとが、ほしかったんだ。

「……うちに面接に来てくれたときに、君は『母の葬儀を満足にできなかった後悔を断ち切りたい』と言ったね」

ふいに、芥川が言った。

「あれには説得力があった。だからほんとうにそれが志望動機だと思って、採用したんだけどな」

「面接なんて、誇大表現のオンパレードでしょう」

顔を逸らし、芥川の向こうの小窓を見つめる。芥川が、おれをじっと見ているのが分かる。

少しの沈黙の果て、ため息を吐いた。

「……供養ですよ」

「供養？」

「おれの母は、おれが物心ついたときにはどん底で這うように生きてました。そしてそのどん底にいるまま、死んだんです。その葬儀も、悲惨なもんだった。だから、母より悲惨な、惨めな死に方をしたひとがいりゃ、母は底辺じゃなかったと思えるかなって……供養になるかなって、思ったんですよ」

ぽつり、ぽつりと呟いた。

誰かと比べて優劣を感じるのは愚かなこと、意味のないことだろう。分かってないわけじゃない。でも、それでも。見下げられることが常だった母に、誰かより幸福なことだってあったと言ってやりたかった。

「でもね、供養なんて言いましたけど、母のことを憎んでたんですよ、おれ」

大嫌いだった。殺してやりたかった。気が弱くて男に甘くて、生きるのがへたくそで。あのひとのもとに生まれなかったらもっと、と考えたことは何十回、いや何千回もある。おれがこんなにひねくれたのも、人生に躓いたのも、あのひとのせいだ。

「死んだときも、通夜葬儀の最中も、冒になったとこ見ても、ちっとも哀しくなかった。ずっと金のことばっか考えてたくらいだ。でもね、どういうわけだか時間が経つにつれて後悔し始めたんです。最後くらい、ちゃんと見送ってやりゃよかったな、って。後悔が、止まらなくなったんですよ」

それは、母の死後にいい会社に転職できて、生活が安定してきたからというのが理由かもしれない。心に余裕が生まれた途端、忘れかけていた些細な思い出が蘇り、湧き水のように溢れ出したのだ。へたくそな子守唄、ふたりで山菜を探して摘んだ春の午後、ポッキンアイスを半分こした湯上がり。風邪を引いたときはハチミツと大根のシロップ、誕生日にはバナナをのせた薄いホットケーキ。小学三年のとき、食中毒になって腹が痛いとのたうちまわったおれを背負って、病院まで走ってくれた。薄くて頼りない、でも温かい背中は、頬をくっつけているだけで安心できた。給料日前に簞笥《たんす》の陰から出てきた五百円玉でたこ焼きを買って食べたのは、何年生のころだったか。おれが好きだからと、自分の分のたこ焼きからせっせと小さなたこをほじくり返しては、おれの皿に入れてくれた。でかい前歯に青のりをくっつけて、『おいしいねえ』と笑う顔。

「……疎《うと》まれてた、わけじゃない。愚かな女が、愚かなりに一所懸命育ててくれた。多分、あのひとなりの愛だってあった。そんな女の最後くらい、もっとうまくやれたんじゃないかなと、後悔して。悔やんで。でも、その後悔をどうしたらいいのか分かんなくて」

おれが頑張ればよかったんじゃないか。母の生活を向上させることだって、できたんじゃないか。いや、生きているうちはきっと無理だった。それならせめて、母のからだが目の前にある間に、もっと思い返してあげればよかった。何も考えずに、ただ母と向き合って最後の時間を過ごすべきだった。金や寒さのことばかり気にして、母の骸《むくろ》すらまともに見なかったなんて。母を寂しく送ってしまったことへの後悔が時間と共に膨れていって、おれを押しつぶしそうになっていた。

「だから、お母さんよりも不幸な死に方をしたひとを探していたんだね」

「そのためにわざわざ芥子実庵に転職までして、ばかですよ。前に勤めていた会社、いいところだったのに」

こんなことしたって誰も、母ですら喜びはしない。でも、そうするしかなかった。

「井原さんに、すみませんと伝えてください。おれが、ばかでした」

「それは、本人に直接言うといい。いつでも、会社に出てきなよ」

それとも、仕事をほんとうに辞めるか？　そう尋ねられて、おれは俯く。

「……辞めます」

「そうか。それもいい決断だ」

死に囚われたひとが就く仕事じゃないんでね、と芥川が独り言のように付け足した。

「じゃあ、帰ろうか」

よ、と芥川が小さく声を出して立ち上がる。

「……は？　どうしたんですか」

後に続こうと顔を上げたおれは、思わず素っ頓狂な声をあげた。自分のことで一杯一杯でいままで気が付かなかったが、芥川の顔色は紙みたいに真っ白で、なのにサウナにでも入ったみたいに汗をだらだら流していた。

「え、え、具合、悪かったんですか」

「あ、いや、大丈夫。気にしないで。おれ、ここが苦手なだけ」

さっきまでの冷静さが嘘のように、芥川は慌てて手を振る。

「苦手？　苦手って」

「や、こういうとこも、無理なんだ。火葬場とか、ご遺体を焼くとか」

怖くて、と蚊の泣く声で付け足す。

ほんとうに『死』が怖いってわけ？　そりゃ、さっきの話は重たいし、ひとによってはしんどいと感じるものだろうけど、でもそれを話して聞かせたのはあんただろ。

言いたいことがぐるぐる頭を回る。それを察したのか、芥川が「呆れるよね」と力なく笑った。

「自分でも思う。でもどうしても無理なんだよね。どれだけあがいてみても無理でさ」

「そんなに嫌なら、仕事辞めたらいいじゃないすか」

思わず、言った。

「芥子実庵をひとに譲って、好きな仕事したらよくないすか。祖父の遺したものだからってんなら、大事にしてくれるひとに任せたほうが、むしろいいでしょ」

「そうなんだよねえ」

消え入りそうな笑顔で、芥川が頷く。

「そのほうが、いいよねえ。でもさあ、怖いからって背中を向けられないんだよ。向けられるもんじゃ、ないんだよ」

難儀だよ、と芥川は言った。


事務所に帰りの挨拶をしようとドアをノックすると、黒の喪服に着替えた南条が出てきた。

「今日はどうもありがとうございました。そろそろ到着されるころでしょう？」

芥川が言うと、南条が首を横に振る。

「出棺前に、母親が気を失ったって。それで向こうがいまもバタバタしているようだよ」

ああ、と芥川が眉根を寄せた。それからおれに「小学生の息子さんが、交通事故で」と言う。

「受け止めきれるもんじゃないのは、よく分かるよ。あたしだって、こういうときは、なんて嫌な仕事をしてるんだと憂鬱になる」

「ええ、そうでしょうね」

「でも、同じくらい、情けなくなる。あたしはいつでも、誰に対しても同じ仕事をしなくちゃいけないのにね。相手の事情ひとつで取り乱しちゃいけない。てなわけで、珍しくおまじないを唱えてたところさ」

初対面のときには力強く見えた南条の顔が、どこか頼りなく映った。

「あの、おまじないってなんですか？」

ふと気になって口を挟む。念仏のようなものだろうか。しかし南条が口にしたのは、まさにおまじないのような言葉だった。

「けしのみはどこのいえにもない」

「え？」

「芥子の実は、どこの家にもない。知らないのかい？　芥子実庵の由来だよ」

意味が分からなくて、芥川を見る。おれの視線に気づいた芥川は「まさか知らなかった？」と少しだけ目を見開いた。

「たいていのひとが、社名はどんな意味なんですか？　って訊いてくるけど君は尋ねてこなかったから、知ってるもんかと思ってた。まあ、気になったら調べるといい。では南条さん、今後ともよろしくお願いします」

芥川の車に乗って十分後、リムジンタイプの霊柩車とすれ違った。それをなんとなく見送ったおれは、歩道を佐久間が歩いているのに気が付いた。遅れて気付いた芥川が路肩に車を停め、窓を開けて「佐久間さーん！」と呼ぶ。不機嫌そうに早足で歩いていた佐久間は芥川を睨むようにして見たが、誰か分かると笑みを浮かべて駆け寄ってきた。

「お疲れ様です。やだ、すごい偶然ですね！　え、須田さんも？」

「あ……ども」

　別れ際のことを思い出して頭を下げる。

「どこか行くところ？　送っていこうか」

　芥川が後部座席を指すと、佐久間は「予定がなくなって、家に帰るところだったんです」と言うなり滑り込むようにして乗ってきた。

　さっきまで殺風景だった車内が、佐久間が乗った途端明るくなる。やわらかな黄色のニットセーターに白のふわっとしたロングスカートという色合いだからだろうか。それに、いつもより化粧が華やかで、おろした髪を緩く巻いている。社内とは違う印象で、彼女はわりと女らしい服装が好きだったのだなと何故だか意外に思った。持ち物やなんかで、スポーティなものが好きなのだろうと勝手に判断していたからか。

「あー、よかった。この通りってバスは通ってないし、タクシー使うのももったいないし、必死に歩いてたんですよ」

「何してたの、こんなところで」

「彼氏の車で出かけてる途中だったんですけど、彼の勤める会社で事故が起きたらしくて、呼び出されてしまって」

　緊急性のあることだし途中下車した、と佐久間が言う。

「こないだ喧嘩したお詫びに好きなもの食べさせてくれるって話だったんですけど、事情が事情だし、仕方ないです」

「仕方ない、って言いながら顔は釈然としてないね」

　バックミラー越しに佐久間を見た芥川がくすりと笑い、振り返ると確かに佐久間は微妙な表情を浮かべていた。

「まあ、納得はできてないです。あ、いや、仕事を優先したことじゃないですよ。仕事に対してすごく真面目なひとだってことは知ってるし、とうとう責任ある立場になったんだなあって思うだけです。ただ」

「ただ？」

「理解ある嫁さんになってくれそうで嬉しいって別れ際に言われたことが、どうにも気になって」

　おれと芥川は一瞬視線を合わせる。それが何だというのだ。

「そもそもの喧嘩の理由なんですけど、彼氏がアポなしでわたしの部屋に遊びに来て……、合い鍵を渡してるのでそういうことはときどきあるんですけど、待てど暮らせど帰って来ないんだけどどって連絡が来たんです。わたしはその日は朝イチで施行担当が決まってて、しかも夜当番で、それを彼氏に連絡するの忘れてたんですよね」

　今夜は会社に泊まるから帰れない、と言った佐久間に恋人は「聞いてない」と怒ったのだという。

「翌日彼氏は休みで、だから一緒に過ごそうと思ってたみたいなんですけど、それこそわたしは聞いていないわけですよ。だったら、お互い様でしょう？　ていうか仕事なんだから仕方ないじゃないですか。なのに、そんな仕事はやっぱりどうかと思う、辞めたほうがいいって言いだして」

「うーん、それは、何だか雇用主としては申し訳ない話だな。確かに、人手不足だからって若い女性に夜勤をさせるのも」

「いえ、それは性差別にあたりますので現状のままで大丈夫です。問題は、わたしの仕事に対して文句を言う彼は『理解のない夫』になるんじゃないか、って思えて仕方ないんです。でも彼の中では、違うんですよ。『夫』になるのなら当たり前に言っていいことだとナチュラルに考えてる」

　佐久間が言葉を探すようにゆっくりと喋る。

「以前は、違ったんです。仕事のことでときどき不機嫌になることもあったけど、喧嘩に発展するほど怒りはしなかった。でも、結婚の話が出るようになって本心を見せてくるようになったっていうか、とにかく変わっちゃったんですよね」

　高い壁を前にして逡巡しているような顔をしている佐久間をちらりと窺い、結婚ってのも面倒なもんだなと思う。思い合って結婚するんだろうに、上下関係が発生するなんて。

　そんなおれの思考を無視して佐久間が「くそおおお」と唸る。

「いいひとだと思うときと、酷いなと呆れるときが交互で、しんどいんですよ。彼がわたしを『女』として下に見てると感じるときが特に辛い」

「そうは言っても、別れないんだろ？」

　芥川が言い、佐久間が口ごもる。

「……何なんですかね。下に見られていいはずがないのに、無意識に見られても仕方ない理由を自分が探してる気もするんですよ」

　車内が静かになった。

　おれは、男女の交際について何か言えるほどの経験はない。だからアドバイスはおこがましくてできないけれど、でも佐久間の言っていることの本質みたいなものは分かる気がした。おれにも、そんな部分が確かにあった。そうされても仕方ない理由を探して、やり場のない感情に落とし前をつけようとした。そんなこと、しなくていいはずなのに。

「大判焼きでも食う？」

　ふいに、芥川が言った。

「この間、食べ損ねちゃっただろ。あれ以来、何だか食べたくなっちゃったんだよな」

「……あ。すみません」

　思い出して頭を下げると「別にいいって」と芥川が片手を振る。

「あのとき大判焼きが無事だったとして、美味く食えたかは微妙だし。でも美味く食べたいし、商店街に寄っていい？」

　おれは頷き、佐久間が「クリームで」と言った。図々しい。

　車を商店街の駐車場に停めたところで、芥川のスマホが鳴った。「うわ、どうしようかな。このひと、電話長いんだよな」と芥川が困った顔をする。

「電話、出てください。おれが買ってきます。その、ご迷惑をかけたお詫びってわけでもないですけど」

「わたし、ついていきましょうか」

「いえ、大丈夫です。クリームもちゃんと買ってきますんで」

車を出て、商店街のほうへ歩く。目的の店は、十人ほどの行列ができていた。ここはいつも客が多いんだよな、と思いながら最後尾に並ぶ。することがないので、スマホで『芥子の実家』と試しに検索をかけてみた。

それは、仏教の逸話だった。

自分の子どもを喪ったキサー・ゴータミーという女性が、ひとびとに泣いて縋る。この子をどうか生き返らせてください。この子を生き返らせることのできる薬をください。この子はわたしにとってとても大事な子どもなんです。しかし誰も、子どもを生き返らせることはできない。狂わんばかりになったキサー・ゴータミーは釈迦のところに行き、同じように願った。すると釈迦は『ひとつかみの芥子の実を持って来たなら、叶えましょう』と答えた。『ただし、その芥子の実はいままで死んだ者を出したことのない家から貰ってくること』
キサー・ゴータミーはその言葉を信じて、様々な家を訪ね歩いた。しかしどの家も、父や娘、祖父に子ども、と誰かを喪っていた。それでもどこかにきっと必ず死者を出していない家があると信じてキサー・ゴータミーは駆けずり回ったが、果たしてそんな家はどこにもなかった。
大事な者を喪ったことのないひとなど、いない。死は誰しもに訪れ、誰しもがそれを迎え入れなければいけない。キサー・ゴータミーは、我が子の死はもう覆せないのだと気付き、その死を受け入れるのだった。

「死、か」

携帯電話の画面を見ながら、独り言ちた。南条は、どの『死』も同じくらい哀しいのだから目の前の死に過剰に引きずられるな、と自身に戒めていたのだろう。

さっきの芥川も、そうだ。『死』が怖くて、真っ青になって震えていた。でも、背中を向けられないと言った。『死』は、誰しもが接する哀しみ、恐怖なのだろう。

『死』は、やはりすべての者に平等なのだ。ただしそれは、残された者、生きている者に対してだ。大事なひとの『死』は、誰にでも必ず訪れる。その苦しみ、哀しみ、惑い、恐怖こそが、平等に受け入れなければならないもの。そこに豊かさも、貧しさも存在していない。井原のように哀しみをいまも抱え続ける者がいて、おれのように受け止めきれずに迷走する者もいる。立ち向かおうとあがく芥川のような者もいる。そして中には、真正面から受け止めて耐える者もいるのだろう。

「母さんはちっとも、貧しい死じゃなかったんだな」

母の死に対してのおれの苦しみや惑いは間違いではなかった。そしてそのすべてが母の死を底辺にしなかったはずだ。

気持ちの問題であるのは、分かっている。心持ちが変わっただけで、母の生きざま、死に方が変わるわけではない。ただ少しだけ、救われた気がした。

先頭にいたひとが離れ、列が少し進む。何気なしに目を向けたおれは、小さく息を呑んだ。

伊藤だった。

紙袋から大判焼きをひとつ取り出した伊藤は、ぎゅっと目を閉じた。祈るように長く長く目を閉じて、それからゆっくりと齧った。見る間に目のふちが赤くなってゆく。半分ほどを食べた伊藤は、ついと空を仰いでから、去って行った。

芥子の実は、どこの家にもない。

覚えたばかりの言葉を、おれは心の中で何度も繰り返した。

四章
あなたのための椅子

森原壱《もりはらいち》が死んだ、と連絡が来たとき、私は夫を問い詰めるべきか悩んでいた。

「ママ、でんわ」

夫の通勤バッグから出てきたものを手に考えこんでいると、ダイニングテーブルに置きっぱなしだった私の携帯電話を由良《ゆら》が持ってくる。

「ぶるぶるしてた」

光を集めているかのようにきらきらした瞳がまっすぐ私に向いていて、思わず微笑む。由良は言葉の発達が他の子よりも遅くて、不安で不安で仕方なかったけれど、三歳を目前にしたとたん、堰《せき》を切ったように言葉が溢れた。

「わざわざ、持ってきてくれたの？」

屈んで由良の目線に合わせて言うと、由良はうふふと目を細めた。

「ゆあたん、もってきてくえたの」

「お手伝いありがとう」

由良の頭を撫でてから、携帯電話の画面に視線を落とす。そこに表示されていた文を読んで、息を呑んだ。

『森原壱が昨日亡くなりました』

慌てて画面をタップする。それは、学生時代の友人メンバーで構成されたグループチャットの中に突如現れた不穏な一文だった。何度読み返しても、壱が死んだ、という風にしか受け取れないこれは、一体どういうこと？

呆然としていると、新たなメッセージが届く。ネットのニュース記事らしいそれを反射的にタップすると、『暴走車に撥《は》ねられてひとり即死、重体三名』という見出しが現れた。信じられないけれど、その、亡くなったひとこそが、壱であるらしかった。

混乱する頭で必死に文字を追う。東京都内で、信号待ちをしている集団に、無免許運転のワゴン車が飛び込んでいった。ワゴン車はその場にいたひとたちを次々に撥ねたあと、電柱に激突して止まった。

「あ。これ、昨日の……」

夕方のニュースで見た。被害者は下校途中の小学生たちやお迎えの保護者で、中には妊婦もいたという。血で汚れた通学バッグや靴、無残に潰れた車を舐めるように映した映像にぞっとしたのは、そこに自分と由良を当てはめてしまったからだ。いくつかのタイミングが重なって悲劇に見舞われるのは、決して他人事ではない。

『気をつけようね』

アンパンマンのぬいぐるみを抱えて踊っていた由良を抱き寄せて言ったあのとき、それが自分の知っているひとに訪れた災厄だなんて、思いもしなかった。

『星《せい》さんから連絡があって、遺体はこちらに連れ帰るとのこと。なので諸々の手続き等はこちらで行われます』

壱とは幼馴染でもある入江《いりえ》佑都《ゆうと》が、淡々と連絡事項を告げる。壱は無宗教で、親族は兄の星さんしかいないため、僧侶を呼んで読経を上げるなどの儀式は何もしないこと。火葬場が混んでいて、明後日の十三時が出棺となること。それまでの遺体の安置先は、この持山市にある家族葬専門の葬儀社〝芥子実庵〟であること。芥子実庵は星さんの知り合いの葬儀社だという。

『仲間内で見送るだけだから、かしこまった格好は不要。来られるひとは普段着で、と星さんから伝言。みんな、都合が合えば会いに行かないか。おれは明日から行って、最後まで傍にいるつもりだ』

『了解、すぐに会社に休暇願を出すよ。供花はどうすれば？』

『仰々しいのは、やめておいたほうがいいんじゃないか。香典を包んだほうがいいかも』

物事が、進んでいる。こういうやり取りは母方の祖父母が亡くなったときに経験したな、と頭のどこかで考えた。祖父母は共に八十を超していて、長患いもしていたからそういう覚悟ができていたし、なるほどひとはこういう風に送り出すのだなといちいちが勉強のように感じていた。しかしこれが壱のこととなると、どうしても心がついていかない。

ねえ、壱が亡くなったんでしょう？　みんなどうしてそんな落ち着いているの？　おかしくない？　だって、壱だよ？　私たちの、壱だよ？

疑問が溢れて、でもどれひとつとして言葉にできない。濁流を前に、なす術もなく立ち尽くしているような気がした。

『良子《りょうこ》も、行くよね？』

ふいに自分の名前が出て我に返る。グループのメンバーである、泉《いずみ》そよ美《み》、平尾正孝《ひらおまさたか》がそれぞれ『行く』と言ったあとのようだった。慌てて『もちろん、行くよ』と返信をする。見る間に、既読の数が三になる。このグループは私を含めて五人で、全員が確認すれば四になる。しかしもう永遠に増えないのか、と考えたとたん、壱の死がふっと近くなった気がした。と同時に言いようのない空恐ろしさを覚えて、頭を軽く振る。

待ち合わせ場所や時間など、少しのやり取りをしてから画面を閉じた。携帯電話を床に伏せて置くと、勝手に深いため息が漏れた。いつの間にか、へたり込んでいたらしい。足に力が入らない。指先が痺れたような感覚があって、目の前で手を広げて見れば微かに震えていた。

私には、親友と呼ぶべき友人が四人いる。中学入学後すぐに行われた新入生オリエンテーションで同じ班になったのがきっかけで意気投合し、そこから高校までずっと一緒だった、奇跡のように愛しい仲間たちだ。

森原壱は、その仲間のひとり。冷静で穏やかで、ときどき周囲があっと驚くようなことを平然とやってのける。私たちの中で最も大人びていて、一番勉強ができた。

私は、彼のことが好きだった。ただただ、夢中だった。彼の何の意図もない視線にいちいち胸を弾ませ、名前を呼ばれただけで一日が鮮やかになった。だけどそれを口にしてしまえば、どう転んだとしても心地よい五人の関係が壊れてしまう気がして、言えなかった。壱の恋人になれる可能性よりも、五人でいることのほうが大事だったのだ。

世の中にはたくさんの人間関係が存在するだろうが、あのころの五人の友人関係はとてもうつくしいものだったと私は思っている。ときに衝突し、ときに心寂しくなることもあった。心寄せすぎることもあったし、揃っているだけで心地よい時間を共有することもあった。離れて、寄り合って。刺激し合い、高め合いもした。成績があまりよくなかった佑都と私がみんなと同じ高校に進学できたのは、毎日のように全員で勉強会をしたからだろう。五つのさざめきが綺麗な波紋を描くような、そんな関係。五人で過ごす日々が永遠に続く気すらしていたように思う。

しかし、そんなことはもちろん起こりえない。卒業という不可避のイベントがあり、それぞれの望む進学先、就職先があるように、道は少しずつづずれていくものだ。私たちもその例に漏れなかった。私は地元の短大を出て地元の菓子店に就職、同じ土地に住む夫と結婚したから居場所は大して変わらないけれど、佑都は関東の大学に進学し、そこでそのまま就職した。そよ美は大学で知り合った恋人と、恋人の就職先だった熊本に行ってしまい、そこで結婚。正孝は高校卒業後に隣の市の会社に勤めだしたから少しだけ近いけれど、激務だとかでもう何年も会っていない。そして壱は、二十歳を目前にしたころにふらりと東京に出て行ったきり。

最後にみんなで連絡を取り合ったのは、今年のお正月のこと。SNS上で挨拶を交わして近況——課長に昇進したとか、子どもが幼稚園のお受験をするだとか——をぽつぽつ語って、久しぶりに会いたいね、なんて話をした。実際、いつごろになるんだろうね。みんな、雰囲気変わったりしてない？　やばい、みんなに会う前にダイエットしておかないと。そんな風に、誰ひとり再会を疑っていなかった。いつかきっと、どこかでまた会えると信じていた。

「ママー？　どっかいたい？」

由良が顔を覗き込んできて、私は「ううん。ちょっと、びっくりしちゃっただけ」と答える。正しい説明ではないけれど、では何が正しい表現なのかも分からない。

「パパ、よぶ？」

由良が夫の寝室のほうを指し、私は首を横に振る。夫が来たとて、何にもならない。ああでも、一晩家を空けることを説明しなくてはいけない。亡き友人の最後に寄り添うことを許してもらわなければ。

ふと、胸が痛んだ。気のせいと言われたらそう流せるほどのわずかな痛みだった。でも、かつては激痛だったような、そんな気がする。

「ママー。ねえー」

由良が私を揺らし始める。座り込んだままの私が不満らしい。はいはい、と立ち上がってみせてから「ああ」と声に出して呟いた。ダイニングテーブルの上に置かれた夫の通勤バッグが視界に入り、さっきまで己が何をしていたか思い出してしまったのだ。嫌なものを噛んだような不快さが広がって、しかしそんな場合ではないと、私はかぶりを振った。

二時間後に起きだしてきた夫は、私が支度をした食事――コーヒーとトースト、ツナサラダ――を、昼食にしても遅い時間にとりながら私の話を聞き、「何で一晩も家を空けなきゃいけないの？」と眉根に深い皺を刻んだ。

「学生時代の友達っていっても、高校卒業してもう何年経ってる？　それくらい昔の関係なのに、良子がずっとそこにいなきゃいけないってことはないと思うよ。そもそも、死んだのは男なんでしょ？　別の男友達とかもその斎場に泊まるんでしょ？　そういうのおかしくない？」

捲し立てるように言って「だめでしょ、普通」と夫はコーヒーをまずそうに啜った。

「だめでしょ、って……、普通、って何？　最後に友達と過ごしたいって普通じゃないの？」

「普通じゃないね。ただの男友達の通夜葬儀にずっとはりついてるって異常だし、他の男たちと一緒ってのも異常。あなたは一家の主婦で、由良の母親だよ？　家や子どものこと放り出して男たちと一泊って、どう考えても普通ではない。おれだって、嫌な勘繰りをしてしまう」

「男、男って別に浮気しにいくわけじゃないよ。彼らをそういう目で見てないし、向こうだってそうだよ。それとも翔《しょう》くんは私が斎場で合コンでもすると思ってんの？　お弔いだよ？」

「お弔いって言うなら、電報でも打っておけばいいだろ」

「電報ってそんな……。私は最後にお別れを言いたいんだよ」

そんなに簡単にお別れができるはずがない。愕然とした私に、夫は「ていうかさ」と胡乱な目を向けた。

「何でそんなに行くことに拘るの？　ムキになりすぎじゃない？」

「行かせないことに拘ってるのは翔くんじゃない」

思わず、声が尖る。しかし夫は「良子がムキになってるから、怪しんでしまうんだろ」と肩を竦めてみせた。

「花付きとか線香付きとか、そういう高めの電報にすれば、良子の顔も立つだろ。おれも金額にまで口出ししないよ」

夫が大きな欠伸をする。仕事が忙しいとかで、日付が変わってから帰宅したから、まだ疲れているのかもしれない。でも、いまのタイミングの欠伸は何だか、嫌だ。

「明日はさ、おれの実家に久しぶりに顔出そう。母さんが喜んで由良の面倒見るだろうから、良子もゆっくりできるだろ。父さんの好きな和菓子、ええと豆大福だっけ？　あとで買ってきておいてよ」

　もう一度、欠伸をする様子を見ながら、私は一枚の紙きれを夫の前に置いた。「今度は何だよ」とどうでもよさそうに視線を流した夫の顔がさっと陰る。

「自分はこんなことしておいて、私はお弔いの席にも行かせてもらえないの？」

　夫のバッグから出てきた、風俗嬢の名刺だ。『あんにゃん』という人名かも分からない名刺は派手な色合いで、メッセージカードを兼ねているらしいそれの裏面には、落ち着きのない文字が並んでいた。

『今日はありがとう。またたくさんキモチよくなってねー』

　安っぽい香水の匂いの染みついた名刺は、触るだけで手に匂いが移った。

「前にも、こういうところに通うのやめてってお願いしたよね？　なのにこれ、どういうこと？

昨日の残業は嘘？　帰りを待ってずっと起きてたのが、虚しくなるんだけど」

　夫はそれを一瞥《いちべつ》したあと、「これは昨日じゃない。それに、飯がまずくなるから捨てろ」とテーブルの向こう側に押しやった。それから私に顔を向けて「良子の話と比べないでくれないか」と吐き捨てるように言った。

「コレは当然の権利だろ？」

「何言ってるの。結婚して子どももいるのに、浮気する権利なんてあるわけないじゃない」

「浮気じゃないって。別に、誰か特定の女を作ってるわけじゃない。おれはね、こういうところを使うのは仕方ないことだって言いたいんだよ。男はどこかで抜かなきゃいけない。でも、良子はおれとはできない。だろ？」

夫が私を睨みつけてくる。

私たちがセックスレスになってから、三年以上が過ぎた。夫はそのことにずっと、不満を抱いている。私が妻としての務めを放棄している、と言うのだ。

「コレはむしろ、良子が招いたことなんだよ」

そう言うと、夫は近くにいた由良を抱き寄せ、「ママがいけないんだよねぇ」と頬ずりをした。由良が、何も分からずきゃあと嬉しそうに笑った。


由良が「ママとこーえんにいく」とぐずり出したのをきっかけにして、家を出た。片手に砂場用のおもちゃバッグを持ち、片手はしっかりと由良の手を握る。冬の寒さも和らいできて、どこからか梅の香りがした。雲ひとつない青い空を仰ぎ見た由良が「いいてんきだねぇ」とのんびり言って、「そうだねぇ」と同じくらいの声音で返した私だったが、お腹の中では汚泥《おでい》のような感情が渦巻いていた。

そもそもセックスレスのきっかけは、由良を出産後、私がセックスに痛みを覚えるようになったことだった。由良が三千八百gを超すビッグベイビーだったからなのか、私のいきみかたがうまくなかったからなのか、出産時に膣が何ヶ所も裂けてしまった。医師はそれを丁寧に縫合《ほうごう》してくれて、産後の健診で問題ないと診断してくれたのだけれど、しかし引き攣《つ》れているようなピリピリとした痛みが残った。産後一ヶ月経って、医師からセックスをしてもよいと許可が下りて、夫と数ヶ月ぶりにからだを重ねたが、夫が中に入ってこようとした瞬間、傷が裂けるような鋭い痛みを覚えた。思わず夫を突き飛ばし、痛い痛いと泣いた。全裸でベッドから転がり落ちた夫の、呆然とした顔を覚えている。

それから何度試しても、潤滑ゼリーなどを使っても、私のからだは昔のように夫を受け入れることはできなかった。由良を取り上げてくれた産科に相談に行ったけれど、からだに問題はない、と医師は首を傾げるばかり。セカンドオピニオンで行った別の産婦人科では、からだではなく心の問題かもしれないと言われた。家庭内で何か問題はありませんか？

セカンドオピニオンの医師の言葉を伝えると、夫は不満げに唸った。

『それってさあ、まさかおれに問題があるって言いたいわけ？』

『あ、いや、多分、育児に対するプレッシャーとか、そっちのことかなと私は思ったんだけど』

慌てて言うと、夫はちらりと書架に目を向けた。そこには、妊娠が分かったときから私が買い集めてきた育児書が並んでいる。

『ああ、それはそうだよな。良子はちょっと病的だもんな』

呆れたようなため息まじりの声に、心がざわりと毛羽立った。

私は妊娠初期からトラブル続きだった。吐きつわりが長く続いたし、酷い便秘に悩まされた。食べ物にも運動量にも気をつけていたのに妊娠高血圧症候群と診断を受け、お腹の張りは酷く、どうしてだかカンジダに二回も罹った。そのつど、お腹の子どもに影響がないという薬を処方してもらったけれど、その量を前にすると不安になった。ほんとうに問題はないのか、私のようなひとは他にもいたのか。いたとすればそのひとたちは健やかな赤ちゃんを産めたのか。何よりも、私のお腹の子はきちんと元気なのか。安心したくて、たくさんの書籍に縋った。

あのとき、絶望にも似た恐怖を抱えていた私に夫は『神経質すぎるぞ』と呆れた顔をしていたけれど、どんな思いで見ていたのか、改めてよく分かった。

『妊娠中はどうあれ、生まれてきた由良は健康そのものだ。もう、プレッシャーを感じることはないんじゃないの』

由良は新生児のころからふくふくとした赤ちゃんだった。哺乳力が強くて母乳をぐいぐい飲むし、夜泣きもほとんどない。小児科の先生から『超健康優良児だよ』と褒められたくらいだ。だけど、いろんなことに不安になった。いつもと違う泣きかた、どぶっと母乳を大量に吐き戻したとき。便の色や湿疹。どれも些細なことかもしれないけれど、実は大きなトラブルの前兆ではないかと堪らなく焦って、怖くなった。

『おれは四人きょうだいで育ってるから、由良をひとりっ子にはしたくない。男の子だって欲しいと思ってる。そういう意味でも、良子に拒まれるのは納得いかない』

夫の言葉が私に乱暴にぶつかってくる。

『私だって、嫌だよ。好きで拒んでるんじゃないよ。どうしようもなく、痛いんだよ』

ほんとうは、自分の中から性欲が消失していた。分娩台に置き忘れてきたのではないかと思うほど、そんな気分にならない。目の前の小さな子どもをとにかく生かす、それだけしか考えられなかったのだ。

それでも、夫のために、夫婦仲を円滑にするために、受け入れようとした。

努めて冷静に、しかし必死に伝えたつもりだったが、夫は『ていうかさ』と苛立ったように頭を掻いた。

『それくらい我慢できないの？　おれの母親は、可愛い子どもの顔を見るためならどんなに辛くても耐えられたって言ってたよ。だから四人も産めたんだって。良子は由良が可愛くないわけ？』

『お義母さんは……！』

妊娠中のトラブルもなければ、超がつくくらいの安産だった、というのが自慢のひとだ。私が苦しんでいるのを見て『あたしは恵まれてたんだねえ』とため息を吐いていた。そんなひとと一緒にされたって困る。でもそれを言ったって夫は理解してくれない。妊娠中から何度義母と比べられたことか。

押し黙っていると、『おれの母親は、大切な父の子どもだから何人でも欲しかった、とも言ってたよ』と夫が言った。

『良子はさ、おれの子どもを産みたくないの？　おれ、良子からの愛情を疑ってる』

私を見る夫の目に、嫌な色があった。しかしそれは、私にとってあまりにも見当違いなものだった。いま、愛情がどうこうという話をしていない。愛情でどうこうできる話をしていない。

『痛いって言ってるんだよ、私は』

声が震えた。

『どうしても痛いんだよ。愛情でどうにかなるんだったら、とっくにどうにかしてるよ。でも、それじゃどうしようもないから悩んで苦しんでるんじゃない！　翔くんこそ、私への愛情があるならその性欲をどうにかしてよ！』

叫んだと同時に、頬を打たれた。交際一年、結婚二年。その間、手を上げられたことは一度もなかった。初めての平手は、痛みよりもショックのほうが大きかった。そして、それでようやく、我に返った。

『自分が何言ってるか、分かっててんのかよ！』

怒りで顔を真っ赤にした夫が怒鳴り、自分の言葉が夫を傷つけたのだと分かる。でも、私だって傷ついている。いや、もうずっと前から傷つき続けてきた。

『待ってよ、私だって』

『口答えすんな！』

夫の顔色が赤から青く変化していき、そしてその日から、寝室は別々になった。

あの日のことは、言いすぎたと思う。もう少しやわらかい言い方ができたのではないかという反省もある。でも、それを謝罪するのなら、夫からも謝罪が欲しい。理解がなかったこと、私のからだへの気遣いがなかったことを詫びてほしい。でも、あれ以来ちゃんと話し合いができていない。

夫婦だからこそ、共に生きるふたりだからこそ、きちんと向き合わねばならない問題だと分かっている。由良をひとりっ子にしたくないというのは私だって同じだし、夫婦としてレスのままではよくないとも思っている。だけど、自分からうまく歩み寄れない。私の言葉に傷ついたまま、感情をこじらせ続けている夫と話すのにどれだけ労力がかかるか、話し合いの中でどれだけ傷ついてしまうか、そんなことを考えるとつい、思考が停止してしまう。もうしばらく、このままでいいや。

「ママ、こーえん。はやく」

由良が私の手をぐいぐい引き、気付けば公園を目前にした信号の前で立ち尽くしていた。遠くから子どもたちの声がして、それに引き付けられるように由良が「行こ、行こ」と言う。

「ああ、うん。そうだね」

いまは由良に集中しなくては。公園でしっかり遊ばせておかないと午後に昼寝をしてくれない。そうなると変な時間に寝入ってしまって生活リズムが崩れてしまう……、そんなことを考えていると、ふっとお腹が痛くなった。片手でお腹を押さえ、ふうふうと息を吐いていると、斜めがけバッグに入れていた携帯電話が震えた。取り出して見れば母からの着信だった。ついさっき嫌なことを思い出したばかりなので出るのが躊躇われたけれど、このひとは出るまでしつこくかけ続けてくる性格だ。渋々出ると、何の前置きもなく『……らしいじゃないの』と喋り出した。

「お母さん。ちょっと、待って」

母の声は、いつもとても小さくて頼りない。音量を大きくして「はい、もしもし」と改める。

『良ちゃんの同級生だったあのひとが亡くなったって新聞に出てるのよ。名前に、写真まで』

少しだけ聞き取りやすくなった声量で、母が言った。

「……そうらしいね。私も、友達から聞いた」

『可哀相な事故ね、って昨日お父さんとニュースを見てたのよ。まさかあれで亡くなったひとが、あのひとなんて』

電話の向こうで、なんまんだぶ、なんまんだぶ、と呟いている。母は昔から、何かあるとなんまんだぶ、と唱える。信仰心が篤い、というわけではなくて、子どものころから『うまくいく呪文』だと教えられてきたらしい。私自身、子どものころは、怪我をしたりお腹が痛いと訴えたときなんかに『なんまんだぶと言いなさい』と教えられていて、いまでもときどき無意識に呟いてしまう。

由良に急かすように手を引かれ、赤になっている信号を指差して見せると、由良はこっくりと頷いた。と同時に、『でもねえ。やっぱり、あのときあなたたちの交際をやめさせてよかったって改めて思ったのよ』と母がしみじみと零した。由良に向けていた笑顔が、瞬時に凍り付く。

「どういう、意味」

『そのまんまよ。新聞にね、彼の仕事が飲食店勤務って書いてたのよ。しかもアレやってるとこ。東京まで行ってまだ続けてたのねえ。ええとほら、子ども食堂、だっけ?』

ぼそぼそと母が喋り続ける。どう考えても、三十代半ばの男が就く仕事じゃないわよ。学生時代は成績もよくて将来も有望かもしれないって思ってたけど、高校卒業後にだるま亭だったかでアルバイト始めたのよね。時給が最低賃金と変わらないって聞いたときはがっかりしたわよ。お先真っ暗じゃない。そんなひとと良ちゃんが付き合いだしたって聞いたときは、まあ正直、悪夢だったわねえ。

「さっきから、何言ってんの……」

声が震えた。

高校を卒業したあと、壱は市内で『子ども食堂』を謳っている定食店、だるま亭でアルバイトとして働き始めた。店主夫婦に子どもがおらず、だからこそ子どもたちのために何かがしたいと考えて活動を始めたのだという。壱がそういう場所で働こうとしたのは、壱の生育環境が大きかったのではないかと私は思う。

両親を早くに亡くした森原兄弟は、父方の祖母と三人暮らしだった。看護師をしていたおばあさんとは何度か会ったことがあるけれど、いつも忙しそうにしていて挨拶程度しか会話をしたことがない。壱曰く、兄弟を育てるために朝から晩まで働きどおしだったのだという。だから、家族団らんで食事をしたことなどほとんどなかったらしい。そんなおばあさんは壱が高校三年生のときに、肺炎をこじらせて亡くなった。参列者の少ない小さなお葬式は、町の公民館で行われた。喪主は、当時すでに会社員だった星さんだった。みんなで通夜の食事をとったとき、壱は『ばあちゃん、こんなに賑やかな食卓初めてでびっくりしてんじゃないかな』と言った。少しだけ嬉しそうだった顔を覚えている。

普段は物静かではしゃいだりすることもなく、だからか子どもとは相性が悪かった壱。高校の校外ボランティア活動で小さな子どもたちと触れ合うことが何度かあったけれど、壱の周りにはどういうわけだか面白いほど子どもが寄ってこなかった。そんなひとが子ども食堂に勤めるというのはきっと、いろんな感傷があったのだろう。

『大変だろうけど、頑張って!』

そう言った私に、壱は微笑んで『ありがとう』と言った。いつも感情をあらわにしない壱の反応が、嬉しかった。

私は短大、壱はアルバイトという日々はとても楽しかった。ときどき暇を見ては会って、近況を話した。だるま亭では店で使う野菜を自分たちで作っていて、畑仕事にも勤しんでいた壱は会うたびに日焼けしてたくましくなっていった。

数ヶ月ほど経ったころ、いまなら壱に告白してもいいのかもしれないと思うようになった。五つの波紋は散り散りになって、近くにあるのはいまやふたつだけ。かつてのように、みんなを気遣うことはない。いい時機がやってきたのかもしれない。内臓を吐き出すがごとき緊張をもっての告白を、壱は『嬉しい』と受け止めてくれた。実は俺も、ずっと前から良子のことが好きだった。良子と一緒にいたい。

嬉しくて、誇らしかった。この瞬間のために生まれてきたんだな、と思ったほどだった。

「壱はいまも、子ども食堂での活動を続けていた。それって、悪いこと？　子ども食堂ってシステムは誰かを間違いなく助けてるわけでしょう。善行じゃない」

『あら、それについては、前にきちんとお話ししたわよね。誰かを助けることはとても素晴らしいことだけど、家族を養っていけないのなら意味がない、って。お母さんたちだって、あのときいろいろ調べたけど、ああいう仕事は大変なのにちっとも儲からないのよ。彼の理想は立派だけれど、理想だけでは家族を養っていけない。もし、あなたがあのとき彼と結婚したとする。そして結婚生活の中であなたが病気に罹ったとして、彼はあなたに満足な治療を受けさせられたと思う？』

ああ。母の、いつもの話だ。

生まれつき病弱だった母は、十代後半のときに難病指定されている潰瘍性《かいようせい》大腸炎に罹った。病気は長く小康状態を保っていたけれど、父と結婚して私と弟を産んだ後に悪化してしまい、私が物心ついたときには、母はいつも入退院を繰り返していた。幼い記憶の中の母はがりがりに痩せ細っていて、いつもベッドの上に寝たきりだった。長い治療の末に寛解状態に落ち着いたのは私が小学五年生のころで、それまで母代わりになって私たちきょうだいを育ててくれたのは父方の祖母だった。

父はと言えば、その間とにかく働き、母の治療費や私たちの生活費を稼ぎ続けた。からだの弱い女だと知っていてプロポーズし、子どもをふたりも産ませたのだ。金なら用意するからどんな高額治療でも迷わず受けてくれ。そう言って実行した父を母は『最高の夫』と呼んで憚《はばか》らない。私も、家族のために愚痴も零さず、仕事を掛け持ちしてでも働き続けた父をすごいと思う。誰にだってできることじゃない。母が、私に対して父のような男を選んでほしいと願った気持ちも、分からないわけではない。

でも、私はあのとき、壱と人生を歩みたかったんだよ。

溢れそうな言葉を喉元で堪えていると、母が心から残念そうにため息を吐いた。

『あのときは、良ちゃんと別れたことを踏み台にして、彼もいつか収入のいい仕事に就いてくれればいいわね、ってお父さんと話したものよ。だけど、ねえ……』

壱と付き合い始めて半年ほど経ったころ、母に、男性と交際していることに気付かれた。私の誕生日に壱がネックレスをプレゼントしてくれて、それに舞い上がった私が毎日身に付けていたからだ。見慣れないアクセサリーだけど、どうしたの？　そう問われて、私は壱と付き合っていることを馬鹿正直に告げた。母は壱のことを学生のころから知っていたし、将来が楽しみねとやさしく言っていたから、反対などしないだろうと思ったのだ。しかし、壱の現状——仕事の内容や家庭環境を詳しく問いただされ、その間に母の顔がどんどん険しくなっていった。

その果てに、彼とのお付き合いはちょっと考え直したほうがいいわね、と母は死刑宣告をするように私に言い、翌日父に別れろと言われた。これは良子のことを真剣に考えているからこそ、言っているんだ。彼のしていることは間違いなく善行である。その心根は否定しないが、娘を預ける男が就いていて納得できる仕事ではない。彼と付き合っていれば、良子はきっといらぬ苦労をする。

泣いて縋って両親を説得したけれど、状況は悪化するだけだった。母が貧血を起こして倒れ、父が『お前、やっと元気になった母さんのからだを壊す気か。親不孝者！』と怒鳴る。母は真っ青な顔をして『お願い、親の思いを分かって』とほろほろ泣き崩れる。激高する父といまにも倒れそうな母を前にして反発し続ける気力は、私にはなかった。

『お母さんたちの好きにすればいい』

ぽつんと零した私に、母は『親の言うことに間違いないのよ』と頷き、父は『あとのことは父さんたちに任せておきなさい』と言った。両親はそれから、壱に対して私と別れるよう告げに行った。娘と交際したいのならもっとまともな職に就いてからにしてくれ。大事な娘のしあわせを願う親の我儘だと思ってくれて構わない。そんな話をしたようだが、詳しいやり取りまでは、分からない。私は同席させてもらえなかったから。ただ、母の話では、壱は『じゃあ別れます』とすんなりと頷いたという。そしてひとりで、東京に出て行ってしまった。

「死んでしまったひとの悪口を言うのはやめて！」

つい大きな声になってしまい、由良がびくりとする。

「この電話は私の……私の友達が死んでよかったって言うためにわざわざかけてきたの？　私

の望んでいた交際を絶った手柄でも自慢したいの？　それはまったく失礼だし、私を傷つけるためのただの言葉の暴力だって分かってる？」

捲し立てるように言うと、電話口の向こうで母が息を呑んだ。一拍の間を置いて、『ねえ、落ち着いてちょうだい』とゆっくりと喋り出す。

『もちろん、あなたが心配だから電話したのよ』

母はわざとらしく声を和らげ、『きっと、ショックを受けているだろうと思って』と言う。

『あなたは昔から、そうだもの。血とか痛みに弱いし、酷い怖がりだし。覚えてる？　お母さんが入院しているとき、霊安室で遺体を見てしまったことがあったわよね。怖さのあまり気を失って、それ以来病院が怖いって泣き喚いた。だから今回もきっと傷ついているだろうな、って。母親だもの、それくらい分かるわよ。ええ、ええ。手に取るように分かるの。辛かったわよね……』

母の声が次第に潤んできて、うんざりする。

「びょ、病院で倒れたのは、私じゃなくて、純也だし」

純也は私のふたつ年下の弟だ。病室からいなくなって、大騒ぎになったことがあった。

『そうだった？　でもあなたも純也と一緒に泣いてたでしょ。ああ、あのときはふたりに可哀相なことをしちゃったわよね……』

ずずっと洟を啜る音がした。母はからだのどこかにスイッチを内蔵しているかのように、すぐに泣くことができる。そして私は、母の涙を察知すると言葉がうまく出なくなる。どうしてだか、ベッドの上から枯れた手を差し出してきて、『こんなお母さんでごめんねえ』とぽろぽろ涙を零した姿が蘇ってしまうのだ。あのとき、母はいまにも死にそうだった。油断すればぽきりと折れて命が終わってしまいそうで、そんなひとをこれ以上哀しませちゃいけないと、子どもながらに感じた。きっとそれが心のどこかに刻み込まれてしまっていて、だからどれだけ反発を覚えていても、申し訳なさが先立ってしまうんだろう。

『ともかくね、彼のことを引きずってはだめよ。もうとっくに関係の終わった相手のことなんだし、彼は良ちゃんと縁のなかった、良ちゃんに見合わないひとだったんだから』

「……お母さんは私の気持ちなんて分かってない。壱は、壱はお母さんが思っているようなひとじゃないのに」

『あら。そんなこと言ったって、良ちゃんはひとを見る目がないじゃない』

ずず、と洟を啜った母が断言し、私の喉がくっと詰まる。その一瞬の隙をついて、『ああ、そうそう。大事なことを言っておかなくちゃ。良ちゃん、あのひとと束の間でも交際していたなんてこと、翔さんには言っちゃだめよ』と言った。

「どうして」

『翔さんは少し短慮なところがあるでしょ。あの事故で亡くなったひとが、ほんのいっときでもあなたと交際していたなんて知れば、大騒ぎするわよ』

反論できない。むしろ、そんな奴の見送りに行きたがっていたのか、とますます反対するに決まっている。

『これは翔さんだけのことではなくて、男のひとっていうのはたいてい、身勝手なものなの。自分のことはさておいて、恋人や妻には貞淑を求めるものなのよ。自分と出会う前の存在に嫉妬もする。ほんのちょっとだけの交際だとしても、いろいろ言ってくる』

痛いところをついてくる。母は、夫に関しては正しい目で見ている。

『だから言わないように。当然分かっているだろうけど、お通夜やお葬式なんかも、もちろん行っちゃだめよ。トラブルに首を突っ込むようなものですからね』

言うだけ言うと、母は満足したらしい。『お母さんの言う通りにしていれば、大丈夫だからね。じゃあね』と一方的に通話を終えた。電話が終わったと察した由良が「おしゅなば、はやくう」と大きな声で急かし、私は麻痺から逃れようとのろのろと歩き出す。

公園の砂場には、誰もいなかった。砂場から少し離れた所に大小四つの滑り台や雲梯《うんてい》、吊り橋と鉄棒が組み合わさった大型遊具があって、たいていの子どもたちはそちらで遊ぶのだ。からだの大きな子が多いからか、由良はあまり行きたがらない。でも興味はあるようで、いつも眩しそうに眺めている。今日もまた、大型遊具の周りで遊んでいる子どもたちを「みんなあそんでいるねえ」と眩しそうに眺めて、由良は砂場遊びセットをひとつひとつ並べ始めた。由良は私に似たのか、几帳面なところがある。その隣にしゃがんだ私は、集中している由良の横顔を眺めた。

私は一体、何をしているのだろう。宅が亡くなった。いますぐにでも彼のもとに駆け付けたいのに、そのための支度をしたいのに、どうしてここにいるのだろう。

「ママ。どうじょ」

黄色いものが目の前に突き出され、それは由良が『ママ用』と決めているスコップだった。

「おやま、つくるの」

「ああ、はいはい」

「じゅんばんよ。さいしょは、ゆあたん」

スコップを受け取り、由良と交互に砂を盛っていく。笑顔を作りながら、あのときの別れについては永遠に話すことはないんだなと思った。

両親に対して、私と別れると言った壱からは、たった一度だけメッセージが来た。

『ごめん。あのころに戻ろう』

それは、私ではなくて他の三人の仲間たちへ向けられた気遣いだったのだと思う。

私たちは、他の仲間に交際していることを報告していなかった。いつか全員が揃ったときに発表して驚かせるつもりだったのだ。けれど結果、誰に祝福されることもなかったし、そして別れを哀しまれることもなかった。壱を失った辛さをひとりで乗り越えなくてはならないことに、絶望した。

別れてから数日後、壱がFacebookで『東京で頑張ってみることにした！』という投稿をした。都会での生活に憧れていたし、貧困家庭の支援団体もたくさんある。〝ひまわりカフェ〟という子ども食堂で雇ってもらえることになったし、これまで以上に勉強していきたいという内容に、たくさんのひとが〝いいね〟を押した。仲間たちはそれぞれが応援の言葉を送って、私も躊躇った末に『東京でも頑張って』とメッセージを送った。壱は他のひとたちに返事をするのと同じように、私に『ありがとう』と返してきた。『良子も、頑張って』と付け足して。その瞬間、私たちのいっときの幸福は霞となって消えた。

砂山が滲む。

私は、間違っていた。あのとき、何事もなかったように接するのではなく、もっとやらなければいけないことがあった。でも私は臆病で、どうしようもなく愚かだった。両親に対してあれ以上抵抗することはできなかった。そして、ばかだった。だからいつかきっと壱とまた話すことができるはずだと思っていた。両親の非礼や己の無力さを詫びる日が来るはずだと信じて、何もしなかった。信じるだけで、ただ、流されるように生きてきた。そしてそれは、いまこのときもだ。私はあなたの最後の時間に寄り添いたいのに、こんなところにいる。

携帯電話の震える気配がして、バッグにのろのろと手を入れる。夫か母ならもう出るまい、そう思っていたけれど、弟の名前が表示されていたので通話ボタンを押した。

『姉ちゃん？　純也だけど、いま電話いい？』

純也は実家を出てひとり暮らしをしている。幼いころは軽度の多動症で、目を離すとすぐいなくなって周囲を困らせたものだけれど、いまではすっかり穏やかな大人になった。姉から見ても仕事熱心だし、真面目な性格をしている。ときどき思い出したように電話をくれては、私や由良の様子を尋ねてくれる。

「ああ、久しぶり。電話は大丈夫だけど、どうしたの」

片手で携帯電話を持ち、片手で砂を掬う。純也は『そりゃ、心配だったからに決まってるだろ』と少し呆れたように言った。

『母さんが、森原さんが亡くなったって電話かけてきたんだよ。ほら、あのひとはそういうの、騒ぐから』

ああ、と唸った。そうだ、母はそういうひとだ。

『姉ちゃんと森原さんが大昔に付き合ってたことを持ち出して、ぶつぶつと。あのひとは世界が我が家の中にしかないから、過去のことでも昨日のことのように喋る』

純也はため息を吐き、『姉ちゃん、森原さんの葬式とか行くの？』と訊いてきた。

「……行きたいけど、行けそうにない。翔くんが、男の葬儀には出るなって」

『あー、あのひとなら言いそう』

ぷ、と純也が噴き出す。

『相変わらずなんだ、あのひと』

「相変わらずどころか、酷くなってる」

『姉ちゃん、男を見る目ないよ』

母と似たようなことを言われ、押し黙る。

セックスレスになってから、夫は私を束縛するようになった。どれだけ説明しても、彼の中では『セックスを断る＝愛情がなくなった』という等式は消えなくて、だから私が別の男に心変わりしたと疑心暗鬼になってしまったらしい。私が日用品の買い物に出るだけで、『誰かに会いに行くんじゃないのか』と考えているのがありありと分かる顔をするようになった。

事件が起きたのは祖母の七回忌の法事のこと。数年ぶりに再会した従兄と話していると、ぼこんと頭を殴られた。驚いて振り返ると、怒りに身を震わせた夫がいて『由良の母親のくせに、男の前でデレデレ笑うな！』と怒鳴られた。

従兄は翌年に結婚が決まっていて、妻になるひととの惚気話を聞いていたところだった。これまで、互いに異性を感じたことなど一度もないと言い切れる。それを、たくさんの親戚が集まっている場で、意味の分からない叱られ方を――しかも暴力を伴って――されたことで頭が真っ白になった。気付けば夫と激しい口論になっていて、両親に『今日はもう帰れ！』と追い出された。

『あのときは、姉ちゃんのことが好きすぎるんだろうってことでどうにか笑い話にして終わったけどさ、しかし一児の父としてあんまりにも幼稚だよな。姉ちゃんは可哀相だけど、もう成長は望めないんじゃない？』

事情を知らない純也がくすくす笑う。

「私をばかにするために電話してきたの？」

むっとすると、純也は『ごめんごめん』とやはり笑って、『姉ちゃんを、森原さんのところに行かせてあげようと思ってさ』と続けた。

『翔さんは多分行かせないだろうし、母さんもそうだろ。むしろ全力で止めてくると思う。友達と最後の時間も過ごせないんじゃ、あまりに可哀相だ。てことでさ、おれが実家に帰るから、実家に呼ばれたってことにしなよ。翔さんはあれ以来うちを避けてるから、ついてこないだろ。そんで、実家ではおれが母さんたちと一緒に由良の面倒を見るから、姉ちゃんはママ友会とか料理サークルの懇親会とか何とか適当な嘘ついて、葬儀場に行きなよ。そしたら少しくらいは、森原さんの最後に付き添える』

「それは、そうだけど。でもどうして……」

純也との仲は、悪くない。しかし周囲からはドライと評されることが多い。お互いの人間関係に口出ししない代わりに相談にも乗らないというような関係で、それはただ単に異性の身内に話すのは気恥ずかしいだけなのだけれど、場合によっては冷たく映ってしまうらしかった。

『どうして、って、森原さんに対しておれ個人が別段思うことはないからな。何か迷惑をこうむったわけじゃない。両親の言い分も理解できるけど、それはまた別の話だ。少なくとも姉ちゃんにとってはいまでも大事な……えーと、友達なんだろ』

「ありが、とう……」

ああ、ちゃんと分かってくれるひとがいた。嬉しくて思わず声が潤みそうになる。そんな私に、純也は『いや、実は他にも理由があって、さ』と声のトーンを落とした。

『あのさ、森原さんの葬儀って、芥子実庵って葬儀社だろ？』

「ああ、うん。壱のお兄さんの知り合いのところなんだって」

『え!?　まじで？　知らなかった。どんな会社？』

「どんな、って、詳しくは知らない。家族葬専門だとかって話しか」

『社長さんってどんなひと』

「だから、知らないってば。ねえ、それがどうかした？」

『いや……、実はさ。その芥子実庵で、森原さんの葬儀の担当をすることになったのが、おれの彼女なんだ』

「かのじょ」

想像もしなかった人物の登場に、驚いた。純也に付き合っているひとがいることは知っていた。ひとつ年下の女性だということを教えてくれたのは母で、『純也の収入がもう少し安定したら、結婚するつもりでいるらしいのよ』とまで言っていた。しかし彼女がどういう仕事に就いているのかは、知らなかった。

真っ先に想像したのは、事務員や葬儀のときにお茶出しをしている女性たちの姿だった。しかし、担当というのが分からない。訊くし、『言葉の通りだよ』と返ってくる。

『ほら、ばあちゃんたちの葬式のときも、担当者がついていろいろ対応してくれただろ。料理の相談とか、会葬品のこととかさ』

「それは分かるけど、でも確かそういうのって男性だったよね。おばあちゃんのときなんかは納棺とかもやってくれたから、わりと力仕事で」

祖母は亡くなった病院でエンゼルケアをやってもらったから、納棺師を呼ばなかった。なので、祖母の納棺は葬儀社の担当者を含む男性スタッフたちが数人で行ってくれたのだ。葬儀社の仕事というのはこんなこともするのだなと眺めたのを覚えている。

純也が小さく唸った。

『そう。そういう仕事に就いてるんだよ』

「すごいひとね」

考えるより先に出た言葉が何を指しているのか、それを自分で考える前に純也が『そうなんだよ』と言った。

『皆が敬遠してしまう仕事に就いてるんだ。だから、いままで黙ってたんだよ。絶対、嫌がられるもんな。父さんなんか、キレるかも』

ああ、と小さく呟いた。

両親――特に父の考えはとても古く、かつ歪んだ感覚を持っている。壱の一件からもう十年以上のときが過ぎたいまももちろんそうで、自分の感覚をアップデートすべきだとは微塵も考えていない。たくさんのひとたちが声を大きくして意識の改革を言い続けているのに、それを対岸の出来事のように捉えている。女は社会で出しゃばるものではない。男は自分の稼ぎで妻子を養い金の苦労はさせてはいけないし、女は男が働きやすいよう居心地のよい家庭をつくらなくてはいけない。女は子どもをふたり以上産まないと成熟しない。自分に与えられた性にふさわしい生き方を心がけ、男は雄々しく、女は楚々《そそ》と。などときりがない。そんな、ひとが聞けば耳を疑うか嘲笑されるようなことを、頭から信じて生きている。

女に過分な学は必要ではなく、短大を卒業後は社会勉強のために適当な仕事に就くべき、というのもまた両親の考えだ。だから私は、パティシエールという夢を諦めた。未練たらしく洋菓子店に販売員として就職したけれど、ふたりは『ちょうどいい』と満足げに頷いた。結婚前の娘は、それくらいの仕事が愛らしくていい。そんなひとたちだから、葬儀社勤務など納得しないだろう。ましてや担当者として遺体と接しているなどと聞けばどんな態度をとるか知れない。

「驚くとは、思うけど。でも仕事に貴賤《きせん》はない、って言えば『いまはそんな役にも立たないきれいごとはいいって。姉ちゃんだって、由良が将来死体を扱う仕事に就くって言ったら躊躇うだろ』」

強く言われて、口を噤んだ。それから目の前でしゃがんでいる由良を見る。私の視線に気が付いたのか顔を上げて、うふふと笑う。

由良の将来。そんなものまだ全然想像がつかない。でも、由良の未来を思い描くときには華やかな仕事を連想してしまう気がする。葬儀社は、きっと思いつきもしない。

『うちの親は感覚が古いよ。時代遅れだ。でも、それを抜きにしたって、この仕事は容易に受け入れてもらえないと思う。でも、おれは彼女と――真奈と結婚したいと考えている。彼女自身は、すごくいい子なんだよ』

純也は真奈さんに、昨年プロポーズをしたのだという。そのときに、いまの仕事を辞めてほしいと頼んだが、真奈さんは首を縦に振らなかった。むしろ、どうして自分の仕事を認めてくれないのかと怒り、返事を保留されたままであるらしい。

『結婚の障害になる仕事は辞めてほしいって言ってるだけで、他の仕事ならどれだけ働いても構わないと伝えてる。子どもができるまでは、正社員でバリバリ働いてくれたっていいんだ。何度もそういう説明をしてるのに、彼女は理解してくれない。どころか、さっき姉ちゃんが言った〝仕事に貴賤はない〟ってことも言うし、〝やりがい〟だなんてのも繰り返す。そんでとうとう、仕事を辞めることが前提なら付き合い続けることすら考えさせてほしいって……。真奈は決しておれのことが嫌いになったわけじゃないと思うんだ。なのに、結婚より仕事のほうを選ぼうとするなんて、正直意味が分からない。仕事にそんなに拘らなくたっていいだろ？』

純也の声が頼りなくなる。話の中で、純也が真奈さんのことをとても真剣に考えていることが伝わってきた。純也がこんなに真面目に向き合った女性はいなかったのではないかと思う。そして、ようやく純也の言いたいことが分かってきた。

「私に芥子実庵に行って、彼女の仕事ぶりや様子を見てきてほしいってことね？　できれば、仕事を辞める説得までしてほしい、と」

純也が『話が早い！』と声を弾ませた。

『それをお願いしたいんだ。おれが何を言っても、頑なになっていくばかりなんだよ。おれは真奈と結婚して、家族として、そして父さんみたいに一家の柱として、できることをやる。やりたいと思ってる。その家族をスムーズにスタートさせるためには、真奈に職を替えてもらいたい、それだけなんだ』

「壱のところに行けるんなら、いいよ」

ありがとう、と純也が嬉しそうな声で言った。


芥子実庵は、森林公園かと見まがうような木々が豊かな中に建つ一軒家だった。モダンな日本家屋で、とても葬儀場には見えない。広い間取りの玄関に入ると、旅館のような印象を受けた。上がり框《かまち》の向こうには革張りの応接セット。大きく育ったガジュマルやモンステラが鮮やかに空間を彩っている。

「へえ、すごい。ザ・施設！　って感じの無個性な場所だと思ってた」

タクシーで一緒に来たそよ美が感心したように言い、私も頷く。

「病院や役所が嫌いな壱にはぴったり」

「ほんとだよね。星さんの知り合いの葬儀社らしいけど、センスいいね」

星さんは、私たちの五つ上の、三十九歳。おばあさんを看取ったあとは、会社員をしつつ実家でひとり暮らしをしている。名前の通り、趣味は〝星〟。星さんの部屋にはいつも、天体観測に関するものから星座や星占いに至るまで、さまざまな星の本が溢れていた。庭には大きな望遠鏡もあった。

「ここの社長とは古い知り合いらしいよ」

そう答えたのは私たちを出迎えてくれた佑都だった。彼はずいぶん早くに着いていたらしい。パーカーにデニムパンツという気楽な格好で、自分の家のように私たちにスリッパを用意してくれる様子を見ると、かつて佑都の家にお邪魔したときのような気持ちになった。

「学生時代からの友人だって言ってたから、おれたちと同じようなものかもな。さっき挨拶したけど、超イケボだった。オールバックで仕事ができそうな感じで、あ、でも目は眠そうなゴールデンレトリーバーみたいだった」

「相変わらず喩えがめちゃくちゃだ」

そよ美が呆れたように言うと、佑都は「じゃああとで、そよ美が感じた印象を喩えてもらおうか」とにやりと笑う。

「おれよりも的確に表現しろよ？」

受けて立つわよ、とそよ美が笑い返し、そのやり取りを見て私は微かに微笑んだ。冗談ばかり言う佑都とそよ美は、いつも掛け合いを楽しんでいた。

「それよりふたりとも、思ったより早かったな。いま、正孝が酒とつまみを買いに行ってるとこだ」

「あたしも食べ物持ってきたよ。熊本はごはんが美味しいんだから」

地元から買い込んできたという、惣菜が詰まった紙袋をそよ美が掲げると、佑都は「さすが！」と笑った。

「そよ美がいればどんな食糧難でも乗り越えられる！　おれたちの最強食料隊長！」

「ああ、そんなあだ名、あったわね。よく覚えてたわねえ。あたし、すっかり忘れてたわ」

ふくよかな顔にふっくらとしたからだつきのそよ美は、昔から食べることが大好きだった。私も壱も、彼女と知り合ったことでたくさんの食材に触れることができた。壱はそよ美のお陰でパクチーが好物になったんだっけ。

「あ、不快だったらごめん。何か懐かしくて、つい昔みたいに」

それでつい、と佑都が頭を掻くと、そよ美が「怒ってるわけじゃないわよ。ていうか、分かる」と笑った。

「佑都や良子とはもう何年も顔を合わせていなかったのに、会うと一瞬で昔の自分に戻った気がした。不思議なものね」

そよ美の言葉に、私と佑都は頷いた。高校を卒業して以来ほとんど会っていなかったというのに、顔を合わせた瞬間にあるべき位置に戻った気がした。

「それは、心に居場所を残しておいてくれてるんだよ」

声がして、振り返ると星さんが立っていた。昔から文学青年のような佇まいだったひとだけれど、変わっていない。むしろその雰囲気が濃くなっているような気がした。

「お互いが、相手のための居場所を残しているのさ。君たちはいまでも、自分の中に相手の椅子を置いていたってことだよ」

「あ、星さん。この度はまことに……」

そよ美と私が頭を下げると、星さんは「堅苦しいのはやめよう」と微笑んだ。

「壱の新しい旅立ちを見送る、それだけのことなんだよ」

新しい旅立ち。そんな風には到底思えない。そよ美と私がしゅん、とすると、星さんは「椅子を残しておいてくれたらいいのさ」と言った。

「これからも壱のための椅子を残しておいてくれたらいい。彼がふらりとやってきて、『最近どう？』と言いながら腰掛けられるような。そうすれば、この死は永久の別れじゃない」

そうだ、こういうことを穏やかに話すひとだったな、と思い出した。彼は私たちの会話にときどき交じっては、なるほどと頷かされるような、しかしどこか風変わりなことを言った。

「死ぬことって、永久の別れじゃないんですか？」

かつてもそうしていたように、そよ美が素直に訊く。それに対して星さんは答えかけて、「まあ、立ち話もなんだし、中へどうぞ」と言った。

「そよ美さんは熊本からいらしてくれたんでしょう？　お疲れのはずだ。それに、これで全員揃ったわけだし。積もる話はあとで、ね」

「みなさま、お揃いですか」

背後で穏やかな女性の声がして、振り返ると黒のスーツに身を包んだ女性が立っていた。

「お話しされている声がしましたので、ご挨拶をと思いまして」

「ああ、わざわざすみません」

星さんが女性に会釈し、「久しぶりに弟の仲間が集まるので、賑やかになってしまうかもしれません。うるさかったら言ってください」と言う。女性は「いえいえ」とやわらかく手を振ってみせた。

「御覧の通り穏やかな森の中です。お気兼ねなさいませんよう。そのほうが、故人さまもきっと喜ばれるかと」

「ありがとうございます、佐久間さん」

星さんの口にした名前に、静かにどきりとした。佐久間真奈、というのが純也から聞いていた彼女の名前だった。

「担当させていただきます、佐久間と申します。この度はご愁傷さまでございました。心を込めてお見送りのお手伝いをさせていただきますので、何かご不便等ございましたら、すぐに仰ってくださいませ」

何気ない風を意識して彼女を見る。まず、背が高い。スポーツでもしていたのだろうか。後ろでひとまとめにされた髪は艶のあるうつくしい黒で、おくれ毛もない。顔立ちは、平均的か。化粧はあまり濃くなく、そのせいかとても若く見える。純也のひとつ下だから三十二歳になるはずだけれど、二十代半ばでも通りそうだ。母は派手な女性が嫌いだから、彼女は気に入られそうだ。難点を挙げるとすれば、細すぎるところか。

「仕出しなどのお料理は必要ないとのことでしたが、もしデリバリーなど必要な際はいつでも事務所へご連絡ください。わたしが常駐しておりますから」

真奈さんが言い、そよ美が「あら。あなたもここに泊まられるの?」と訊く。真奈さんは「今夜の当直はわたしなんです」とさらりと答えた。

「遺族の方がお泊まりの際は、何があっても対応できるようにスタッフも泊まることになっているんです。社長の住まいもこの施設内にあるんですが、今夜は社長も夜当番なので、ふたり体制です。なので、ご遠慮なく何でもお申しつけください」

「へえ。女性なのに夜勤なんてあるのね。大変」

そよ美が首を緩く振る。真奈さんは「そんなに大変じゃないですよ」と微笑みを絶やさない。

「朝まで起き続けて作業をするわけでもないですから」

「それはそうかもしれないけど。でも、なるべくご迷惑をおかけしないように気をつけますね」

そよ美と真奈さんのやり取りを横で眺め、感じのいいひとだなと思った。人あたりがいいし、言動もやわらかい。まっすぐにひとを見てくる素直さや利発そうな雰囲気は、母だけでなく私の好みでもある。なるほど純也はいい趣味をしているようだ。

気になるのは、夜勤があることか。しかも、佑都の言うところの、仕事ができそうだけど眠そうなゴールデンレトリーバーのような男性社長とふたりきりになることもあるようだ。星さんの知り合いだし、まさか同じ建物の同じ部屋で寝泊まりするわけではないだろうから心配することではないかもしれないけれど、純也からすれば見逃すことはできない問題だろう。

しかし私にはいま、その問題をじっくり吟味する余裕はなかった。

「それよりまず、壱に会わなきゃ。そのために来たんだもの。壱はどこですか」

星さんに訊くと、彼は佑都と顔を見合わせ、佑都は首をゆっくりと横に振った。

「良子は、顔を見ないほうがいい。もしかしたら、そよ美も」

「どうして」

「穏やかに、見られないと思う」

心臓が握りつぶされた気がした。母にも言われたけれど、私は血や怪我にとても弱い。血を見るだけで、動悸が激しくなって冷や汗が止まらなくなる。

「そんなに、酷いの」

そよ美が言うと、佑都が「顔が……まあ……」と声を落とす。私は思わずそよ美を見て、彼女も見返してくる。ほんのりピンク色だったそよ美の頬から色が失われて、顔つきも強張る。きっと私も同じようなものだろう。

「私、壱に会いたい」

きっぱりと言うと、そよ美も頷いた。佑都が「こっち」と背を向ける。もたもたと後を追いながら、自分の足が震えていることに気付いた。ほんの少し先に、壱の死が現実として待っている。

遺族控室という広めの部屋の端に、小さな祭壇が作られていた。枕飾りの白木の台には壱の好きだった百合の花が一輪と、缶ビール。その横には香炉《こうろ》があって、細長い線香が微かに煙を伸ばしていた。その枕飾りの向こうには、遺影。黒で縁取られた写真の中で、こちらに向かって微笑んでいる、壱のようで少しだけ違う顔。いつの写真だろう、私の記憶の中の顔より精悍な顔つきをしている。そして、圧倒的な存在感を放つ柩。星さんが「壱もみんなの傍にいたいだろうから、こちらに安置してもらっています」と言う。

「壱、良子とそよ美が来てくれたよ」

佑都が柩に向かって声をかけ、私たちを促す。私とそよ美は並んで座った。線香の匂いが全身を包む。

「信じられない」

ぽつんとそよ美が呟いて、両手で顔を覆った。肩が震え「信じたくない」と声を漏らす。

「ここにいるのが壱だなんて、思いたくない」

声が、はっきりと濡れた。すぐに、嗚咽に変わる。

私はまっすぐに、柩を見つめた。

私だって、信じたくない。いますぐ、誰でも構わないから、嘘でしたと言ってほしい。あまりにも悪質なジョークだけれど、私は感謝する。悪夢は存在しなかったのだと、お礼だって言うだろう。

佑都が、柩の小窓を開けた。

「会うか？」

訊かれて、震えながら頷く。立ち上がって、柩を覗き込んだ私は小さく悲鳴をあげた。

顔の左半分に、包帯が巻かれていた。右側は、擦り傷と青あざが痛々しい。かたく閉じられた目のふちが黒ずんでいる。この包帯の下は、どうなって。どうなって……。

「大丈夫ですか」

どれくらい経ったころか、遠くで、声をかけられた気がした。壱の声じゃない。でも、壱の声にも聞こえた。

「良子？」

包帯が巻かれた痛々しい顔がぐにゃぐにゃと歪みだす。ああ、やっぱりこれって悪夢だったのかなと思う。壱が死ぬなんてありえないし、私が壱のこんな顔を見つめているなんて最悪な現実が、あるわけない。ああ、よかった。壱は、死んでいない。私を置いて、逝っていないんだ……。

目を開けると、明かりのついていない薄暗い空間で横たわっていた。のろのろと目だけ動かして見る。見覚えのない設えだ。身じろぎすると、ふかふかの布団の中にいることが分かる。どこかのホテルのベッドに寝ていたようだ。

私は何をしていたんだろう。

ぼうっと考えていると笑い声がして、顔を向ける。ほんの少し開いたドアの隙間から光が零れていた。

「ああ、そうそう。そんなこと、あったね」

そよ美の声だ。お酒が入っているみたいで、声のトーンが高くなっている。

「壱は平然として、『それは君の勘違いだね』なんて言ってさ。酔っぱらったヤンキーとなんて絶対会話になんねえだろって思ったんだけど、これが意外とうまくいったんだよな」

「壱は、佑都みたいに浅はかな感情で行動しないいんだよ。あれが佑都だったら大乱闘の警察沙汰だ」

「おい。おれをディスるのはやめろ」

「ほんと、佑都は雑だからなあ」

「あ！　そよ美までそんなことを言う！」

佑都の声に、正孝の声もする。ああ、懐かしい。昔、みんなで佑都の家に押しかけては長い時間おしゃべりをして過ごした。明るくて場の雰囲気を盛り上げる佑都に、口の悪い正孝。そよ美が合いの手を入れて、私はそういう光景をただ眺めているのが好きだった。みんなの楽しそうな様子を見て、笑って。そしてふっと横に顔を向ければ、たいてい壱がいた。線の細いからだつきに、抜けるような白い肌。色素が薄くて、やわらかな髪も瞳も少し茶色がかっていた。

『なに、ひとの顔をまじまじ見てんの』

くすぐったそうに私の視線を受け止める顔が、ぱっと鮮やかに蘇った。

「壱！」

飛び起きると、壱が消えていた。代わりにドアが開いて、「起きた？」とそよ美が顔を出す。

「良子、気を失ったんだよ。大丈夫？」

光に照らされたそよ美の顔は、年を重ねていた。さっき私の見た壱は、高校生くらいだったはずなのに。

「え、あれ。ええと、私」

「壱の顔を見たとたん、良子の顔色が真っ白になったの。それで、パタンって。無理に見ないほうがよかったね」

そよ美がベッドのそばまで来て、顔を覗き込んでくる。隣室から、佑都と正孝も顔を出した。

「良子。こっち、ソファがあるから座ってろよ」

「とりあえず水飲め、水」

光の中に、かつて親よりも長く濃密な時間を過ごした友人たちの顔が並んだ。しかしそこに、足りないひとがいる。小さな絶望を感じて、しかしすぐに、それは私だけの感情じゃないのだと気付く。ここにいるみんなが、同じ喪失感を抱えているのだ。だってみんな、何か欠けた顔をしている。

そよ美に支えられるようにして隣室に行く。来たときに通してもらった遺族控室の大きなテーブルにはお酒と食べ物が所狭しと広げられていた。気軽な飲み会のようだったけれど、しかし線香の香りが静かに漂っていて、奥には見逃しようのない祭壇と柩がある。

「ごめ……私」

ゆっくりと記憶が戻る。私はどうしようもなく残酷な壱の顔を見て、倒れたのだ。

「あんまりに、ショックで。どうして壱がこんなに早く……。あんな、酷い……」

声が掠れて、涙も出ない。ほんとうにショックなとき、何もかもうまく出てこないのだなと思った。

隣に座ったそよ美が私の背中を撫で、正孝が水のペットボトルをくれる。力が入らなくて蓋が開けられない。もたもたしていると佑都が代わりに開けてくれた。

水を飲む。ひんやりした液体がさらさらと流れていくのが分かる。半分ほど一息に飲んで息を吐くと、少しだけ気分が落ち着いた。再び口をつけると、「仕方のない、どうしようもないことさ。運命だっただけだよ」と離れた所に座していた星さんがやさしく言った。とぷん、とボトルの中で水が跳ねる。

「……運命、ですか。壱がこんなにも早くいなくなる運命なんて、あんなに痛々しい姿になるなんて、私は嫌です。受け入れられそうにない」

「誰かの運命に口出しできないよ。受け入れるしかない」

星さんが、手にしていたグラスに口をつける。琥珀色の液体と澄んだ氷を見るに、お酒であるようだ。

「運命、かあ。星さんはそもそも運命ってどういうものだと思ってるんですか？」

訊いたのはそよ美だった。

「ぼくが思う運命ってのは、命の長さだ」

星さんが言い、佑都が「さすが。相変わらずスパッと答えるなあ」と感心する。枝豆を摘まんでいた正孝が「ごめんなさい、もう少し分かりやすく」と片手を挙げてみせる。

みんなの視線を受けた星さんが、小さく笑う。

「難しいことじゃない。ほら、昔話でローソクに喩えられるじゃないか」

ああ、とそよ美が頷いた。

「火が消えるときが死んじゃうときってやつ。ローソクが早く溶けちゃうひとや、風が吹いて火が消えちゃうひとがいるんだよね」

「そうそう。あれはね、ほんとうのことだよ。みんな、それぞれの長さのローソクを抱いて生きてるんだ。大事に丁寧に火を守って生きていても、ローソク自体が短いひともいる」

私は、小学生のころに図書室で読んだ児童書を思い出した。欲張って他のひとたちのローソクをつぎはぎして自分のローソクを伸ばそうとした悪いおとこの話だった。おとこは指でローソクの先を摘まんでは次々と誰かの火を消していく。そうしてローソクをぐんぐんと長く太くしていくのだ。ローソクを大きな柱のようにしたおとこだったが、それを眺めていた神様のくしゃみでふっと火を消されてしまう。おとこは糸が切れた人形のようにぱたんと倒れて、終わり。

おとこが火を消してまわる描写や、膨大なローソクを寄せ集めた炎の大きさ、一瞬の終わり、とにかくすべてが怖くて、しばらくは火が怖かったのを覚えている。

「……ローソクなら、壱の炎は誰かに消されてしまったってことですよね」

佑都の声に苛立ちが滲む。事故を起こした車には、大学生が五人乗っていたという。無免許運転だった上に全員が飲酒していたという報道が出たのは数時間前のことで、言いようのない怒りが湧いた。

星さんが首を横に振った。

「もちろん、誰かに火を消されることだってある。でもぼくは、壱のローソクが短かったんだと思いたい。誰かを憎んで生きるのも、体力がいるんだよ」

ふっと吐かれた星さんの息が、お酒臭い。強いお酒の匂いに、ああ、そう思わないとやりきれないのだと思う。弟がこんなかたちでいなくなって、受け止められるはずがない。

「あの子は自分に与えられた運命を全うした、それだけなんだ。悔やんでも仕方ないこと。そう思いたい、だけかもしれないけれどね」

だんだんと、星さんの声が小さくなっていく。

「あー、だめだめ。壱が嫌がるだろうから湿っぽい見送りはしないでおこうって、みんなで話したじゃない」

そよ美がぱんぱんと手を叩いて、明るい声を出した。料理を指して「あたしが重たい思いをして運んだ特撰料理たちが減ってないじゃない！」と顔を顰めてみせる。

「絶対美味しいってやつばっかり買ってきたんだからね。食べて！」

そよ美の目じりに、小さな光が見える。だから私も「そうだね、食べよう」と箸を握った。

「倒れるって、疲れるのね。お腹すいちゃった」

「おー、どんどん食え！」

それからしばらく食事と昔話に興じていると、佑都が「誰か、電話鳴ってる」と言った。

「どっかでバイブの音がする」

ああほんとうだ、と星さんが言い、正孝が立ち上がる。周囲を見回した正孝が「これじゃん？」と指差したのは私のバッグだった。嫌な予感がしたものの、立ち上がってバッグを取る。携帯電話を取り出すと、純也からのメッセージだった。

『どう？』

『進捗教えて』

短い内容だけれど、自分に課せられたものを思い出す。そうだ、ここに来させてくれた純也の依頼をこなさなければ。

そんなとき、ちょうどのタイミングで真奈さんの声がした。

「みなさま、いまよろしいでしょうか」

控えめな声がして、星さんが「どうぞ」と返す。そろりと襖を開けた真奈さんは「弔問させていただきたいという方々がお見えです」と言った。

「え、誰だろう？　マスコミならお断りしてとお願いしたはずですが」

星さんが顔を曇らせると、真奈さんが「ひまわりカフェの方です」と眉を下げた。それに、全員がはっとする。壱が働いていた子ども食堂の名前だ。

「それはぜひ、お通ししてください」

星さんが答え、真奈さんが頷いていなくなる。戻ってきた彼女は三人の男女を伴っていた。みんな、目元を真っ赤にしている。

「東京から、わざわざいらしてくれたんですか。申し訳ありません、こちらからお世話になったお礼に伺わないといけなかったのに」

「とんでもない。わたしどものことはお気遣いなく。ただ、居ても立っても居られなくて、来させていただきました」

一番大きな体躯の白髪の男性——ひまわりカフェの店主だという藤岡《ふじおか》さんが一緒に来たふたりを紹介してくれる。

「スタッフの木部里実《きべさとみ》と、佐野《さの》くるみです。ほんとうはもっとたくさんのスタッフが来たがっていたんですが、家族葬とのことでしたし、今回は壱くんとは長い付き合いの三人で来よう、と話しまして。みんな、壱くんのことを家族みたいに思っていました」

藤岡さんは壱の柩の前で手を合わせると、「壱、壱……」と肩を震わせて泣いた。木部さんは、私たちより幾分年上の女性だ。藤岡さんの横で静かに涙を流す。真っ青な顔で線香をあげた佐野さんは、二十歳前後というところだろうか。その様子はあまりに弱り切っていた。ぼさぼさの髪に、浮腫んだ顔。上下の合っていない服の上着は〝ひまわりカフェ〟と染め抜かれていた。

彼女は迷わずに、小窓に手を差し伸ばした。アクリル板を何度も撫で「痛かったね、遅くなってごめんね」と声を震わせる。彼女はそのまま、柩に縋るようにして泣いた。

あまりの哀しみように思うことがあったのだろう。星さんが「あの」と藤岡さんに声をかける。藤岡さんは「くるみ」と彼女を呼び、佐野さんがゆっくりと顔を上げる。

「いつかは、結婚、する約束でした」

涙で濡れた彼女の左手を見ると、小さな石の嵌った指輪が光っていた。

馴れ初めは、と訊いたのは多分、そよ羊だった。佐野さんは、手の甲で顔を何度も拭って、話し始める。

「七年くらい前のことです。あたし、学校でいじめられていて、でも親はあたしに関心なくて、何もしてくれなかったんです。学校の先生もそうです。あたしが男子に殴られていても、じゃれあっているだけだ、って見て見ぬフリするようなひとたちで、毎日が地獄でした。あのころあたしは、登下校にひまわりカフェの前を通ってたんですけど、ある日壱さんに『それ、もう大丈夫じゃないよな？』って声をかけられたんです」

「泥まみれのランドセルを背負って帰っている彼女を見て、壱くんは店を飛び出していったんです」

藤岡さんが言う。わたしどもは、彼女がいつも泣くことなくまっすぐ前を向いて気丈に歩いているものだから、彼女がいじめに遭っているなんて気付きもしなかったんです。でも壱だけは、彼女をきちんと見ていたんでしょうね。ランドセルの汚れを見たとたん、顔色を変えました。

「知らないひとでしたから、最初は『いえ、大丈夫です』って答えたんです。でも、『オレに何かさせてもらえることないかな』ってやさしく言ってくれて……。それで、『いじめられてる』って正直に言えたんです。呆れられるか、それとも憐れまれるか、困った顔をされるかと思ったら、壱さんは『ありがとう』って笑ったんです。『言ってくれてありがとう。オレがどうにかするから安心して』って」

「壱くんは、店長と私に相談してくれたんです。オレ個人で動いていると、変な勘繰りで事態の本質が歪められてしまうかもしれないから、手助けしてくれないかって。彼自身が児相や警察などに相談に行って、私たちは学校や家庭との窓口を務めました」

木部さんが藤岡さんを見て言い、藤岡さんは「あのときはいろいろ大変でした。けれど、いまとなっては……」と懐かしそうに目を細めた。

「壱さんとひまわりカフェのみんながいなかったら、いまのあたしはないです」

きっぱりと佐野さんが言う。自分のために大人が真剣になったり、本気で悔しがったりしてくれるのを見て、あたしはあたしを大事にしていいんだって思えるようになったんです。もしあたしみたいな子がいたらあたしも助けてあげたい、と考えるようになって、それで、高校卒業後にひまわりカフェに勤めるようになったんです。

「それから、付き合うように？」

佑都の言葉に、「すんなりとは」と佐野さんが首を横に振る。

「助けられたからって恋愛と勘違いするなって。でも絶対本気だから、一生支えたいからって口説き落として」

涙を浮かべて話す佐野さんを娘のように眺めた藤岡さんは「壱くんはやさしくて強い男でした。ほんとうに」と私たちに言った。

語り終えた佐野さんは、再び壱の柩を覗き込んだ。アクリル板を何度も撫でる。

「ありがとう。壱さん、ずっと……大好きだよ」

耐えきれなくなったようにそよ美が顔を覆って泣く。佑都が目のふちを真っ赤にして「ありがとうございます」と言う。東京で壱が頑張っていたこと、誰かを支えていたこと、支えられていたことを知れて嬉しいです。正孝は、一文字に引き結んだ唇を震わせて、壱の遺影を見つめていた。

星さんも、深々と頭を下げた。

「弟は自分の功績を語るようなひとではありません。ときどきの連絡では、やりがいのある仕事を信頼しているひとたちとできて楽しい、と言っていました。ぼくたちの知りえなかった彼を教えてくれて、ありがとうございます」

涙を拭った藤岡さんと木部さん、佐野さんは、壱が子どもたちにどれだけ慕われていたかを語ってくれた。壱に憧れた男の子たちが『誰が一番の弟子か』と喧嘩した話や、壱の自信作のハヤシライスが大好評でレシピを欲しがるひとがいるほどだった、という話。

そして彼らは、子ども食堂を利用している親子からのたくさんの手紙も持ってきてくれていた。

「壱くんに渡して、と。よければぜひ、みなさんご覧に」

紙袋に、たくさんの手紙やぬいぐるみが詰まっている。拙《つたな》い字で『ありがと』『いち兄ちゃん、げんきでね』と書かれているのを見ただけで、胸が痛む。大人からのものもあった。それぞれが手にしたものに目を落とし、鼻を啜る。

『酷く疲れていて、辛かったときに、壱さんはごはんを特盛りによそってくれましたね。食べきれないって言うと、めちゃくちゃお腹いっぱいになって、晶《あきら》ちゃんとぐっすり寝ましょう。明日のためにもたくさん食ってください、って笑ってくれた。あのとき、嬉しかったです』

ブルーブラックのインクで書かれた手紙は、とても綺麗な文字が並んでいた。しかしところどころ、字が乱れている。次の手紙は、太いペンで力強く書かれていた。

『いっくんのパワフルさのお陰で、わたしたち親子は今日も元気です。あなたをこんなかたちで失うことが、悔しい』

ふっと目元が熱くなって、涙が溢れそうになる。私はぐっと喉奥に力を入れて、手紙たちを袋に戻した。

「ちょっと、ごめんなさい」

耐えきれそうになくて、立ち上がって建物の外に出た。キンと冷えた夜風が頬を撫でて、熱を連れていく。全身で、ため息を吐いた。

私に泣く権利はない。

漆黒の闇に瞬くいくつもの星々を眺めて、そう思った。私は、泣いてはいけない。

ひまわりカフェのひとたちの話、佐野さんの話、メッセージたちの中にいる壱は、私の知っている壱ではなかった。私はいじめに遭っている女の子のために奔走する壱を知らない。子どもに〝いち兄ちゃん〟と呼ばれる壱も知らないし、誰かを助ける笑顔を見せる壱も知らない。子どもから宝物を贈られるほど懐かれるなんて信じられないし、パワフルなんて言葉は壱に一番似合わないと思っていた。

私と別れて東京に行った壱は、私の知らない姿で頑張っていたのだ。いや、違う。壱はきっと、昔からそうだった。私は壱の一部分だけしか、見ていなかった。そして私は、たった一部分だけで、壱を諦めたのだ。

「ばかみたい」

無意識に噛み締めていた歯の隙間から、言葉が漏れる。私って、ほんとうにばか。何でも知っているつもりで、何にも知らなかった。

「あちらで休むかい」

声がして、振り返ると星さんが立っていた。庭のほうを指し、「向こうに東屋があるそうだ。案内するよ」と言う。

「あ、でも……」

建物のほうに視線をやると、星さんは「佑都くんたちと、話が盛り上がっていてね」と言う。

「向こうに行こう。さあ」

微笑んで、星さんは私より少し先を歩く。ガーデンライトのやわらかな光に照らされた背中を追う。庭の中に小さな東屋があって、星さんは「こっちは喫煙所らしいけど、最近は喫煙者が減ったのか休憩所同然なんだってさ」と説明してくれる。

ひんやりしたベンチに腰掛けて、息を吐く。

「あの、すみません。お気遣いいただいて」

「いいんだ。ぼくも、良子さんと話したかったから」

失礼、と星さんが少し離れた場所に座る。少しの間ののち、口を開いたのは私だった。

「ごめんな、さい」

星さんが私のほうを向く気配がする。私は自分の膝のあたりを見つめながら「ごめんなさい」ともう一度言った。

「私、壱に酷いことをしてしまいました」

言いながら、私は狡いなと思った。星さんに懺悔することで、自分の罪を軽くしようとしているのかもしれない。でも言わないと、心が罪悪感で潰れてしまいそうだった。

「星さんはご存じでしょうが、私はいっとき、壱と付き合っていました。そして、別れました。それは、両親が壱の仕事を認められないと言ったからです」

星さんが黙って頷いた。

「そのときの私は、私なりに抵抗したつもりでした。壱の仕事は決して恥ずかしいものじゃない。むしろ大切な仕事だと、言ったつもりでした」

「つもり、なの?」

「ええ。私は表面的にしか、分かっていなかったんです。学生時代にときどき参加したボランティア活動の延長線上にあるもの、くらいの認識でした。そして、ボランティアなのだからある程度続けたら……自身の育ち方に対する思いが昇華できれば、いつかどこかの会社に入って会社員として生きていくんだろうって漠然と考えていたんです」

私はそんな根拠のないことを、何の理由もなく思い込んでいた。壱が子ども食堂で働くのはほんのいっときのことだと。

それはきっと、私自身が心のどこかで壱の仕事を軽んじていたからだ。男が本気で働くようなものじゃない、と思っていた。

両親の考えを古い、歪んでいると断じているくせに、自分自身にもそんな意識があったのだ。私の認識もまた、歪《いびつ》だった。

「……正直に、言いますね。両親が、私との交際のことで壱と話をしに行くと言ったとき、私は期待してしまっていました。壱が、私と付き合い続けるためなら仕事を替えると言ってくれると思ったんです。私との未来のために、よりよい企業で働くと言ってくれると、ばかみたいに信じてた」

壱が私のために人生を決めてくれる。そう思っていたのに、壱は私との別れを選んだ。両親からそれを聞いたとき、私は愕然として、そして猛烈に腹を立てた。裏切られた、とすら考えた。壱の気持ちは、そんなものだったの。

「ばかな私は、子ども食堂なんかより私との人生じゃないの？　って言いました」

壱に電話をかけて、泣きながら詰った。私は壱が私との付き合いを守ってくれると信じてた。壱は私を選んでくれるはずだって願ってた。なのにどうして？　私との未来よりどこかの子どものごはんのほうが大事だなんて、本気で思ってるわけ？

壱は、一言の言い訳も反論もしなかった。私が喚き疲れるまで通話を繋げ、私が『もういい』と一方的に切ったあとに『ごめん。あのころに戻ろう』と、メッセージがひとつ届いた。それだけだった。

「私から謝るタイミングは、いつでもありました。もしかしたら、やり直せるチャンスもあったのかもしれない。本気になれば壱に会いに東京に行けたし、壱を追いかけて東京に引っ越すことだってできた。私たちにはそれだけの時間があった。でも、私は何もしませんでした。昔に戻ろうと言う壱の言葉に甘えて、友達の顔をし続けた」

情けなさに、涙が滲む。

「だって、拒絶されたらと思うと怖かった。意気地がないんです。それに、両親が厳しいからって言い訳もありました。両親を説得して東京に出て行くなんてことはまず無理で、行こうと思えば夜逃げ同然の手段しかない。そんなことをしてのける度胸は、私にはなかった。壱は東京に出ても相変わらず子ども食堂に勤めていて、それが腹だたしかったのも、あります。私と別れる原因になった仕事にまだ固執してるなんて、って。ばかですよね。それだけ打ち込みたい仕事なんだ、とは思わなかった。いまの、いままで」

このままじゃよくない。そう思っていたくせに何もできない。私たちはどんどん離れていって、五人でのグループチャットでは当たり障りのない会話ばかりになった。

「何もしてないくせに勝手に壱を諦めて、見限って……そんなときに出会ったひとと結婚しました。だから、壱がどんな風に、どんなことを感じて生きていたのか、上っ面でしか知らない。あんなにも大事だったひとのことを、私はどうしていままで軽んじてしまったんだろう。どうして、もっと見ようとしなかったんだろう」

振り返れば、壱と、みんなと過ごした日々はあまりにも鮮やかで幸福だった。そんな時間を共にしたひとを、大事にするべきひとを、私は〝恋人〟だからという理由で甘えて勝手に期待した。そして勝手に裏切られた気になって、別れてしまった。

「ばかですよ、ばか。おおばか」

壱の人生の功績、これまでの生きざまのうつくしさ、別れを惜しまれる愛されよう、そんなものを目の当たりにして、初めて自分がどれだけ愚かだったかを知った。

泣きたくて、でも絶対に涙を流したくはない。こんな愚かな涙を、壱の弔いの場に落としていいはずがない。

「……良子さんは壱のための椅子をまだ持っているでしょう？」

「椅子、ですか」

「そう、椅子。壱が座るための椅子」

ここに着いたときに言っていたことか。私が首を傾げると、星さんは「椅子さえあれば、きっといつか壱が座る。あなたが壱の椅子を置き続けていたら、きっと話ができる」と穏やかに話す。

スピリチュアルな意味合いだろうか。考えていると、星さんがくすりと笑った。

「怪しいことではないよ。椅子、というのは自分の中の相手と対話することだ」

対話。まだ意味が分からなくて、続きを乞うように見る。星さんは私の視線を受け止めてから「ぼくたちは、壱とはこれから先、二度と会えない」と言った。

「壱との関係は、これ以上深度を増すことも、重なりを厚くすることもできない。だけど、これまでの関わりや繋がり、思い出、そういうものは決してなくならない。ぼくたちの中に、壱のたくさんの部分は残っている」

星さんが両手を広げてみせる。

「壱のことを思い返せば返すだけ、溢れてくるはずだ。ぼくたちはそういう付き合いを、彼としてきたはずだ。ぼくたちの中に、壱はちゃんといるんだよ。壱だったら何と言うだろう、どんな顔をするだろう。ぼくたちはそれを知ってるはずだ」

「でも私は壱の一部しか見えていなくて」

「今日、知った。そうだろう？」

「でも」

反論しかけた私を前に、星さんが緩く首を振る。そうだね。いまは、無理だろう。でもこれまでのことや今日のことを君が忘れなければ、いつか壱が君の椅子に座るときがくる。今日、そよ美さんたちに会ったときのような気持ちで、君は壱を受け入れることができるよ。そのときに、たくさん話をすればいい。謝りたいことがあれば謝ればいいし、言い訳だって、してもいいんじゃないかな。

そんなこと、できるのだろうか。それは、私自身が落ち着くための勝手な想像に過ぎないのではないだろうか。躊躇いながら訊くと、星さんは「そこは、信じなきゃ」と笑う。

「自分の知っている壱を、信じるんだよ。自分のことは疑っても、大事な相手は信じようよ」

「自分のことは疑っても、ですか」

思わず微笑むと、星さんは「そうだよ」と頷く。

「ぼくだって、さっき壱の新しい一面を知って驚いたよ。だから言ってやるつもりさ。そんな面をぼくにも見せてほしかった、って」

星さんが俯く。私も俯いて、自分自身の手のひらを眺めた。

私の中の壱との対話。そんなの寂しいし哀しい、やるせない。でも、死による離別とは、そういうものなのだろう。

「もっと、話しておけばよかったな」

ぽつんと零した。

「もっともっと、タイミングはあったのに」

謝って、話をして、そうすれば変わる何かがあったはずなのに。両手をぎゅっと握りこむと、星さんが「そういう後悔を、しないようにしていきたいね」と言った。

「ぼくたちはあまりにも、明日に任せすぎている」

明日に、その先に。確かに、そうだ。

こんな思いをしないですむように、いまの自分が動かなければいけないのだ。

ふわりと、洗剤の香りがした。それは由良の服を洗うときに使うものと同じで、顔を上げると真奈さんが立っていた。

「お話し中にすみません。寒くありませんか？」

これをお持ちしました、と言う彼女は湯気を放つ紙コップが載ったトレイとブランケットを持っていた。

「ああ、これは申し訳ない」

「いえ。夜は冷えますから。どうぞ」

紙コップの中身は熱いほうじ茶だった。ブランケットを膝にかけてお茶を啜ると、からだが冷えていることに気付いた。

「ああ、あったかい」

「二月の夜はまだまだ冷えますから」

控えめに笑う彼女は、少しだけ躊躇う様子を見せてから「椅子のお話、聞こえてしまいました」と星さんに言った。

「とても、いい話だと思いました」

「やあ、聞かれていましたか」

星さんが頭を掻くと、彼女は慌てて頭を下げる。

「すみません、聞き耳を立てるつもりではなかったんですけど。ただ、ああ、なるほどなあってしみじみ納得してしまって」

「いやいや、怒っているわけじゃないですよ。あ、そうか。あなたも」

星さんが思い出したように真奈さんを見て、真奈さんは頷く。それから彼女は私に「昼間に偶然、そういうお話を森原さんとさせていただいたんですが、わたしは昨年大事な友人を喪ったんです」と言った。

「突然のことでした。彼女をこの芥子実庵で、自分自身の手で見送りましたけど、だからといってこれでよかったと思えるわけではない。ときどき、無性に寂しくなります。だからさきほどの森原さんのお話を聞いて、わたしも、わたしの中の椅子に彼女が座ってくれる日が来るだろうか、と考えてしまいました」

胸元に手を添えて、丁寧に真奈さんが話す。

「わたしもわたしの中の彼女を信じて待ちたい。いつか、たくさんの話がしたい。そんな風に思います。お話を聞かせてもらえて、よかったです」

私は改めて、真奈さんを見た。このひとは、大事な友人を自分自身の仕事で見送ったというのか……。

真奈さんが私と星さんに深々と頭を下げる。

「葬儀担当者なのに、ご遺族の語らいにお邪魔して申し訳ありません。ましてや自分語りをしてしまって、お恥ずかしい。失礼します」

「いえいえ、いいんですよ。ねえ、良子さん」

星さんが微笑み、私は「ええ、もちろんです」と頷く。それから真奈さんに「尊敬します」と言った。

「ご友人の葬儀の担当をされた、ということでしょう？　私にはできないことです。私はいま、彼の死の衝撃に耐えるだけで、精一杯」

「わたしもそうでした。でも、彼女の遺言だったんです。私を葬儀担当者に、って」

真奈さんがふっと目を遠くする。

「なんて酷いことを言うんだろうと思いましたけど、でもいまは感謝しています。彼女の死から逃げたという後悔をしなくてすみました。受け止めきれたことで、私はこの仕事をする上での芯を得た気がしているんです」

はっとした。まっすぐに私を見る真奈さんの目に、表情に、確かな光を見た気がした。真奈さんはすぐに、「なんて、また話しすぎましたね」とはにかんだ。

「すみません。森原さんってどうしてだかうちの社長と雰囲気が似ていて、つい口が軽くなってしまうんです」

「ええ、芥川と？　ぼくは、そんなに、派手だろうか」

星さんが自身を見下ろすと、「す、すみません！」と真奈さんが狼狽える。

「あの、あの、見た目ではもちろんなくて、雰囲気と申しますか。あ、でもご迷惑ですよね」

「なんでご迷惑なんだ」

低い声がして、真奈さんが「やば」と口元を手で押さえる。今度は喪服姿の男性がやって来た。オールバックに黒縁眼鏡というかっちりしすぎている印象。派手、ではないような気がするけれど。星さんが「芥川」と声をやわらかくした。

「お世話になってるよ。過ごしやすい、いいところだ」

「そうだろう。まあ、おれの手柄でもないが」

ふふんと笑うこのひとが、佑都の言っていた社長のようだ。薄闇の中では目の様子まではよく分からないけれど、穏やかそう、といえば穏やかそうか。

「それより、佐久間さん。おれたちそんなに似てないよ。おれは星くんみたいに達観してない」

「あー、そこまで聞かれてたんですね。でもその達観してる感じっていうところが似ている気がするんですよね」

「達観なんて、無理無理。おれは欲まみれだよ」

「あ、そうか。そうですよね。ほんとうは当番じゃなかったらいますぐキャバクラに行きたいんですもんね」

あはは、と真奈さんが無邪気に笑うと「違う、いまはガルバにハマってるんだ」と変な訂正を入れる。星さんが「酷いなあ」とため息を吐く。

「こんな欲まみれの芥川と一緒にされるのは、困りますよ」

「うわあ！　すみません。そんなつもりも」

「待って、星くん。おれはね、女の子たちに『命の華やかな炎』を見せてもらってるんだよね。その炎の熱で自分をあったためて、明日への活力にしているわけさ」

「芥川さん、言い方気持ち悪いです」

「佐久間さんに同意です。だからこそ、ほんとうに、一緒にしないでください。哀しいです、ぼくは」

「うあ、も、申し訳ありません！」

雇い主と真顔で言う星さんに挟まれて、真奈さんが「どうしよう、どうしよう」と動揺する。

そんな彼女に私は「星さんのほうは、冗談のつもりですよ」と笑った。

「昔から、真顔でふざけるんです。私も昔同じことをやられて怒らせたのかと真っ青になって。そしたら『これが面白いと思ってるんだ』って壱が」

『だから笑ってあげて。喜ぶから』

ふっと、やわらかな声が蘇った。

『ああ見えて、ひとを笑わせるのが好きなんだよ』

……ああ、ほんとうだ。壱は私の中にいる。

「え、そうなんですか？　でも、すみません、すみません」

ぺこぺこと頭を下げる真奈さんを見て、真顔を続けている星さんに視線を移して、私は笑った。声をあげて。

「おーい？　星さーん、良子ー。寒いのにどこにいるんだー？」

正孝の声がして、「ああ」と星さんが立ち上がる。

「ここ！　ここだよ。すぐに戻る！」

手を振ってみせて、星さんは「しまった。来てくださった弔問客を置いて、長話をしてしまったな」と頭を掻く。

「良子さん、ぼくは先に戻ります。あ、そうだ、芥川。会葬品の追加をお願いできないかな。東京からいらした弔問客の方が、香典をたくさん持って来てくださってるんだよ」

「ああ、すぐ手配しておく」

「頼んだ。あ、良子さんはゆっくり戻ってきていいですよ」

言って、駆けていく背中を見送る。芥川さんは「じゃあ事務所戻らないと」と逆方向に消えていった。私は手の中の紙コップのお茶を飲み干して、息を吐いた。それから真奈さんに隣の席を示す。

「よかったら、少し付き合ってくれませんか」

「え？　はい。わたしで良ければ」

真奈さんが横に腰掛ける。匂いのせいか、由良が傍にいるような安心感があった。

「あのう、真奈さん。私、浦井《うらい》純也の姉なんです」

真奈さんが「は？」と声を大きくした。それから「え、え、お、お姉さん？　ええとあの、わたし」と狼狽え始める。焦ったその顔に私は「驚かせてごめんなさい」と頭を下げた。

「壱のためにここに来たのが一番の目的だけど、純也に真奈さんの仕事ぶりを見てきてほしいとも言われていたの」

「は、あ」

真奈さんの顔が微かに引き攣った。

「あの子は……ううん、私も、あなたの仕事に偏見を持ってた。世の中ごまんと仕事はあるのに、何もわざわざって思ってもいた。でも、今日あなたを見て、恥ずかしくなった。思い込みや浅い知識で判断してしまって、ごめんなさい。盗み見るような真似をしてしまって、ごめんなさい」

もう一度、深く頭を下げる。

「純也が頼んだこと、それに従った私、どちらもとても失礼だったと思う。あなたの仕事は誰かに抜き打ちチェックされなきゃいけないようなものじゃない」

「え……と。その」

真奈さんが頰の辺りを掻き、乾いた笑いを漏らす。

「正直、ショックですけど、でも森原さんの葬儀がたまたまここだったから、ですもんね」

「ええ、それは間違いない。私はあなたのことを知らなくてもここに来ていたし、あなたが純也の恋人だと知らなくてもあなたの仕事ぶりに心が動いた」

それだけは、ほんとうだ。

「姉として、純也のフォローをさせてもらいたいんだけれど、あの子は真面目で、頑固で古風なところがあって、思い込んだら考えを曲げないところがある。でも、間違いだと理解すれば、反省もできるひとなの。私、帰ったら純也に言う。真奈さんの仕事はあなたが思っているようなものではないって、理解するまで説得する。だから、今回のことに呆れずに、お付き合いしてもらいたい。結婚だって考えてあげてほしい……、って、こういうの過保護っぽくて呆れちゃうかな。ごめんなさい、私、弟にこんなこと頼まれるの初めてで、どう立ち回っていいのか分かんないの」

真奈さんが黙って顔を逸らす。怒っただろうか、でも当然のことだ。文句を言われても受け止めるしかない。

少しの沈黙のあと、真奈さんが「プロポーズを保留しているのは、仕事のことだけじゃありません」と小さな声で言った。

「純也さんは、やさしくて頼りがいのあるひとです。わたしとのこれからを本気で考えてくれている、というのはよく分かっています。今回のことも、平行線のままの現状をどうにかできるかもと思いついたんですよね、きっと」

「そう、そうなの」

「大事に思われている、というのは分かります。わたしだって、彼を大事にしたいと思っています。でも、わたしと彼の感情は同じはずなのにどうしても『対等』に感じないんです」

「たい、とう」

「はっきり言えば、彼の希望や意思の次にわたしの意思があるんです」

真奈さんが私のほうに顔を向けた。その目は、はっきりと怒っていた。

「彼の意思が第一優先で、第二がわたし。彼はそれを、『結婚』や『出産』『育児』という言葉を用いて『当然』だという。ふたりの人生に優劣はないはずなのに、男女という区別だけで結婚前から差が生じるのなら、躊躇って当然ではないでしょうか」

私は茫然としてしまっていた。彼女の言ったことは、これまで私がぼんやりと感じながら、しかし言語化できなかったものだった。そして、もし私が言語化できていたとしても、私は彼女みたいに主張することは、きっとできなかった。できるはずがない。私は純也の言うことを『もっともだな』と聞き入れてこの場に来た人間なのだから。

「これから、純也さんともそういう話をきちんとするつもりでいます。お姉さんの言う通り、彼がわたしの主張を理解して考えを変えてくれれば、これからのことを前向きに考えていきたいと思っています」

生意気言ってすみません、と真奈さんが頭を下げ、はっとした私は「真奈さんは悪くない」と慌てて両手を振った。

「悪いのは私よ。勝手に口出ししてごめんなさい。でも私は、お話しできてよかったと思ってる。だって、あなたを応援したくなったもの。あなたがのびのび生きられる道を選んでほしい。でも、本音を言うと、弟と結婚してほしいかな。私、あなたみたいなひととお友達になりたいもの」

真奈さんは「ありがとうございます」と目を細めて笑った。


壱と最後の別れを終えて実家に戻ると、由良は遊び疲れたのかすでに眠っていた。両親は「母親があんまり夜遊びするものじゃない」と苦い顔をしたけれど、私が壱の通夜に行っていたとは思いもしていないようだった。

「ありがとう」

純也にこっそりと礼を言うと、純也は「どうだった」と訊いてくる。

「話、できた？　いい子だっただろ。仕事、辞めてくれそうかな？」

「すごく、いい子だった」

心を込めて言うと、純也は「そうだろ」と口角を持ち上げる。その笑顔は、小学生のころの面影を宿している。そういえばこの子は昔から、自分の好きなものを褒められると得意気になっていたっけ。

「それはそれとして、純也、自分の仕事に誇りを持ってる？　充実してる？」

顔を見て訊くと、今度は「は？」と訝しむ顔をした弟だったが、「そりゃそうだろ」と鼻の穴を膨らませた。

「もちろん、やりがいがあるって思ってるし、誇りだってあるさ。男は仕事に対してそういう意識を持つべきだ」

「そう」

弟の顔を見ながら、この子もやっぱり歪んでいるのだなと思った。両親は間違っている、感覚がずれている。そんな風に揶揄していながら、自分自身の中のずれには気付いていない。

「私たちも、考え方がおかしいんだよ」

「は？　なに？」

「真奈さんも、仕事に誇りを持ってたよ」

帰り際、真奈さんは『室内が暖かいのでドライアイスを足しますね』と壱の柩に手を入れた。

星さんが、傷だらけの壱の顔に化粧を施してくれたのは真奈さんだと教えてくれた。

『顔周りを綿花で丁寧に飾ってくれて、少しでもやさしく見えるように苦心してくれたんだよ』

『わたしは、まだまだ。嘉久という者がうまくて、今回は彼からずいぶん教えてもらいました』

照れたように片手を振った真奈さんは『お顔を見てお別れを言いたい、というお気持ちに沿いたいですから、まだまだ精進しないといけません』と言った。真摯な声だった。

「私は、彼女の仕事を……彼女自身を応援したいと思った」

「なんだ、それ」

呆れた、と純也は片手で顔を覆って大きなため息を吐いた。

「姉ちゃんさ、それ本気で言ってんの？　由良が真奈と同じ仕事に就きたいって言ったらどうするの。反対するでしょう」

「しない。本気でやりたいのなら、私は誰と闘ってでも、由良を応援する。頑張れって言うよ。だから、真奈さんも応援するの」

きっぱりと言うと、純也がたじろいだ。

「誰でもそう。そのひとが正しいと思ってやっていることを、私は私の感覚だけで否定したくない。誰かの意見に左右されたくない。そのひとと向き合って、話を聞いて、理解する努力をしたい。誰かの常識や言い訳で逃げたりしない。純也もさ、頭から否定するんじゃなくて真奈さんときちんと話をしたほうがいいよ。彼女がどれだけ仕事に対して真摯か理解できるまで話をするんだよ」

「いやだから、話をしてどうすんの。親の反対はほぼ確定なんだぞ？　親に反対される結婚なんて、しあわせになれないだろ。それくらい、分かるだろ？」

ああもう、と純也がかぶりを振る。

「あんたがしあわせにすればいいじゃない」

「いやだからさ、親が」

「さっきから、親、親って。親にかこつけてるけど、彼女の仕事を見下げてるのは純也本人じゃないの？」

は、と純也が息を漏らした。

「え？　姉ちゃん、何言って、おれは親のことを」

「純也が、真奈さんの仕事が気に入らないんでしょう？　そうとしか思えない」

「そんなことは……っ」

純也が声を荒らげそうになるが、すぐにぐっと呑みこむ。「そんなこと、ないよ」と言った声には、明らかな迷いがあった。

「じゃあ、恋人として、彼女と結婚を考えている男として、一所懸命働いている彼女を庇うべきじゃないの。守るべきじゃないの。何で、敵になろうとするの？」

共に生きるひとが大切にしているものを、共に守れなくてどうする。

純也が、目を伏せた。しばし、沈黙する。

「……認めるよ。おれが、真奈の仕事を受け入れられないんだ。だから、仕事を辞めてほしい。でも、おれが望むのはそれだけなんだ。仕事くらい……それくらい譲ってくれたっていいだろ」

「それくらい、って言わないで。自分がそうやって簡単に言い捨てたことが、相手の大切なものだったりするんだよ」

壱の顔が浮かび、次に、夫の不機嫌な顔が思い浮かんだ。

夫が私の痛みを『それくらい』と理解していなかったように、私も夫の大切なものをそれくらいでと切り捨ててしまったように思う。少なくとも夫はそういう風に受け取ったはずだ。そして私は、嚙み合わない夫から、逃げていた。いつか、いつかと明日に任せて、話し合うこともせず逃げ続けていた。

「自分の中の『それくらい』を相手に押し付けちゃだめだよ。理解しないと、いつか後悔することになる」

私は目の前の弟の肩をぽんと叩き、「もう一度、ちゃんと真奈さんと話し合いなさい」と言った。

「私も、翔くんともっと話してみる。彼を理解したいって、いまさらだけど思った。だから純也も……って、そういえばどうしてそんなに真奈さんの仕事が嫌なの？」

私は全力で応援するし、両親だってふたりで説得すれば考えを改めることだってあるはずだ。

「……別に。もう、いいよ」

純也は「自分でどうにかする」と言って背を向けた。別室にいた両親に「おれ帰るわ」と声をかけて出て行く。母が慌てて「あらまあそんな今日くらい泊まっていっても」と追いかける。

「純也！　ちゃんと、話し合ってね」

背中に小さく声をかけたけれど、純也は返事をしなかった。

帰り支度をしていると、携帯電話が鳴った。夫からのメッセージで、『迎えに行こうか』とある。珍しい。普段ならお酒を飲んでいる時間なのに、待っていたのだろうか。私が浮気していると疑ってる？　ああいや、そんな風にマイナスに考えるのは止めよう。昨日の喧嘩のことを、気にしてくれているのかもしれないじゃないか。

少し考えて『ありがとう、待ってる』と返事を送る。すぐに、既読がついた。

帰ったら、夫とたくさんの話をしよう。

五章
一握の砂

わたしたちは、二目惚れだった。

最初の出会いは、ディスカウントストアのベンチだった。

その日、夜勤明けで仮眠もとらないまま郊外のディスカウントストアに出かけていたわたしは、酷い貧血を起こして目に付いたベンチに座り込んでいた。仕事中に生理になってしまい、生理用品のストックが足りないから買いに出たものの、それがよくなかった。買い物を終えた途端、ざあっと血の気が引いて、強い眩暈《めまい》に襲われた。

ああ、高くてもコンビニで買ってすませておけばよかった。変なところで、節約根性を出してしまった。揺れる視界としくしく痛むお腹を持て余して後悔していると、目の前にすっとお茶のペットボトルが差し出された。見れば、心配そうに眉根を寄せた男性が立っていて『大丈夫ですか』と訊いてきた。

『顔色、真っ青ですよ。これ、飲めますか』

ペットボトルを受け取ると、温かかった。

『えと、あの』

『病院、行きますか？』

『あ、その、ただの貧血、です』

少し休めば、大丈夫です。そう言い足すと、彼は『無理しないようにしてくださいね』と安堵したように笑って、『じゃあ』とさらりと去って行った。押し付けられた、けれど押し付けがましくないペットボトルを手に、背中を見送った。

二度目の出会いは、それから十日後のこと。なつめと楓子の三人で、居酒屋で飲んでいたときだった。隣の席のおじさんたちが、酔っぱらってわたしたちに絡み始めた。わたしたちなりに毅然と拒絶していたのだけれど、おじさんたちはそれに対してムキになるように、下品な言葉を投げかけてくるようになった。

『酒がまずくなる。料理残ってるけど、店変えよう』

なつめが苛立ったように言い、わたしと楓子も仕方ないと頷いて席を立とうとすると、『お客様。大変申し訳ないのですが、あちらのお席へご移動をお願いできますか』と店員がやって来た。示されたのは店の反対側で、おじさんたちから離れている。もしかして、わたしたちが困っていたことに気付いてくれたのか。ありがたく席を移動し、『困っていたんです。ありがとうございます』と三人で店員にお礼を伝えていると『あちらの方が』と離れた席を指し示された。『酔っ払いが絡んで困ってるみたいだから、離してあげたほうがいいって仰って。こちらが気付かずに申し訳ありません』

示されたのは、スーツを着た男性たちが数人で飲んでいる席だった。その中の誰かが、わたしたちに気付いてくれたようだった。これも一種のナンパか、と身構えたものの、こちらを窺っているひとはいない。楽しそうに笑いあっている。

『いいひとだ』

なつめが感心したように言い、楓子が『やだ……めっちゃジェントルマン』と口元に手を当てる。『お礼言いに行ったほうがいいかな』と目を向けたわたしは、思わず声をあげた。席の中に、ペットボトルのひとがいたのだ。

『え、え、嘘』

こんなタイミングの再会、ある？　驚いて立ち尽くしていると、彼がふっと視線を向ける。目が合って、今度は彼が目を見開いた。慌てて立ち上がって、わたしの所へ来る。

『驚いたな。こないだの、貧血のひとじゃないですか』

『あ、あのときは、どうも。それと、あの、いまも』

移動した席を指すと、彼は『え！　ああ、あの席にいたの、あなたでしたか』と声をあげた。

『背中を向けてたから、分からなかった』と頬を掻くから、わたしがいることには気が付いていなかったらしい。

『何か、その、二度も助けてくださってありがとうございます』

深々と頭を下げると『いやいや』と彼は笑顔で片手を振る。

『たまたま気付いただけですよ。ああいうので飯がまずくなるの、嫌ですよね。じゃあ、ゆっくり飲んでくださいね。あ、この店、揚げ出し豆腐がうまいんで、頼んでないなら食ったほうがいいですよ』

今度も、彼はさらりと自分の席に戻っていった。

『知り合いだったの？』

なつめが不思議そうに訊き、わたしはゆっくりと首を横に振る。目元が熱くなり、心臓がぎゅうぎゅう痛んだ。この痛みは、知ってる。何度も経験したわけではないけれど、分かる。ひとを好きになったときの痛みだ。恋愛なんてもう何年もしていなくて、自分には心が躍るような出会いなんてもう訪れないいんじゃないかと諦めているところもあったけど、でも、突然、来た。これは、すごく素敵な恋愛の始まりなんじゃないの。

三度目の出会いは、もうないかもしれない。運よくまた出会えるかどうかなんて、分からない。恥ずかしさより焦りのほうが勝って、トイレのタイミングを合わせて、彼に連絡先を訊いた。彼は笑顔で『いいですよ』と言って『でも、ほんとうはおれから訊くつもりだったのにな』と照れたように付け足した。スマホを滑らかに操作してわたしの連絡先を登録する、ごつごつした節の大きな指を見つめているときには、わたしはすっかり彼に夢中になっていた。

居酒屋で再会してから二週間ほどで、純也から告白された。二度目に会ったとき、絶対このタイミングを逃してはならないと思ったんだ、と言われた。わたしも、一緒。そう答えたときの高揚感は、きっと忘れない。

それからは、ありふれたしあわせを重ねてきた。最初のころは気を遣いすぎて疲れたり、些細な一言を意識しすぎて振り回されたりした。小さな喧嘩をし、仲直りに心を砕き、だんだんと漠然と描いていたイメージが崩れていき、その代わりに生身の純也を感じるようになった。ロングスリーパーで、睡眠時間が減ると機嫌が悪くなること。酷い心配性で、からだの調子を崩すとすぐに病院に行かせたがること。仕事の愚痴は零さないから、仕事のことは訊かないでほしいと思っていること。

純也も、きっと同じだったと思う。最初のころは腕枕をしたがったけれど、それではわたしが安眠できないと知ったから、枕を並べて寝るようになった。トイレの便座は絶対にあげなくなったし、料理にパクチーが入っていたら黙って食べてくれた。生理痛が酷いのも分かってくれていたし、お腹が弱いわたしのために部屋に整腸剤を常備するようになった。

最初のころの浮かされたような熱情は次第に収まり、代わりに温かな空気がわたしたちの間に横たわるようになった。

なつめと楓子も、わたしたちを『いい感じじゃん』と見守ってくれた。

このひととなら、生きていけるかもしれない。

完全に、ぴったりはまっていたわけじゃない。彼が当たり前のように口にする『男は』『女は』という大きな主語に眉を顰めることもあった。自分は、仕事だからとリスケジュールをわたしに当然のように求めてくるのに、わたしが同じことをすると必ず少しだけ不満げな顔をした。彼の部屋に泊まっても、彼がわたしの部屋に泊まっても、朝食の準備は必ずわたしだった。わたしだって誰かの作った朝ご飯の匂いで目覚めたいなあ、と冗談めかして言ったら『誕生日にね』と返された。

でもそんなこと、大きな問題じゃない。乗り越えていける小石みたいなものだし、完璧なパートナーなんて、存在しない。相手への不満を、相手からの不満を、どうすり合わせて小さくしていくか。どう理解しあっていくか。それが、結婚だ。

だから、純也にプロポーズされたときは、嬉しかった。

あの瞬間が、一番しあわせだった気がする。

＊

ゆうらりと、光が揺らぐように空間の明かりが落ちた。

目の前いっぱいに広がるスクリーンが、代わりに息を吐くように光を放つ。館内にさざめいていた声が吸い寄せられるように消えていく。そのあわいに、誰かが言った。

「生きるって辛いよね」

聞き間違いかと思って、周囲を見る。左隣には誰もいなくて、右隣にいる楓子はまっすぐに前を向いていた。さっきの呟きは楓子のものだったのかと見ていると、それに気付いた楓子が「どうしたの」と小さく笑った。それから「ほら」とスクリーンを指差す。

「なつめに会いに来たんでしょ」

はっとして、前に向き直る。暗転して、少女のモノローグ。

『これは、あたしの一瞬の夏。一瞬のいのち。母との、最初で最後の生きた夏だ――』

持山市にたったひとつだけあるミニシアター〝シネマパーク持山〟で作家・江永なつめ追悼ウィークが開催されたのは、桜の季節が終わるころのことだった。一週間だけ〝閃光に焼かれた夏〟が上映されることになったのだ。

わたしと楓子は予定を合わせて、三日目の最終枠である十八時のチケットを取った。行こうと誘ってくれたのは、楓子だった。

『なつめ自身の物語だと知ってから、ずっと観られなくて。まだ辛いかもしれないけど、でも観たいの』

あの場所で、と付け足されて頷いた。十一年前、〝閃光に焼かれた夏〟の映画の完成披露試写会がシネマパーク持山で行われた。ゲストとしてなつめと監督、主演俳優が訪れて、詰めかけたファンが映画館前まで溢れたほどだった。

わたしと楓子はなつめの厚意で関係者席に座らせてもらって、壇上でにこやかに話すなつめを眺めては『すごいね』『なつめかっこよすぎる！』と密やかにはしゃいだ。あのとき、ライトを浴びた友人がどれだけ誇らしかったか。それを共有できるのは互いしかいない。

二時間弱の上映後、わたしは楓子と近くの居酒屋に入った。大学生や若いカップルがメインらしい賑やかなお店で、その喧騒が映画の世界に引き込まれてずたぼろだったわたしたちを日常に引き戻してくれる。泣きすぎて目元のメイクが全部落ちた楓子が「改めて、自慢の友達だぁ」としみじみ言った。

「ほんと、かっこいい。かっこよすぎた。席、けっこう埋まってたよね。あたし、シネ持にあんなにお客が入ってるとこ、久しぶりに見た」

「最近はシネコンに押されてミニシアターは虫の息って言うもんね。でもこういう企画をやってくれるんだったらガンガン推してかないと」

わたしの顔も楓子とだいたい同じような状態で、目元が浮腫んでいるのが分かる。でも、心地よいだるさだ。

「でも、遅くない？　なつめが亡くなって一年が経とうとしてる。しかも一週間限定ってなんなの。もっとやってよ！　って感じ。なつめを軽視してるってんなら、許せない」

「でも、気合は入ってたと思うよ。ロビーに当時の写真やなつめのサインが飾られてたじゃない？」

「ああ、あったあった。あれ、よかったよね。寄せ書きコーナーまであって、あれは感動したな」

「え!?　何それ、わたしそれ知らない」

写真の隣に当時の新聞記事の切り抜きが展示されていて、それに夢中になっていたのだ。

「わー、悔しい。見たかった！　わたしも書きたかった！」

「あたし、写真撮ってるよ。後で送ろうか？」

「ありがとう。さっすが楓子、いい仕事してる」

「お待たせしましたー。数、間違いないですか？」

注文した生ビールが三つ運ばれてきて、「ないですないです」とわたしが受け取る。四人席にはす向かいに座ったわたしたちの間――楓子の隣でわたしの前の席にジョッキをひとつ置く。

「とりあえず、献杯！」

ごつん、と三つのジョッキをぶつけし、口をつけた。泣きすぎて喉が渇いていたらしい、三分の一ほどを一息に飲んで、息を吐く。

「ああー、美味しい。久しぶりに外でビール飲んだ。こういう雰囲気も、なんだか懐かしい！」

楓子が周囲を見回して言う。

「高瀬くんとは出かけたりしないの？　あ、彼は確か家飲みが好きなんだっけ。インスタで見たけど、楓子の料理いつも美味しそうだもんね。気持ちは分からなくもない」

お通しのトマトとアボカドの塩昆布和えに箸を伸ばしながら話しかけるが、楓子からの返事はない。店内に珍しいものでもあったのかとちらりと目を向ければ、楓子はジョッキを両手で抱えて泡をじっと見つめていた。

「楓子？　どした」

「あたし、離婚を考えてる」

楓子はきっと顔を上げ、厳かな顔をして言った。

「りこん」

箸先からアボカドが転がり落ちる。楓子と、離婚の文字がうまく繋がらなかった。

楓子が頻回に更新するInstagramでは、穏やかでしあわせそうな夫婦生活が窺い知れた。おしゃれなインテリアに丁寧な料理。ダイニングテーブルにはいつも花が飾られていて、週に何度かは高瀬くんのためのお弁当がアップされる。『毎回美味しそう』『これは仕事のモチベ上がるやつ』とコメントがついていたし、わたしも『羨ましい』と何度もコメントした。

「楓子たち、仲良しなんじゃないの。わたし、そう思ってた」

「仲良くしようとしてた、かな」

ははは、と笑う声が乾いている。頬にかかった一筋の髪を耳にかけて「でも疲れちゃった」と楓子は続けた。

「あたし、ひとを笑わせるの、好きでしょ？」

「え？　うん」

楓子はユーモアがあって、いつもさらっと笑わせることを言う。わたしもなつめも、楓子の話が大好きだった。

「笑わせるのが好き。それが何？」

「笑わせるのと、笑われるのは、意味が全然違うよね」

意味が分からない。首を傾げると、「高瀬の両親や、瑛太くんが、わたしを笑うことが家族団らんだと思ってる」と小さな声で告げた。

「え、ちょっと待って、意味が分からない。楓子を笑い物にする、ってこと？」

口にした言葉のおぞましさにぞっとするけれど、楓子は頷いた。

「ちょっと風邪ひいただけなのに、更年期障害来ちゃったかーってお義父さんに言われる。お義母さんは親戚に、孫はもう諦めてんのよー、って言う。瑛太くんは、ちょっと酷くて……。お風呂から脱衣所に入るときや、トイレから出たとき、足を置くちょうどのところに体重計を置かれてたりするの」

体重計は高瀬くんのスマホと連動していて、体重が即座に送信されるらしい。高瀬くんはその数字を見ては『太った』『でぶ』と揶揄するのだという。

「そんな失礼なこと、あんの？」

もはや嫌悪しか湧かない。自分の顔が強張っているのが分かる。楓子は、頷いた。

「嫁の体重管理もしなきゃいけないから大変だよー、なんてひとに笑いながら言うの。ぜーんぶ、本人たちは笑いにできてると思ってるんだよ。年増のデブが嫁に来たことを快く受け入れている自分たち、と思ってる」

「……ちっとも笑えないんだけど、どこで笑いが生まれるの」

正気か、と疑いたくなるような話だ。そもそも楓子は顔が丸くてふっくらしているけれど、決して太っているわけではない。むしろそれが年齢よりもぐっと若く見せている。

「そういうの笑えない、って瑛太くんに言ったんだよ。笑われてるのは哀しくなるだけだって。でも、楓子はひとを笑わせるのが好きだったじゃんって聞き流される」

楓子が割りばしの入っていた箸袋を手に取り、ゆっくり折っていく。飲み会でウケるから、と孔雀のかたちの箸置きの折り方を楓子が覚えたのはいつだったか。

「笑わせたいだけで、笑われたいわけじゃない。それって当たり前のことだと思う。でも、瑛太くんたちはそれが、分かってないの。あたしを笑うことで家族が明るくなった、仲が良くなったって、本気で思ってる」

クズ、そんな単語が喉元まで出かかったけれど、かろうじて呑み込む。代わりに「そんなひとだったたっけ？」と言う。

「楓子のこと、大事にしてるように見えたけど」

「なつめの、ことがあったでしょ」

わたしは小首を傾げる。この話となつめがどうして繋がるの？

「フーチンは親友の裏の顔も分かっていなかった、騙されやすいうっかり女なんだな、って義理のお父さんが笑い飛ばしたのがきっかけだった」

激怒するだろうと思われていた父が笑ってすませたことで、高瀬くんはとてもほっとしたらしい。父と一緒になって『まったく、楓子は仕方ないな』と同調し、楓子は『ここは反論しないほうが丸く収まるだろう』とそれを受け入れた。

「あれ以上酷いこと言われるくらいなら、もうそれでいいやって諦めちゃったんだ。あのときはなつめの死を受け止めるのに精一杯で、自分のことや事情を理解してもらいたいとは、思えなかった。でも、無理してでもちゃんと話し合ってたらよかったなって後悔してる。結果的にあたしは高瀬の家で『暢気でぼんやりした、小馬鹿にしていい子』になっちゃって」

高瀬の家の中でなつめの出来事は、家族仲を深めるちょっとしたトラブルで、そして、楓子の立ち位置を決めてしまうものだった。

「なんかもう、疲れちゃってね」

楓子がため息を吐いたタイミングで、頼んでいた料理が運ばれてきた。ちりめんじゃこと大根のサラダに刺身盛り、大皿に載った串揚げ盛りが並ぶ。泡の消えたジョッキの横に置いた取り皿に、楓子が別添えのソースをたっぷりつけたうずら串を置く。

「お待たせ、なつめ。ほら、好きなやつだよ」

「こっちは嫌いなやつだったよね」

わたしがしいたけ串を並べて置くと、楓子が「あ、いじわるして」と唇を尖らせる。

「いいじゃん。でもさ、いま、絶対悔しそうな顔したと思わない?」

にやりと笑ってみせると、楓子もくすりと笑った。

「したと思う。こういう店でナントカ盛り合わせを率先して頼んでたのは自分なのにね」

ふたりでくすくすと笑って、わたしはエビ串を取る。揚げたてのエビにタルタルソースをつけて、「結局、なつめのときのあの暴言、彼に謝ってもらってないままだったよね?」と訊く。

「正直言って、あのときの高瀬くんの台詞すべて史上最低のクソ男だと思った。わたしと楓子の大切な親友を、職業だけで見下げたのはいまでも許せない。一発屋って呼んだこと、忘れてないからね」

「それだけじゃないよ。なつめとの最後の時間に会わせまいとしたでしょ。人格疑う」

適当に入った安価な居酒屋だし、と期待していなかったけれど、串揚げは美味しかった。エビはぷりぷりだし、衣もさっくり。タルタルソースは多分手作りで、大きく刻まれたピクルスが効いている。しかしわたしの顔は綻ぶことなく、「なあなあで済まされたって話だったよね」と眉間に皺を寄せたまま訊いた。

「そう。色々言い訳を重ねて、最終的にはあたしの落ち度を許す心やさしいオレ、でお終い」

箸で穂紫蘇《ほじそ》を摘まみ上げた楓子が言う。箸先で穂紫蘇の実をしごくと、小皿に注がれた醬油に緑が散る。

「ほんと、後悔ばっか。せめて、あのときちゃんと心からなつめに詫びてって言うべきだった。でも、まだ結婚したばかりだったし、式も盛大だったし、話を大きくしてもって諦めて……って、ああ、あたしはいつもなんだかんだと理由をつけて諦めてきたんだよ」

次に手に取ったレンコン串をビールで飲み下し、思い出す。あのとき楓子は、なつめのために戦えなかった、ごめん、と泣きながら電話してきて、わたしは謝ることはないんだよと答えた。

「自分でも嫌になるくらい優柔不断だもんね、あたし。だから瑛太くんみたいな決断力があって引っ張っていってくれるひとと一緒だといいのかもしれないって思ったんだけど」

小学三年生から大学四年生まで野球を続けていたという高瀬くんは、まさに体育会系と呼ぶべきタイプのひとだ。礼儀正しくて面倒見がよくて、リーダーシップがとれる。先輩からも後輩からも慕われていた。

　楓子がスタイリストとして働いているヘアサロンに高瀬くんがお客としてやって来たのが、ふたりの出会いだった。楓子にひと目惚れをした高瀬くんがしょっちゅうやって来ては、口説いたのだという。『五つも年下だけど、でも頼りがいがあるんだ』と頬を染めて話していたのを覚えている。

「でも、間違えてた。あたしはあんまりにも、自分の人生に無責任だったんだと思う」

　わさびを少しのせた鯛を一切れ、穂紫蘇が散る醤油につけて、楓子が口に運ぶ。

「うちの店ね、今度樋野崎市に新店舗をオープンさせることになったの。それで先週、オーナーから副店長として行ってくれないかって打診されたの」

「えぇー、すごいじゃない！」

　美容学校を卒業した楓子は、ヘアサロンに就職した。地元でも有名なサロンで、県外からもお客様が来るようなところだ。さすがわたしたちのオシャレ番長！　なんていう風になつめとはしゃいだものだ。楓子は勉強熱心で、心配りもできて、だから顧客をどんどん増やしていて、いまではサロンの人気スタイリストのひとりで、予約も常にいっぱいだ。楓子に髪を切ってもらおうと思ったら、一ヶ月前には予約を取らないといけない。

「あたしだったらスタッフ管理も任せられる、って言われてね。すごく嬉しかった。きっと瑛太くんも喜んでくれる、って思ったんだけど……」

　樋野崎市は隣の市で、通勤時間が片道三十分ほど長くなる。そしてオープニングスタッフになれば、しばらくは勤務時間が長くなる。それらを聞いて、高瀬くんは『だめだ』と言い捨てた。

「家のことがおろそかになるじゃん。オレ、楓子の家事の尻ぬぐいするつもりはないよ。ていうかそもそも楓子みたいな女を副店長に据えるってオーナー頭悪すぎない？　オレだったら怖くてぜったい無理だわー。そんなことをばーっと捲し立てられて、最後は、盛大などっきりじゃねーの？　本気にしたらばかを見るからちゃんと断っとけよ、だって。あたしの仕事まで、ばかにされたんだよ」

やだー、と声がして、見れば近くの席の三人組の女の子たちが盛り上がっていた。あたしたちいつまで女ばっかで遊ぶんだろうねー。あたしは彼氏作ったらそっち優先するけどね。うえー、ひどいー。無邪気に笑いあっている顔が、まだ幼い。

それをちらりと見てから、楓子は続けた。

「仕事を評価されたことを一緒に喜んでくれると思ったのにそんな言い方なくない？　って言ったら、酷いのは楓子だろってキレられた。仮にそれがほんとうの話だとして、それなら楓子は夫を支えられないからお断りしますって言うところだろ？　それをドヤ顔で『副店長になれるの』なんて言ってさ、もっとしっかりしてくれよー、だって」

楓子お得意の物まねでの再現だが、似すぎているせいで高瀬くんの顔と重なって非常に腹が立つ。楓子だと分かっていても、睨んでしまった。

「それ、本気で言ってんの？」

夫を支える、ってそもそも何だろう。高瀬くんは大手ハウスメーカーの営業をしている。詳しい仕事の内容は知らないけれど、その職種なりの苦労があることだろう。しかし、誰かに支えてもらわねばならないほど過酷な仕事なのだろうか。

「めちゃくちゃ、殺人的な激務ってこと？」

「まさか。お客様ありきの仕事だから、ときどきは突発の残業や休日出勤もあるけど、あとからきちんとフォローしてもらえるホワイトな職場です」

わたしは、ううん、と腕を組んで唸るしかない。

「納得いかなくて、実家の母と叔母に愚痴を零したの。そしたら結婚ってそんなもんよ、って。どころか、お母さんはもっと我慢してきたのよ、って言いだして、叔母も私も私もって言い出す。それからは苦労話のラリーだよ。気分悪くなって途中で帰っちゃった。話は少し逸れるけどさ、誰かの悩みに対して悩みマウント取ってくる心理って何なの？　自分たちが苦労したからあんたも苦労しろって、そういう意図なの？」

「あー。そういうひと、いるよねえ」

うんうん、と頷く。わたしの身近だと、姉がわりとそのタイプと言えよう。誰かの愚痴に対して、謎にマウントを取ってくる。

「いい年なんだから早く結婚しないとってしつこいぐらい急かして、結婚すればやっと一人前だって喜んだ。それで結婚の愚痴を零せば『そんなもん』。おかしくない？　それは結婚前に教えてくれるべきことじゃないの？　結婚はいいことばかりじゃない。結婚生活にはあんなことこんなことがあるからしっかり考えて、結婚前に相手と考えをすり合わせておかなければいけないよってアドバイスすべきじゃないの？　もっと言えば、悪しき風習は私たちで止めるからお前は先を行け！　くらいのことをすべきじゃないの!?」

楓子がジョッキを一息で空にし、「すみません、同じのをもうひとつください！」と叫ぶ。忙しく動き回っていた男性スタッフが「かしこまりましたー！」と元気な声をあげた。

「……って、一番悪いのは自分だけどさ。結婚を一番大きなハードルに感じていて、これを乗り越えたらどんなことだって大丈夫、だなんて根拠もなしに考えてた」

空のジョッキのふちを指で辿りながら、楓子はため息を吐く。

「でもさあ、結婚するほど好きなひとに、自分の大事なところを踏みにじられるかも、なんて恐ろしい想像できないじゃん。好きだからこそ、そんなの、思いつきもしないじゃん」

その声には、憂いしか残っていなかった。悩みも惑いもなくて、楓子は前に進もうとしているのだなと思った。

「離婚、頑張れ」

ぐっと拳を作って言うと、楓子は「おうよ」とガッツポーズで返してきた。

「これからが大変だと思うけど、絶対、乗り越える。そしてあたしは『先を行け』って言える女になる」

「かっこいいよ、楓子。なつめも絶対、そう言ってると思う」

ふたりでしばらくガッツポーズを取り合って、それから笑った。

「しかしさ、仕事に口出しされたのは、ショックというより腹が立ったな」

食べ終わった串をステッキのようにくるくる回しながら、楓子が言った。

「憧れて、その道に進んできた仕事なんだよ。それを『夫』だからって蹂躙していいわけないじゃん」

「ほんと、そうだよね。一緒に暮らしていく以上、仕事についての理解は欲しいけど、否定は困る」

相槌を打ちながら思い出したのはやはり、わたしの恋人だった。それに気付いたらしい楓子が「純也さんとは、どうなの」と訊く。

「プロポーズを保留してるって言ってたでしょ？　仕事のことで意見が食い違ってるとか」

「保留したまんま。いろいろ思うところがあるんだけど、一番のネックはやっぱり仕事かな」

純也はわたしの仕事を快く思っていない。だから、実のお姉さんに偵察のようなことまでやらせた。それを聞いたときはただただ哀しくなって、もう別れるしかないと思ったけれど、お姉さんがとてもいいひとで、わたしの仕事を応援すると言ってくれたから、踏みとどまった。お姉さんはそのあとほんとうに純也に意見してくれたのだろう、純也から『仕事については、前向きに考えたい。少し時間をくれ』と言われた。その言い方にかちんときたけれど、大事な一歩だと思って口を噤んだ。

「前向きに考えるって言われて、何て言えばいいわけ？　ご検討いただきありがとうございます、とでも？　ていうかなんで許可する側なんだよ」

あのとき言えなかった言葉を吐くと、「サクマはさ、別れたいの？」と楓子にストレートに尋ねられて、言葉に詰まる。

「……別れたい、とも思うんだよ。でも、結婚したい自分もいる」

結婚に憧れがないわけじゃない。心細い日や温もりが欲しい日もあるし、ただの家族連れの大小の背中をつい目で追いかけてしまうこともある。

「こないださ、風邪で寝込んだときに純也が来てくれたんだよね。ゼリーやポカリ買ってきてくれて、氷囊《ひょうのう》作ってくれてさ。ああ、やっぱこういうのいいなって思ったんだよ。誰かと支え合って暮らすって心強いなって」

ありきたりな理由かもしれない。でもありきたりは不変ということでもある。ひとは弱っているとき、誰かが傍にいてくれるというそれだけで安堵するものなのだ。

「わたしはさ、ひとりでずっと生きていきたいわけじゃないんだよ」

「それは、純也さんじゃなくてもいい、って感じ?」

訊かれて、はっとする。でもすぐに、首を横に振った。

「ううん、結婚するなら、純也がいい。やっぱり、好きだなって思う瞬間がある」

病気のときのこともそうだし、仕事で凹んでひとり泣いていた夜に駆けつけてくれたこともある。ドアを開けたときにやさしい笑顔があって、この世でひとりきりのような気がしていたわたしはほっとして、ただただ嬉しかった。何より、なつめの通夜の夜。何も相談せずとも、助けを求めなくとも、楓子を連れてきてくれた。あの瞬間は心の底から感謝したし、そんなひとと繋がれていることをしあわせに思った。

結局のところ、不満を抱えながらも別れを選択できないのは純也と幸福な瞬間を重ねてきて、これからもそうありたいと願っているからだ。わたしは自分が思っていたよりも深く、あのひとのことを大事に感じている。

けれど、ふっと思い出すのは花屋の牟田さんの言葉だ。

『一緒に生きていくために大切なのは「しあわせな瞬間」だけではなくて、「相手のしあわせを考える時間」も大事なんだよ』

しあわせな瞬間は、たくさんあった。相手のしあわせを考える時間、はどうだろう。わたしはわたしなりに純也のしあわせを考えているつもりだけれど……。

純也のしあわせのひとつは、わたしが仕事を辞めれば叶うだろう。接客業でも事務職でも何でもいいんだ、と純也は言った。贅沢はさせられないけど、真奈とふたりで、ゆくゆくは子どもができたって生きていけるだけの収入はある。なんとも、真面目で責任感の強い純也らしい言葉だ。いまの仕事を辞めれば、純也はきっと喜ぶ。

でももしいま辞めてしまえば、わたしはわたしではなくなってしまう気がする。もっと向き合いたい、できることをしたいと思った仕事を納得いかないまま辞めることは、自分を中途半端にしてしまう。なつめが己の葬儀を前にわたしに問うてくれた意味が、なくなってしまう。

純也のしあわせを叶えようとすれば、わたしのしあわせが失われてしまう。

「結婚したいけど、するんだったら純也のしあわせとわたしのしあわせを両立させたいんだよ。でも、うまくいかない」

「サクマはまだ、悩むべき時期にいるんだよ」

運ばれてきた枝豆に、楓子が手を伸ばす。ぷちぷちと豆を取り出しながら「いつか、答えがくっきり見えるときが来るよ」と言う。

「あたしもそうだった。案外、これというきっかけなんてなくて、ある日突然、クリアになる。その日まで、考えたらいいよ」

「さすが、覚悟を決めたひとの言葉は重いな」

ため息を吐くと、楓子が「まあね」と笑う。

「あたしだって少しずつ成長してるんだよ。今日、久しぶりに〝閃光に焼かれた夏〟を観て、やっぱり感じた。自分が変化した部分、あったんだよ」

「変化？」

わたしも枝豆に手を伸ばす。ちゃんと湯がいたものなのか、ほこほこと熱い。

「うん。十一年前も、あたしは映画を観てぼろぼろ泣いて、『なつめすごい！』って言ってた。でもね、今回はちょっと違った。なつめが現実に見ていた世界だと知った、っていうこともあるんだけど、〝痛み〟があまりに迫ってきて、息ができないときもあった」

それは、わたしも分かる。突き付けられているものを正視したくなくて、目を閉じたいと思ってしまう強さがあった。

「そしてね、あのころのあたしはしあわせだったんだなあって思ったんだ」

楓子が言う。痛みがこの世にあることは知っていて、想像もできた。でも、想像止まりだったの。あたしはほんとうの痛みを知らなかった。だからあのときは、なつめが描いた痛みを想像してただけだった。でも今回は、自分の知った痛みが無理やり引きずり出されてくるような怖さを感じたの。やめて、これ以上暴かないで、痛みを思い出させないで、って祈るような気持ちだった。

枝豆を口に放り込んでから、目を伏せる。ぺらぺらのさやをいじって、「分かる」と答える。わたしたちはあのころには知らなかった〝痛み〟をそれぞれ知ってしまった。

「楓子の言ってること、分かるよ。あのころって何でも知ったつもりでいたけど、分かってなかったよね。必死になれば絶対にいい方向に転がる、とか、一所懸命話し合えば理解し合えるはずだとか、そういうことを信じられてた」

「必死になったって意味がないこともある。言葉を重ねたって動かせない心がある。譲り合えないこともある。あのころには気付かなかったね。そしてそういう哀しいことを、あのときのなつめはすでに知ってたんだよね」

「なつめがここにいたら、あんたたちいまごろ言ってんの？　って笑うんだろうなあ」

ふたりで、ひとつの席を見つめた。季節を一巡りしたいまでも、なつめがいなくなったことに慣れない。確かにあったものが欠けていることに、鮮やかに傷つくこともある。何かできたはず、ううん、きっと何もできなかった。でも。答えの貰えない葛藤を繰り返して、摑めなかった空っぽの手のひらを見つめてしまう。思いがけなく現れる幻に、問いかけてしまう。ねえ、どうして。

「大人になるってさあ、こういう喪失の繰り返しなのかなあ」

ぽつりと楓子が言った。あのとき持ってると信じてたものがぽろぽろなくなっていく。大事だと信じたものを摑もうとすれば、何かが落ちていく。こんな喪失の繰り返しなら、生きてるのって辛いなあ。

わたしはそれには答えられずに、ビールを飲む。遠くから「まじ、このメンツで生きていきたーい」と声がした。

＊

映画を観に行ってから数日後、純也とふたりで出かけた。今後のことを話したい、と言われて、来るべきときが来てしまったんだなと思った。場合によっては、わたしたちは別れを選ぶことになる。

「どこに行くの？」

彼の車に乗って訊くと、純也は「とりあえず、付き合って」と言う。あまりにも真剣な顔をしていて、わたしは黙って頷いた。

薄桃色の花が散り、葉桜に変わった桜並木を車は走り出した。

車内は長い間、重苦しい空気が沈んでいた。純也はいつも通りの安全運転で、途中乱暴に割り込みしてくる車に遭遇しても、煽ってくる大型バイクがいても心乱すことなくハンドルを握っていた。

「着いたよ」

一時間ほど走ったのち、車が止まったのは樋野崎大学付属病院だった。

「病院？　誰か、入院してるの」

「いや、いまは誰も」

駐車場に車を停めて、純也は大きな病舎を見上げた。

「おれの母親、難病を患っててさ。おれが物心ついたときには、いつもここに入院してたんだ」

純也は目の前の建物を眺めながら話し始めた。

「潰瘍性大腸炎って病気でさ、酷いもんだった。何食べても腹を下して、ときどき吐いて、高熱を出して。便器が血だらけになったこともあった。一度、酷い痛みに襲われて、自宅で倒れて救急車で搬送されたことがある。ばたーんって電池が切れたみたいに倒れてさ、倒れ方が悪かったんだろうな、頭打って血が噴き出した。血まみれで、紙みたいに真っ白な顔をして運ばれていく母親を見送ったとき、もう二度と会えないのかもしれないって思った」

潰瘍性大腸炎というのは、名前しか知らない。それがどれだけ重篤なものかも知らないけれど、母親が血まみれで搬送されていく恐怖は、想像できた。

「入院して、退院したと思ってもまたいなくなる。おれと姉は祖母に育てられて、祖母に連れられてよく母のお見舞いに行ったよ。たくさんの管に繋がれた母を見て、ああ、おれたちを置いてお母さんは死ぬのかなあ、なんて漠然と感じて、そうすると、病室にもいられないんだ。病室ってのは、病気の臭いが染みついてるしさ」

花を抱えた女性が、目の前を歩いていく。季節には少し早いひまわりの黄色が鮮やかだ。女性は確かな足取りで、建物の中に消えていく。

「この病院は広くて迷路みたいで、よく迷子になったよ。何度も母の病室から逃げて、迷子になって。そんなときにさ、地下があることに気付いたんだ。おれは、探検だと思って下りて行った」

淡々と語る口が、重たくなった。

「どこか薄暗くて、ひんやりしていた。上はたくさんのひとが行きかっているのに、人気もあんまりなくて。違う世界に紛れ込んだような、そんな感じがした。だんだん怖くなって、でも興味もあって、おれはそろそろと歩き回った。そうして、薄くドアが開いた部屋を見つけたんだ」

はあ、と純也がため息を吐いた。肩で息をして、それからわたしを見た。

「そこは霊安室で、遺体があった。しんとした中で線香が一本、ひげみたいな煙をあげてた。おれは初めて見る人間の遺体に、驚いて、怖くて、立ち尽くした」

初めて見る顔だった。純也の目に映っているのはわたしではなくて、そのときの光景なのだと思った。

「嘘だと思ってくれていい。おれも、あれが真実だったかなんて分からない。でも、そのとき確かに遺体の手が胸元から落ちた。ベッドの端からだらっと落ちた左手が、ゆらゆら揺れ始めたんだ。おれを……お、おれを呼ぶ、みたいに」

白目が赤くなっていく。唇が戦慄く。ハンドルを握りしめたままだった手は、かたかたと震えていた。

「気付けば父の運転する車の後部座席で、祖母の膝を枕にして横たわっていた。祖母は怖い顔をして、帰ったら塩を撒いてあげると言った。死んだ人間に連れ去られるところだったんだよ。早く、お祓《はら》いの塩を撒いてあげなきゃって。おれは、ただただ泣いたんだ。あったかい祖母の太ももに縋りついて泣いた。もう二度と、地下には下りないって思った」

ああ、やっと、理解した。

いま、このひとはどうして自分が『葬儀業』を嫌うのか、わたしに告白してくれているのだ。

彼が抱いていた感情は、『嫌悪』じゃない。『恐怖』だったんだ。

「ダメなんだ。おれは『死』が嫌いだ。母が死ぬかもってときに感じた恐怖や、あのときのことがまざまざと蘇って、震えてくる。もちろん、生きている以上必ずどこかで関わらなくちゃいけないものだってことは分かってる。そのときは腹くくって、逃げないでいるつもりだ。でも、できれば関わりを避けて生きていたい。目を逸らして生きていたいんだ。だから……真奈には仕事を辞めてもらいたい。これ以上、我慢できない」

「……よく、分かった」

呟く声が、掠れていた。

見下していたとか、そういう問題じゃなかった。彼はこの『死』に対する感情をわたしに敢えて言いたくなくて、だから分かりやすい言葉を重ねていたのだ。多分、必死に。でもそれではわたしの心を動かせなくて、だからほんとうのことを告げないといけないと考えて、ここまでわたしを連れてきた。

純也は、弱みをひとに見せたくないひとだ。見せたくなかった弱い部分をさらけ出して、わたしと向き合ってくれている。

わたしはこれに、応えなくてはいけないのではないだろうか。

「ほんとうのこと、話してくれてありがとう」

どんな理由よりも、納得のいく理由だった。怖い。これぱかりは、どうしようもない。

「姉から、真奈がどんな風に仕事に向き合っているかを聞いたよ。だから、口先だけの理由じゃ納得してもらえないと思った、ほんとうのことを言わなきゃって。かっこ悪いよな。自分でも、情けないって呆れてる」

「かっこ悪いなんて、そんなこと思わないよ。『死』が怖いってひとはたくさんいるし、その恐怖は生きている者なら抱えて当然の感情だよ」

芥子実庵の芥川さんもそうだ。彼の恐怖の根源を聞いたことはないけれど、どれくらいのものなのか分からないけれど、でも彼が『死』を怖がっているというのは誰もが知っている。

「ほんとうのことを教えてくれた以上、わたしもちゃんと考えて応えたい。少し、時間を貰ってもいいかな」

言うと、純也は「もちろんだ」と頷いた。

それから純也の子どものころ好きだった公園に行き、わたしが高校時代毎日のようにランニングしていた川べりを歩いた。いろいろなことを知ったと思っていたけれど新鮮な会話をして、ときどき笑いあった。二度目に出会った居酒屋で揚げ出し豆腐を食べて、別れた。

家に帰ってベッドに寝転んで、どうしよう、と思った。

純也の本気を受け止めて、仕事を辞めるべきだ。彼はわたしと生きていくために、全部を見せてくれた。そんなひととは、きっと簡単には出会えない。

「仕事を、辞める」

呟くと、何故だか天井が滲んだ。辞めるの、嫌なんだなと思う。それは、そうだ。だってわたしはなつめから仕事に対する覚悟をつけてもらった。葬儀業という仕事に誇りを持って向き合っていきたかった。

でも、仕事を続ける想像をすると、途端に純也との思い出が蘇る。しあわせだと感じた瞬間が、笑いあった記憶が、ほんとうにそれでいいのかとわたしに言う。

どうしたらいいんだろう。どちらも、大事だ。どちらも、失いたくない。でも、どちらかしか、選べない。

バッグの中に沈めたままだったスマホが震える音がした。のそりと起き上がって、バッグを引き寄せる。震え続けるスマホを探し出すと、姉からの着信だった。思わず、顔を顰める。姉からの連絡は、数ヶ月ぶりだった。

年始に、リフォームした実家に顔を出したけど、あまりに居心地が悪くて二時間で帰った。『結局パパにたくさんローンを背負わせちゃって。ごめんなさいねえ』

母が申し訳なさそうに言い、上座でビールを飲む義兄に頭を下げる。『あんたも、パパにお礼言ってよ』と促されたが、わたしだって少なくないお金を出したのだ。一言くらい何か言ってくれてもいいじゃないか。それに、この家にはわたしのためのものもわたしのための場所もない。『お邪魔します』と入ったのを忘れたのか。

水風船が膨れるように不満が勢いよく溜まっていき、『あんたも早く結婚して、お母さんを安心させてあげなさいよ』と姉が諭すように言った瞬間にあっさりと爆発した。

『わたしのどこが不安にさせてるの』

誰にも迷惑をかけていない。住むところだって自分のお金で賄っているし、誰かにお金を出させてもいない。いまだって子どもたち全員と母にお年玉を渡し、手土産に菓子まで持ってきた。何が不安にさせることがある。

『健康のこととか老後のこととか、いろいろあるでしょう。家族がいないと、いつか困るわよ』

ムキになってるんじゃないわよ、と姉が鼻で笑ったが、逆に笑い返した。

『夫がいたって、病気になるときはなる。そのとき役に立つのは夫じゃなくてまずお金じゃないの？　それに、わたしはお姉ちゃんと違って自分の老後を子どもに背負わせる気はないの』

姉が顔を険しくし、口を開こうとする。母が『ああもう、新年早々喧嘩しないで。真奈、お姉ちゃんに口答えしない！』と仲裁にもならない仲裁をして、それでもうだめだと諦めて家を出た。

あれ以来没交渉だったのに、一体どうしたんだろう。

逡巡している間に電話は留守電に切り替わった。姉はそこでいったん切ったようで、再びコールされる。

姉がこんなにしつこく電話をかけてくることはめったにない。すぐに通話ボタンを押した。

『ああ、真奈。よかった、いま、電話大丈夫？』

スピーカー越しに聞こえる姉の声は、明らかに消沈していた。

「どうかしたの」

驚いて訊くと、姉が『いや、ちょっと、姉妹で話したいっていうか、相談したいっていうか』と言葉を濁す。

「相談って何、急に。新居で楽しく生活してるんじゃないの」

『や、まあ新居は、うん。真奈のお陰で快適』

「じゃあ、何」

『あのさ、お金、貸してもらえない？』

おずおずとした言葉に「ハァ？」と声が大きくなった。

「何言ってんの？　同居して楽になるって言ってたじゃん」

『あ、いやごめん、言い方間違えたわ。ごめん』

ははは、と力なく笑って、姉は『……お母さん、ガンが転移してるの』とゆっくりと言った。

『子宮ガンが、腹膜に散ってるって』

「は？　ガンって……確か、初期の子宮ガンだって言ってなかった？」

前に一度聞いたのは、そういう話だった。それ以来一度も病気についての話は聞いていなくて、だからわたしはすっかり、母が快復したのだと思っていた。

『ほんとうは、初期なんかじゃなかったんだよ。お母さんが、独身の真奈にいらない心配かけたくないから言うなって』

呆然とするわたしに、姉の言葉が刺さった。同居したのは、あたしの家庭が楽になるのも確かだけど、ほんとうの目的はお母さんのお世話をするためだったの。あたしはパートに出ながらお母さんの通院や入院に付き添ってきたけど、だんだんと休みが多くなって、働きにくくてさ。そこにきて、転移よ。いまはまだ命に関わるほどじゃないと先生は言ってくださってるけど、でもこれから手術だとか抗ガン剤治療だとか重なるから、パートもいつまで続けられるか分からない。それに、できる限り、保険外であっても治療を受けてもらいたいと思ってる。それで、真奈には申し訳ないんだけど、お金の援助をしてほしい、んだ。

嘘でしょ。嘘って言ってよ。いま、このタイミングで聞かされていい話じゃないじゃない。もっと早く教えてもらうべき問題じゃないの？

「わたしが独身だったのが、ダメだった？」

声が震えた。母を面倒なひとだと思っていたところはあるし、姉とふたりで仲良くしてるならそれでいいと見放して考えていたところもあった。でも、母娘としての、姉妹としての愛情がなかったわけではない。助け合えるところがあれば、わたしは助けたかった。痛みや哀しみ、恐怖に一緒に立ち向かいたかった。

「ねえ、わたしがひとりで生きてることが、そんなにダメなの？」

涙が溢れる。姉が『そういう意味じゃない』と言う。

『ひとりで頑張ってる真奈に、負担かけたくなかっただけだよ』

「結婚してれば、助けてって言ってもらえたの？　こんな……こんな大事な話をいまごろになってようやく聞かされるなんて」

情けない。そう続けたくて、でももう言葉にならなかった。わたしは病の母にも、それを支える姉にも、頼りにならないと思われていたのだ。

年始のことを思い出す。母は確かに以前より痩せていたけれど、手術をきっかけにダイエットを意識してると言っていて、わたしはそれを言葉通り受け取った。あれは、病窶《やまいやつ》れだったのだろうか。気付かなかったなんて、気付かなかったなんて。

涙が零れるが、姉に泣き声を聞かれたくない。唇を噛み締める。それでも察したのか姉がため息を吐いた。

『仕方ないでしょ。あたしたちのお母さんはそういう考えのひとじゃん。それに、あたしもそれは正しいと思ってる。だってさ、真奈、明日突然会社休んで、お母さんの病院に付き添える？

入院支度整えて、病院に通える？　今日や明日だけの話じゃない。いつまで続くか分かんないことだよ？』

「それは……」

『援助はしてほしいし、だから電話もかけてしまったけど、金銭的な負担だって楽じゃないよ。今月だけじゃない、これから毎月なんだよ。真奈にそういう、時間的金銭的な負担はかけさせたくなかったあたしたちの気持ちも、分かってよ。これは真奈を馬鹿にしてるんじゃないよ。独り身の真奈には重たいだろうと思っただけのことだよ』

喉奥がぐっと鳴った。

『来月からでいいのよ。苦しくない範囲でいいから、お金を振り込んでくれない？　あたしもなるべく、パートに出られるよう頑張るから』

「……お姉ちゃん、ごめん」

姉だからと横暴で、要領がよくて、そんな姉のことを疎ましく思ったこともあった。でもやはり、姉なのだ。わたしよりうんと、いろんなことを見てる。考えてる。

『謝ることじゃないよ。娘として何も聞かされていなかったことに腹が立つのも、分かんないわけじゃないしさ』

姉が声音を和らげる。

『でもこれからは、ちゃんと協力してほしい。ときどきは、お母さんの通院にも付き合ってほしいし。お母さん、最近ちょっと弱気なの。愚痴とか、聞いてあげてよ』

「分かった。ともかく、今度そっちに顔出す」

『待ってる。あ、いっちゃんがぐずりだしちゃった。ごめん、またね』

ぷつんと通話が切れた。それがスイッチだったみたいに、涙がまた溢れた。

ひとりで生きていける。誰にも迷惑をかけていない。胸を張って言い続けてきた。それを理解してくれない母や姉に苛立ってもいた。でも、母が病気になったことも知らされずに、気を遣われた。馬鹿にしないで、そう言いたかったけど、でも知らされた事実を前に足が竦む自分がいる。

母を助けたいという気持ちはある。娘として姉と協力し合っていくべきだと思う。でも、母はまだまだ元気なはずで、病気に罹るなんて想像もしていなかったから、『いまじゃない』という気持ちのほうが大きい。どうしようという言葉がぐるぐる渦巻く。

『健康のこととか老後のこととか、いろいろあるでしょう。家族がいないと、いつか困るわよ』

年始の、姉の言葉を思い出す。

ああ、わたしは何も分かっていなかったんだ。自分ひとりで生きていけると勝手に慢心していた。

スマホがぶるりと震え、見れば純也からのメッセージだった。

『ゆっくり、考えてほしい』

最大限気遣ってくれている内容をじっと眺めたまま、長い間動けずにいた。

＊

姉から連絡を貰って五日後、休日だったわたしは実家を訪ねた。前に文句を言われたチョコレートアイスではなくレモンシャーベットを手土産にしたが、苺愛ちゃんは幼稚園に通い始めていて、家には姉と母しかいなかった。

「あー、ええと、これ」

シャーベット入りの保冷バッグを姉に渡し、母を窺う。年始に会ったときよりも頬がこけていた。

「あの、お母さん、わたし」

「辛気臭い顔、しないでちょうだい」

ソファに身を沈めた母は、顔を顰めてみせる。

「いますぐ死ぬわけじゃないんだから。あとねえ、愛奈がいろいろ言ったらしいけど、あたしは真奈に頼るつもりはないのよ」

「ちょっとお母さん！」

冷凍庫にシャーベットを仕舞っていた姉が声を荒らげるが、母は「愛奈の気持ちは嬉しいけど、心配しすぎ。真奈に頼るくらいなら、自分のことは自分でやる。通院だって、ひとりで大丈夫よ」と不満げに鼻を鳴らした。

「いつかは真奈にも手を貸してもらうこともあるかもしれない。でも、それはまだまだ先だとあたしは思ってるし、できれば貸してもらいたくない。真奈は真奈の人生があるでしょう」

「それは！　わたしが独身だからでしょ!?」

かっとして声を大きくすると、母は「そうよ？」と平然と言った。

「ひとりきりで誰かの命を支えるって、簡単じゃないのよ」

「そうかもしれないけど、でもわたしだって」

「あたしはいままで、お父さんがいれば、お父さんがここにいれば、って何度もそう思って生きてきた」

母に言葉を遮られ、はっとする。母はそんなわたしを見たまま続ける。

「お父さんのお陰で、ある程度のお金はあった。あたしも働いていたし、生活に困窮することはなかった。でも、お金だけじゃないでしょ。小学生だった愛奈がいじめに遭って学校なんて辞めてやるって泣き喚いたとき、中学生だった真奈が部活中に倒れて病院に運ばれたって聞いたとき。不安を自分ひとりで抱えないといけなくて、でも簡単には抱えきれなくて苦しかった。眠れない夜はたくさんあったし、胃薬を飲んで働いた日は数え切れない。ここにお父さんがいたら半分背負ってくれたのにって、しょっちゅう思ってた。ひとりで頑張るしかない辛さは、あたしは誰より知ってるの」

わたしは座ることもできず、立ち尽くしていた。母がこんな風に辛さを口にしたのは、初めてだった。母はいつも、なんてことない顔をしてわたしたち姉妹の前にいた。

「真奈が結婚して、真奈を任せられる旦那さんが傍にいると思えば、あたしも甘えられるかもしれない。愛奈にしているみたいに、寄りかからせてもらうかもしれない。でも、ひとりのあんたには頼りたくない。それは、歯を食いしばって頑張ってきた過去のあたしが『止めて』と言うからよ」

何も、言えなかった。何が言えるだろう。どんな言葉を重ねても、わたしの言葉は母の覚悟より薄くて軽い。母の気持ちを覆せるものじゃない。

その場にへたり込む。カーペットはアンパンマン柄で、ドキンちゃんがわたしにウィンクしていた。ドキンちゃんの隣の青いキャラクターの名前は、知らない。

「ごめん」

小さく、言葉を零した。わたしはあまりに、親の気持ちを理解していなかった。

「ごめんね、お母さん」

「別に、謝ってもらうことじゃないわよ」

ふん、と母が鼻を鳴らす。

「言っておくけど、だから早く結婚してちょうだいっていう意味じゃないから、急かされていると勘違いしないで。焦って結婚したって、失敗するのがオチよ」

麦茶を入れたグラスを持ってきた姉が「嘘ばっか。結婚してくれたら安心なんだけどなあって、しょっちゅう言ってるじゃん」とツッコミを入れる。

「最近は特に気弱だったくせに、真奈が来ると意地張っちゃってさ」

「愛奈、余計なこと言わないで」

母が姉を軽く睨みつけて、それからわたしに「急いで結婚してほしいわけじゃないっていうのは、ほんとうだからね。あんたのいまの生活が満たされてるなら、それを変えることはない。妥協しないで」と念を押す。

「あんたは昔から、ひとのことを気にして自分の大切なことを捨てちゃうとこ、あったでしょ。あたしはこんな性格で、嫌なことは嫌って言うけどさ、あたしが嫌だからって我慢したり、捨てちゃったりすることないのよ。結婚だけじゃなく、仕事もね」

「え」

驚いて、声をあげる。

「だって、嫌だって」

「嫌だから、嫌とは言う。辞めてほしいとも言うわよ。あたしは嫌だもん。でも、あたしが言ったからって、真に受けて辞めなくてもいいんだよ。やりがいがある仕事だって自分が感じてるなら、働き続ければいい。あたしのことなんて、気にせずに」

そんなこと、言われたことがなかった。しかし、わたしの傍に座り込んでグラスに口をつけた姉も「きちんと言っておくしかないかもねー」と相槌を入れた。

「真奈ってばか正直なとこあるもんね。真面目すぎだし、おまけに妙なとこ気が弱い」

「待って、お姉ちゃんそれどういうこと」

「あんたは昔からそうでしょ。文句言いながら、最後は気を遣って相手に従う。それで、ひとりでこそこそ悔やむのよ。あれはほんとうは諦めたくなかったー、妥協したくなかったー、とかって」

例えばさ、と姉が指を折る。ほんとうはバレーの強豪校に行きたがってたくせに、お金のかかる私立だからって勝手に諦めたでしょ。東京の大学に行きたかったのに、生活費がかかるからって地元の大学にした。あと、あたしの結婚式のとき。なつめちゃんたちにロックなパンツスーツを選んでもらってたのに、ブライズメイドが足りないってあたしが喚いてたら黙ってピンクドレス着てくれたよね。母は、それのいちいちに頷いた。

「……何、それ。そんなこと」

「そんなこと、あるでしょ。愛奈の言う通りでしょ？　ドレスはさておいて、学費や生活費は頑張れば出せないことはなかったよ。でもあたしが何度そう言っても、あんたは勝手に進路を決めたでしょ」

　母がくすりと笑う。

「親孝行なのは嬉しかったけど、でも親としては見くびられた感じがして嫌だったかな」

　姉がわたしの前に置いたグラスを取り、一息に呷る。息を吐いて「ちょっと待ってよ。どうしていまさら言うの」と母と姉を交互に見た。ふたりがわたしのことをそんな風に見ていたなんて、知らなかった。

「どうしてそんな……そんな大事なこと、いま言うの」

　ふたりは同時に肩を竦め「そういう家族だから、じゃない？」と軽く言った。

「うちって、何でも言いあえる垣根のないオープン家族、って感じじゃなかったもんね」

「友達親子っていうの？　あたし、そういうの苦手だしね。子どもといつでも何でもぺらぺら喋れるかって話」

　ねえ、と母と姉が顔を見合わせ、それから母が「だからといって、不仲ってわけじゃなかったでしょ。ほどよい距離感で、文句を言いあいながらも互いを大事にしてきた。ときどき、こういう話をする。そういう家族でしょ」とわたしに向かって言う。それに、姉が「そうそう」と頷く。その様子を見て、ああそういえば、わたしはかつてこの三人の中で一番の甘ったれだった、と思い出す。少しだけ、泣きそうになる。ひとりで勝手に、姉よりも母よりも強い大人になった気がしていたけれど、わたしはいまでも、ふたりにとって頼りない末娘なのだ。

「……わたしね、お母さんは嫌かもしれないけど、お金のためにもいまの仕事を続けるから納得してね、って言いにきた。ほんとは」

転職したって、いま以上の条件の会社に入れるとは限らない。どれだけ嫌がられても働き続ける、そう決めてここに来たのだった。

「親の具合が悪いときでも仕事辞めないのかって、喧嘩になるかもって思ってた」

母は「やだわ、ばかな子ねえ」と片手を振って笑う。

「お金のことなんて気にしないでいいのよ。あたしの考えや好みなんて無視して、いままで通り辛気臭い仕事しなさいよ」

「え。あたしはお金いる。ていうか、不器用な真奈が急に転職なんてできるはずないって普通に思ってたけど？　あんたみたいな頭の固い女、どこが採用してくれんの」

普段ならムッとするところなのに、何故だか泣けたのはふたりの言葉の裏のほんとうの気持ちを知ったからだろう。

「……ごめん。去年お姉ちゃんに家のリフォーム代増やしてって言われたとき、心の中でお母さんとお姉ちゃんの悪口死ぬほど言った」

こみあげてくるものを堪えて言うと、姉は「分かってたわ、そんなこと」とわたしの背中をバチンと叩いた。

「でもあのとき、あたしが頼んだ以上のお金くれたから、それでチャラね」

「あ、お母さんは、そのチャラは嫌。夕飯にお寿司とって」

「……並しか取らないから」

目元が熱い。顔を顰めてみせると、ふたりは「結局頼んでくれるんだよねー」と声を重ねて笑った。

母と姉家族と夕飯を共にし、実家を出た。夜空には星が瞬いて、やけに澄んで見える。明日はきっといい天気になるだろう。

心は不思議と凪いでいた。

母の病は消えてなくならないし、これから手術や抗ガン剤治療が待っている。状況は変わらない。母が何と言おうと、わたしは娘としてこれから治療費の援助をしていきたい。そのためには、働かなきゃいけない。

「別れるって、言わなきゃ」

空を見上げて、声に出して呟いた。

芥子実庵でなら、しっかりと働ける。家族の反対も、ほんとうの反対じゃないと知ったから、いままで以上に頑張れる気がする。しかしそうなれば、純也とは別れるしかない。己の仕事がどれだけ彼を苦しめているか、知っているから。

心が揺らぐ前に、話してしまおう。

スマホを取り出して、コールする。数コールで純也が出た。

『もしもし、真奈?』

耳にやさしく響く声はあまりに馴染んでいる。失うと分かっているからなのか、ああ好きだなあと思った。声すら、愛おしかったんだ。

「もしもし。あのね、この間の話の返事をしようと思って」

情けなく、声が裏返った。ごほんと咳をして誤魔化す。でも、彼はきっとそれだけでわたしの伝えたいことが分かったのだろう。小さく息を吸う気配がして『どうぞ』と言った。

「わたし、仕事辞めない」

お腹に力を入れる。

「純也が嫌いなわけじゃない。仕事と純也を比べて、純也が劣ってると決めたわけでもない。母が、ガンなの。子宮ガンから、他にも転移してるって」

泣かないように、声を震わせないように話す。母を支えたいこと。そのためにはいまの仕事を続けるべきだと考えたこと。そして、わたしはわたしの力で、母を支えたいこと。

『そういう、こと。おれは、真奈の気持ちは分かるよ。病気の親を支えたいって気持ちは、ひとより分かるつもりだ。でも、そういう事情ならなおさら、おれは真奈と結婚したい。真奈と一緒に、真奈のお母さんの闘病を応援したい。おれには、それができるだけの力はある。支えさせてくれよ』

熱っぽい言葉が、涙を誘う。とても素敵なひとと付き合っていたのだと思う。わたしが好きなひとは、やさしくて、かっこいい。

でも、だからこそ、頷けない。

「いま結婚すると、わたしたちの関係が変わってしまう」

もし、純也と結婚したら。

考えまいとしたけれど、それでもふとした拍子にたられればを想像してしまう自分がいた。純也はきっと頼りがいのあるよい夫となって、わたしを支えてくれるだろう。わたしの哀しみや苦しみに寄り添い続けてくれるだろう。芥子実庵を辞めたわたしは時間を自由に使える仕事に就いて、あるいは専業主婦になって、母のことを姉と負担しあえる。母の傍にだってもっとたくさんいられる。

でも、そんな身勝手なことで彼と結婚したくない。いまのわたしは純也への愛情とか尊敬の念といったものではなく、彼との結婚で手に入れられるメリットに目が眩んでいるだけなのだ。

好きなひとを、自分が楽になる手段にしたくない。

「わたしね、純也と結婚するメリットを無意識に数えてるんだよ。対等でありたいと考え続けてたのに、それをずっと主張し続けていたのに、状況が変わった途端、純也に支えてもらえばと考えてしまった。情けないよ。こんなことしか考えられないんだったら、脳の機能、ストップさせたいよ」

涙が滲む。これは、愚かな己に対する嫌悪の涙だ。

男女が平等？　対等であるべき？　わたしの仕事は誰と比べて劣っているものではない？　そんなきれいごとを並べていたくせに、いざとなれば純也に縋って生きていくことを考えた。

「純也に呆れられたくないんだ、わたし。利用したくない。だから、結婚できない」

『おれは、利用されてもいいよ。メリットがあるなら、それでいいじゃないか』

純也の声が、焦っている。利用すればいい。おれだって、真奈を利用することだってあるかもしれない。そのときは、お互い様だって受け入れてよ。それで、いいじゃないか。

「よくない。頷けば、わたしはいつかわたし自身を許せなくなる」

『助けさせてくれよ』

悲痛な声に、胸が痛む。でも、頷けない。頷いてはいけないと思う。

「ごめん、なさい」

『……電話でだと、うまく話せない。明日、時間をくれよ。仕事のあと、ううん、昼休みでもいい。おれ、明日芥子実庵の近くまで行く。だから』

普段は冷静な純也が、必死に言葉を重ねる。その気持ちが愛しく嬉しいような、これ以上苦しめないでと恨んでしまうような、相反する感情がないまぜになる。もう、うまく喋れなくて、「明日、十二時に近くの公園に」とだけ言って、通話を切った。


翌日起きたわたしの顔は酷い有様だった。家に帰ってからぼろぼろと涙が溢れたものの、何の涙なのか最後まで分からなかった。

施行は幸いにも入っておらず、わたしは朝から祭壇を丁寧に磨き上げた。掃除に熱中していたら、考えなくてはいけないことを考えなくてすむ。祭壇のあとは仏具を磨く。ひたすら、磨き続ける。途中、様子を覗きに来た井原さんが「新品の輝きになってんな」と笑った。

「ちょっと、外に休憩出てきます」

約束の時間になって、芥子実庵を出た。十分ほど歩いて小さな公園に行くと、ベンチにはすでに純也が座っていた。

「よ」

何事もなかったかのように、笑顔で片手を挙げてくる。わたしも「や」と返して、隣に座った。

「これ、買ってきた。あったかいうちに食おう」

差し出された紙袋の中に入っていたのは、わたしが好きなクリーム入りの大判焼きだった。

「ていうか、もっとがっつりしたのがよかったかな？　ごめん、ちょっと冷静じゃなかったかも」

申し訳なさそうに頭を掻く純也に「ううん、わたしもこんなのしか買ってこなくて」とペットボトルのお茶を二本出す。それからしばらく、ふたり並んで大判焼きを齧った。

どちらも、喋らなかった。もくもくと胃に大判焼きを収めていく。ベビーカーを押して歩く若い女性が、わたしたちの前をゆっくりと通り過ぎていった。

四個あった大判焼きをふたつずつ食べ、お茶を飲む。空を仰ぐと、雲ひとつない快晴だった。春の終わりの甘い風が、葉桜を撫でていく。

「結婚、しませんか」

同じように空を仰いでいた純也が言った。真奈と一緒に、生きていきたいんだ。

同じ空を見上げたままだったわたしは、その言葉を何度も繰り返してみる。それから、このひとのいいところをまたひとつ知ったなあ、と思った。

純也はもっといろんなことを言いたいはずで、でもほんとうに大事な言葉だけを伝えてくれた。そこだけが、わたしたちに必要なのだというように。そんなやさしさを持ったひとだった。

「わたしは」

言いかけて、口を噤む。受け入れられない、そう口にするつもりだったのに、その一言がどうしても言えない。ここまで寄り添おうとしてくれているのに、何を頑なになっているのだろう。よろしくお願いします、そう言ったって、いいんじゃないの。後悔する未来なんてなくて、あのとき受け入れてよかったと胸を撫でおろす未来があるんじゃないの。

「わたしは」

そのとき、スマホが震えた。ああ、こんなときに邪魔をするのは誰。無視をしたけれどスマホは震え続ける。やっと切れたかと思えば、また震えだす。

「ごめん、仕事先だと思う」

施行が入ったのだろう。今回はわたしの番ではないけれど、急ぎでお迎えにいかなければいけないとか？　スマホを取り出すと、案の定、着信は全部芥子実庵からだった。留守電が入っているので、まずそれを聞こうと耳にあてる。芥川さんの声がした。

『休憩中、申し訳ない。柳沢さんが亡くなりました』

頭の中が真っ白になった。柳沢さん。やなぎの、大将？　二日前、芥子実庵に遊びに来たけど。いつもの、さっきも食べていた大判焼きを、買ってきてくれた。クリームが三つもあって、芥子実庵のメンバーでクリームを食べるのはわたしだけだから、みんなが『贔屓だ！』って柳沢さんを責めた。

『だって佐久間ちゃんはさー、娘みたいなもんだもんよう。仕方ねえじゃん』

へっへへ、と悪びれず笑って、だからわたしは『そうそう。お父さんみたいなもんですもん』と三つをぺろりと食べた。

茫然としていると、メッセージが届く音がして、見れば芥川さんからだった。明け方に脳梗塞が起きて、誰にも気づかれないまま亡くなってしまったらしい。朝食の席に現れないことを訝しんだ、息子の宗助《そうすけ》さんが部屋を訪ねて、冷たくなっているのを発見した。

「ああ」

思わず、声が漏れる。柳沢さんは、奥様に先立たれてひとり暮らしだった。とはいっても同じ敷地内に宗助さん夫婦が住んでいて、店でもいつも一緒だから安心だ、と言っていたけれど、最悪のタイミングだ。

『オレの最後は、任せたぞ』

何度となく言われた、柳沢さんからの言葉。わたしはそれに、毎回頷いて答えた。大事な最後ですもん、任せてください。

ああ、行かなくては。

「あの、ごめん。その、戻らなきゃ」

立ち上がりかけて、はっとする。わたしはいま、プロポーズの返事をするところだった。

純也が、わたしを見る。その目には怒りにも似た熱があった。

「おれは、真奈の家族ごと、支えられるようになりたいと思ってる」

微かに声を震わせて、純也が言う。

「一緒に生きていくというのは、メリットデメリットで片付ける問題じゃない。おれが真奈を支えることもあれば、その逆もきっとある。支え合って、一緒に生きていきたいと思ったから、こうしておれはここに来た」

声が出ず、ただ、頷く。

「おれの唯一の願いは、いまの仕事を辞めてくれ、それだけだ。おれと結婚する意思があるのなら、今日、このままおれと帰ってほしい」

純也が、手を差し出した。二回目に会ったときにじっと見つめた、節の大きな指先が、ぴんと伸びている。

「仕事を放棄させてしまうこと、あとでいくらでも詫びる。会社に謝罪にだって行く。だから、今日だけはおれの手を取ってほしい」

責任感の強い、真面目なひとだ。決して、こんな無茶を言うひとではない。言わせてしまったのは、わたしだ。

「……ごめんなさい。行く」

目を逸らすことはしなかった。

「その日が来たらちゃんと見送るって約束したひとなの。柳沢さんの人生最後の舞台を、わたしは整えてあげたい」

「いま行けば、おれはもう二度と真奈を追わない」

だんだんと、純也の目のふちが赤くなっていく。手を差し出してしまいそうになって、ぎゅっと拳に力を入れた。

「ごめん、なさい。わたし、ほんとうは決めていたのかもしれない。純也と仕事、とっくに天秤にかけていた気がする。心は、決まっていたんだと思う」

内臓がぎゅるりとうねる。心臓がやめてくれと叫ぶように跳ねる。でも、別れを告げるのなら、これでいいのだ。善人になってどうする。何もかもを見せてくれたひとに、わたしは最後まで応えられないのだから。

「さよなら」

言って、立ち上がる。そのまま、駆け出した。

別れるのを拒否しているように震える足を必死に動かして公園を出る。近くにあったバス停のベンチにどすんと座り、顔を覆った。

泣き喚きたい。いますぐ戻って、やっぱり一緒に帰ると言いたい。その数秒後には後悔すると分かっているくせに、それでももう一度。

何度も何度も深呼吸する。全身が震えて、嫌な汗がびっしょりと流れる。落ち着け、落ち着け、と繰り返す。

そうしていると、スマホが震えた。反射的に見ると亀川さんからのメッセージだった。

『悪い、早く戻ってきて。芥川さんがおかしい』

大事なひとの死だ。受け止めきれないに違いない。芥川さんと柳沢さんは仲が良い。元々、柳沢さんは芥川さんのおじいさんの友達で、だから芥川さんが子どものころからの知り合いだ。変な日本語になってしまうが、おかしくなったっておかしくないのではないだろうか。それとも、想像以上に『おかしい』ってこと？

亀川さんはとにかく言葉数が少なく、ときどき送られてくる業務メッセージは簡素すぎるものだった。前に一度、亀川さんとペアでご遺体搬送をしていた嘉久さんがぎっくり腰になったことがあったけれど、そのときでさえ『応援乞う』とだけ送ってきたひとだ。

ああ、仕事に集中しなきゃ。柳沢さんが、待ってる。

そう思った瞬間、ふっと、荒れていた心が止まった。それは、なつめの遺体を目の前にしたときの感じと似ていた。

わたしは、仕事に戻らなきゃ。そのために別れたのなら、なおのこと。

ぐしゃぐしゃだった顔をごしごし擦り、上を向く。すーはーと声に出しながら息を吐く。

柳沢さんを思い出すと、鼻に大判焼きの匂いが蘇る。香ばしく焼けた生地と甘いクリームの混じった匂い。入社したときからずっと応援してくれた。わたしが駆け出しのころ、故人が北海道出身だという話をしたら、通夜振舞いの膳で黒飯——黒豆のおこわを出してくれた。それを見て故人の奥さんがとても喜んだ。ああ、懐かしい。そうだわ、昔は炊いてたものだけど、こっちに来てからはすっかり忘れてた。

北海道では葬儀や法事の際に黒飯を折詰にして弔問客に配るのだと教えてくれたのは、当時わたしの指導をしてくれていた嘉久さんだった。やなぎの大将は、故人の思い出の地の慣習に沿った料理を出そうとしてくれるんだ。ああいう心配りができるひとだから、安心して膳を任せられる。わたしは、プロの仕事を垣間見た気がした。

「よし」

声に出して立ち上がり、芥子実庵に向かって歩き出した。

芥子実庵に着くと、すでに受付所の設営が始まっていた。テントの下で折り畳みテーブルを広げていた井原さんがわたしに気付き「休憩中すまん」と言う。

「緊急事態ですから。あの、柳沢さんは？」

「まだ検死中。さっき、嘉久さんと亀ちゃんがお迎えに行ったところ」

よいしょ、とテーブルをふたつ据えた井原さんは「自宅で亡くなってるからな」と付け加えた。

医師のいない場所――自宅などで亡くなった場合、一度警察署の病院に送られて、死因を調べることになっているのだ。

「宗助さんの様子は？」

訊くと、井原さんは黙って首を横に振った。

ひとり息子の宗助さんは、仕出し屋やなぎの跡取りでもある。元気の良い柳沢さんと違って、物静かなタイプのひとで、血に弱くて、魚を捌けるようになるまでずいぶん時間がかかったと聞いたことがある。宗助は気がちいせぇから、魚の目ん玉がぎょろっと動いただの、えらが震えただのでいちいち悲鳴上げててよ。こりゃもう、やなぎはオレの代で終わりだなって諦めたもんだよ。そう言って笑ったのは、柳沢さんだった。そんな父親の言葉を宗助さんは照れた様子で聞き、宗助さんの奥さんの沙織《さおり》さんはやさしく笑って見ていたっけ。

宗助さんは大丈夫だろうか。突然の死だけでもショックなのに、発見者になってしまったなんて。沙織さんが傍にいてくれているだろうけど、それでも。じんわり滲んだ涙を堪えて唇を噛む。

井原さんのセットしたテーブルの上に、紙が一枚置かれているのに気が付いた。施行が入るとスタッフ全員に配られる日程表だが、もう出ているとは思わなかった。

「通夜葬儀、明日明後日ですか」

ざっと目を通して訊くと「火葬場が明日は空いてないんだ」と井原さんが言う。

「遠方の親戚の方々も来るらしいから、そのほうがいいだろうって沙織さんが」

「なるほど。食事はどこに？」

「あー、そうか。やなぎは無理だよな。発注先考えなきゃ」

弔問客は今晩から訪れるだろう。食事の用意を考えるなら早く手配したほうがいい。そんなことを考えていると、スマホが震えた。純也からの、メッセージだった。

『カギはポストに落としておきます。いままでありがとう』

短い文を、眺める。そのまま、バッグに押し込んだ。

「ここのセッティングは井原さんがやっているのなら、わたしは遺族控室を整えてきます」

「あ、待って。派遣の久保さんたちがすぐ来てくれることになってるから、そっちは彼女たちに任せるんで大丈夫。それよりさ」

井原さんが、事務所のほうを指差した。

「いまは、芥川さんについていてやってくんない？」

「芥川さん？　あ、そういえば、亀川さんからメッセージがきてました。芥川さんがおかしい、とか。やっぱり、柳沢さんのことでショックを受けてるんですか」

「まあそうなんだけど……、そういや亀ちゃんと佐久間さんはあのひとの事情を知らないのか」

そっかそっかと勝手に納得している井原さんに「何をですか？」と訊く。井原さんは少し悩むそぶりを見せたのち「まあ、どうせ分かることだし」と話し始めた。

「あのひと、『死』が苦手でしょ」

「ええ、そう聞いてます」

「苦手を超えて、『死恐怖症』なんだよ」

しきょうふしょう。うまく漢字があてはめられないでいると「死ってものに対して猛烈な不安を引き起こす症状」と井原さんが付け足してくれる。

「ガキのころからダメだったらしいんだけど、どうにも乗り越えられないみたいだね。特に、自分の親しいひとが亡くなると、やばい」

「やばい、ってどういう風に」

「亀ちゃんが入社する一年前になるかな。ここの前社長、芥川さんの祖父の平一《へいいち》さんが老衰で亡くなったんだ。当時施設長だった美住さん……芥川さんの奥さんが施行担当をやることになってた」

「待って！　え、奥さんいたんですか？」

「そう。美住さんっていって、綺麗なひとだったよ。俺も昔、身内が亡くなったときに担当してもらったことがあって、いい葬儀をしてもらった」

一瞬、井原さんの顔が陰った。しかしすぐに、普段の柔和な表情に戻る。

「でね、平一さんも、手塩にかけて育てた孫とその嫁に見送られたら喜ぶだろうってみんなで話してたんだ。でも、芥川さんが途中で真っ青になって、『もう無理』って言い出したんだ。ががた震えて、見てられなかったよ。美住さんや柳沢さんが『いまだけはしっかりしてあげて！』と言ったけど、彼は出棺のときに気を失ってしまって。それから十日ほど寝込んだんだったかな」

井原さんは緩く頭を振って「死ってのは簡単に受け入れられるものじゃないからなあ」と続

けた。大事であればあるほど、その死は認めたくないものだよ。『死』ってものの底知れなさに怯えたくなるもんだよ。佐久間さんだって分かるだろ？

　頷くしかない。なつめの死は、あまりに重たかった。

「哀しみを前に頽《くずお》れても、ひとはどうにか立ち上がろうとする、って言われてる。でも、立ち上がれないひともいるよ。そのひとを喪う前の自分じゃなくなってしまうひとだっている。誰も寄り添えない辛さ、があるだろうと思うよ」

　そう言う井原さんの顔こそが、どうしてか辛そうだった。普段の様子と全然違う。どう答えていいのか分からずにいると、「というわけで」とにこりと笑いかけられた。

「芥川さんを任せるよ」

　芥川さんは柳沢さんの訃報の電話を取ってから、呆然自失の状態だという。いつも柳沢さんが座っていた来客用ソファに座り込んで、身じろぎもしないらしい。

　事務所のドアを「お疲れ様ですー」とこわごわ開けると、ひっそりと静まり返っていた。ほとんどのひとが出払っているとはいえ、空気が重い。応接間を覗くと、柳沢さんの定位置である奥のソファに座って俯いている芥川さんがいた。

　施行が入ると、彼は派手なアロハシャツを脱いで喪服に着替える。わたしたちスタッフは普段はダーク系のスーツを着ており、儀式が始まる前になって正装である喪服に着替えるのだが、芥川さんは依頼が入ると同時だ。それが葬儀に携わるものの礼儀と言わんばかりに。しかし今日は、アロハシャツのままだった。きっちりセットされるはずの髪も、ぼさぼさに乱れて膨らんでいる。愛用している黄色レンズの眼鏡と黒縁眼鏡は、ふたつとも折り畳まれてテーブルに置かれていた。

「芥川さん、戻りました」

声をかけると、「まだ休憩中なのにごめん」と掠れた声がした。

「何言ってるんですか。他でもない柳沢さんですから何があっても戻ってきますよ。でも、まだ到着していないそうで」

向かい側に腰掛ける。重たいものを背負ったような、ぐっと丸まった背中。固く結ばれた両手が小刻みに震えていた。

何と声をかけていいのか分からない。仕事なら動く口も、亡くなったひとのことを思えば言葉を忘れたみたいに動かない。

それに、わたしは芥川さんのことをほとんど知らない。雇い主、職場のひと、その枠以上のことは何も。女の子と甘いものが好きとかそんなことくらいで、彼を構成する上で大事なところは何ひとつ、分からない。

「お茶、淹れましょうか」

立ち上がって、熱いお茶をふたり分淹れる。気持ちを落ち着かせるような甘いものでもなかったかと冷蔵庫を開けると、ラップのかかった大判焼きがふたつあった。先日、柳沢さんが差し入れてくれた残りだ。静かにドアを閉めて、お茶だけをお盆に載せて戻る。

「どうぞ」

再び向かい合う。湯呑みを手に取って、ゆっくりと息を吹きかける。

わたしたちの間にあるテーブルには、彼の眼鏡たちと共に、常備している芥子実庵のパンフレットと葬儀プランのカタログがある。大切なひととの最後の時間を、穏やかに過ごしてほしい――そんな文言の書かれたパンフレットを眺めながら「どうして、この仕事を続けてるんですか」と訊いた。

「さっき、井原さんから少しだけ事情を聞きました。いくら施行担当から外れていても、死とは切っても切れない仕事です。どうして、離れなかったんですか」

微かに、芥川さんが身じろぎした。

「嫌なら、言わなくて大丈夫です。独り言だと思ってください。でも、知りたいなあと思いました。芥川さんは、なんだかんだ言ってもいつも仕事が丁寧で、この仕事にやりがいを感じているんだろうな、と眺めてたから」

細かいところまで、いつも気を回している。遺族に小さな子どもがいればベビーベッドや子ども用の椅子を用意し、足の悪い方がいれば手すり付きの座椅子を用意する。喪家の中にそわそわしているひとがいると思えばすっと近寄り、『どうぞ』とお数珠を渡したこともあった。彼のポケットの中には喉飴や香典袋、薄墨の筆ペンに洗濯バサミ、なんでも揃っていた。

担当こそしないけれど率先して会場設営や手配をしてくれるし、わたしなど何度芥川さんのフォローに助けられたか知れない。すみません、と謝れば『助け合うのが当たり前なんだから、謝るなよ』と言うだけ。佐久間さんも、他の誰かの施行を同じくらい助けたらいいだろ、と。どこか、ぶっきらぼうに。

「ほんとうは、嫌だったんですか？　この仕事」

「嫌じゃ……、いや、嫌だな」

きっぱりと言いかえて、芥川さんは両手で顔を覆った。

「祖父が死ぬまで大事にしていた仕事だし、誰かがやるべきかけがえのない仕事なんだと思ってたし。でも、怖いんだよ。ひとを見送るのが怖い、ご遺体が怖い、死が怖い」

手のひらから零れるように、ぽつんぽつんと言葉が落ちる。子どものころからずっと、怖かった。『死』を連想するものは全部だめ。幽霊も暗闇も、いっときは眠ることすら怖かった。ジジイに、こんな恐ろしい仕事辞めてくれって泣いて頼んだこともあった。でもジジイはいつも『怖いってのはいいことだ』って言うんだよ。そういう感情があったほうが、一分一秒、気を抜かない。亡くなったひとに対して、恐怖は最大の敬意となる。お前は最高の跡継ぎだぞ、ってな。

「ははあ。それはなかなかの極論では」

怖いと泣く子に対してのベストな対応ではない気がする。

「極論だよな。おれも、そう思う。でも、納得のいく話でもあるんだ。ジジイの言う『敬意』は『畏れ多い』ってことで、『畏れ多い』の中には多分に『恐怖』が内在してる。おれは、『死』という絶対的なものに、自分じゃどうしようもないほどの恐怖……敬意を抱いてるんだよ。この怖さを乗り越えたら、ジジイの言う『最高の跡継ぎ』になれるかもしれない。そうじゃなくてもきっと何か、手にできるものがあるはずだ。そう信じてこの仕事を続けているけど、でも辛い。嫌だ、逃げたい、目を逸らしたいと思うことばかりだ」

淡々と語られる言葉を、自分の中で噛み砕く。わたしが抱く『死』のイメージと、芥川さんのイメージは違う。そして純也のそれとも違う。

ただ『畏れ多い』というのは共通だと思う。それぞれ深度や明度の違う『畏れ』を抱いているはずだ。

「でもまあ、そういう風に気を張り続けてるからだろうな、仕事が発生したら自分の中のスイッチが入るようになった。いまでは、電話が鳴り始める一瞬前にカチンと切り替わるのが分かるんだよな」

「え！　電話を受ける前からなんとなく分かっていそうな気がしてたんですが、あれほんとうに分かってたんですか！」

思わず小さく悲鳴を上げる。特殊能力だ。

「なんとなくな。まあ、役に立つもんでもない」

「あの、ご両親はそれに対してどう仰ってたんですか。そんなに怖いのなら継がなくてもいいとか仰らなかったんですか」

「おれが五歳のころから、ジジイに預けて海外に行ってるから、ほぼ無関心だな。オヤジは医者、オフクロは看護師で、ふたりともいまも現役でいろんな国で働いてるよ。とにかくいま苦しんでいる命のために生きたいってひとたちでさ。おれの身内は『生』や『死』に対して執着に似た感情を抱くようになってんだろうな」

「執着」

なるほどなあ、と思った。そして、目の前にいるひとを改めて見つめた。

いつも軽やかで、冷静だった。だから、辛いこと哀しいことをすべて知っている。わたしの知らない経験をたくさんしていて、わたしの葛藤など彼にとってはとっくに通り過ぎたものなのだろう。彼のことをそんな風に思っていた。

「芥川さんって、普通のひとなんですね」

思わず言うと、彼は少しだけ顔を上げ、不満げに「どういう風に見てたんだよ」と言う。

「葬儀場に住んでいるくらいだし、死が苦手だとか言いつつもそれは口だけで、ほんとうは死生観も人生観も確立されてるんだろうなと」

「そんなわけ、ないだろうが！」

ちょっとだけ声が大きくなった。芥川さんは全身でため息を吐いて「そんなものがあれば仕事だってちゃんとする」と情けない声で言った。

「任せきりになんてしない」

「任せきりではないと思いますけど」

「任せきりだろ」

またもや大きなため息を吐く様子を眺めながら、自分の分のお茶を啜った。

「佐久間さんは、その点すごいよな」

ぽつりと言われて、湯呑みを抱えていたわたしは「何がです？」と尋ねる。芥川さんは「一年前」と続けた。大切な友人の突然の死にあなたは真正面から向き合った。彼女の遺志を受け取り、いまも仕事に打ち込んでいる。おれはあなたが出勤してくるたび、眩しく思ってたよ。このひとは立ち上がれる強いひとなんだなあ、って。

「やだ、やめてください」

なつめのときは、とにかく必死だっただけだ。出棺のときは楓子と泣き崩れたし、火葬場では柩を送り出したくなくて南条さんに縋りついた。仕事は続けられているけれど、なつめの葬儀のあとはしばらく施行担当できなかった。

「続けられているだけです」

「それでじゅうぶんじゃないか。大きな困難を乗り越えてなお、先に進んでいる」

おれはずっと足踏みだ。芥川さんが呟いたとき、事務所のドアが開いた。

「嘉久さんたちが戻りました。柳沢さん、ご到着です」

井原さんの声だった。立ち上がって見る。

「ご安置、手伝いましょうか」

「いや、三人もいれば大丈夫。それより、枕経上げてもらわないといけないから、お寺に連絡してくれないかな。柳沢さんのとこは龍元寺《りゅうげんじ》さんだから、よろしく」

言って、すぐに井原さんが出て行く。自分の机の電話からお寺の住職に連絡をし、枕経のお願いをする。嘉久さんが前もって一報を入れてくれていたらしく、すぐに行くと住職は言った。

『しかし、やなちゃんがこんなかたちで亡くなるなんて悲しいよ』

住職は柳沢さんの小学校時代の同窓生だったらしい。『見送るばかりで辛いやね』と声を落とした。

通話を終え、芥川さんのところに戻ろうとしたわたしはぎょっとする。背後に芥川さんが立っていたのだ。ゆらりゆらりと揺れる姿は頼りない。

「え、え、何ですか！」

「出かけてくる」

ちゃり、と音がする。芥川さんの手には社用車のキーがあった。

「どこに行くんですか」

「分からないけど、どこか」

怖くなるところまで、と付け足されて、焦る。これ、行かせていいのだろうか。

「ちょ、ちょっと待ってください。いまみんな忙しくて、ちょっと確認を」

「いてもどうせ役に立たないし、むしろ邪魔だよ。おれなんか」

じゃあ、とふらりと出て行こうとする。やっぱひとりにしちゃだめだ、と咄嗟に思った。こんな状態のひとが車を運転するのも、きっとよくない。

「あの！　わたし運転します！」

芥川さんの手から、キーをひったくって言った。


誰かに止めてほしかったけど、誰にも会うことなく芥子実庵を後にした。

先月新しくなった社用車は何の特徴もないシルバーのワゴン車だ。大昔は〝芥子実庵〟とロゴが入っていたそうだ。なんでいまはないのかと訊くと、嘉久さんは『葬儀社は社用車に宣伝効果を求める業種ではない』と言ったけれど、井原さんの話では『葬儀社の車が家の前に停まっていると縁起が悪い家だと思われるから遠くに停めてきてくれ』という信じられないようなことを言われた例があるらしい。

『いつだったか、ロゴを見かけたら親指を隠さないと魂を連れていかれる、なんて噂が立ったこともあるんだぞ。うちの前の道路が通学路だった小学生の子どもなんて、可哀相だったよ。毎日全力疾走で駆け抜けてた』

などと、嘘かほんとうか分からないことも言っていたっけ。

「さて、どこ行きますか」

ハンドルを握ったわたしが訊く。

免許を取ったのは、芥子実庵に入社してからのことだった。故人のお迎え業務に車の運転は必須だったのだ。

助手席に深く座った芥川さんは、両手で顔を覆ったままだった。

「どこでもいい」

ぼそりと言われて、それ一番困るセリフ、と思う。美容学校時代、楓子が同じことを当時の恋人に言って、『一番困るセリフって分かって言ってるのか』とキレられたんだった。これは楓子にも言い分があって、『カフェ』『映画館』『ショッピングモール』などそのとき行きたい場所をきちんと言っても『それはないわー』『オレそういうとこ嫌い』とことごとく否定され、あげくに必ずと言っていいほど釣り堀に連れて行かれるから嫌になってしまったのだ。何を言ったって結局釣り堀に連れて行かれるんだから、言わないほうがマシじゃない。どうしろって言うのさ。

それに腹を立てたのがなつめだった。件の男が常連の釣り堀に張り込み、ふたりがやって来たとたん、楓子に『こっち来い！』と叫んだ。そして戸惑っている男に『楓子の時間を無駄にすんじゃねえわ！』と怒鳴って、駆け寄ってきた楓子を連れて逃げ出したのだった。わたしは何故かその場に呼ばれていて、でも特に何をするでもなく、手を取り合って駆けていくなつめと楓子を『略奪愛……！』なんて笑いながら追いかけた。そのあと駆け込んだ、昼飲みＯＫの居酒屋でなつめは楓子に『楓子はやさしすぎ！　今度どこに行きたいかって訊かれたら、海が見たいって言え。その反応で別れるかどうか決めな』と説教したんだった。

『海って言って、連れて行ってくれなかったら別れるの？』

　わたしが訊くと、なつめは『そう。海釣りができない男なら、付き合う価値はない』と吐き捨てた。

『状況を整えてもらわないと釣りもできないってことでしょ？　そんな男、たいした奴じゃない』

　それに楓子は『それはそうだ』と感心し、『言ってみる』と頷いた。そんなやり取りを思い出して、くすりと笑う。

「何で笑ってるんだよ」

　芥川さんが言う。気付かれていたようだ。ちょうどそのタイミングで信号が赤になり、おばあさんが道路を渡っていく。

「や、なんかこういうときはやっぱ海ですかね」

　もちろん冗談のつもりだった。けれど、芥川さんは「海」と呟いた。それから「ここから一番近い海ってどこだ」と言う。

「ええと、ここからだと二時間？　三時間はかかりますかね」

「よく知ってるな」

「まあ、事情があって」

　持山市から海は遠く、町をひとつ越さないといけない。あのとき楓子はなつめのアドバイス通りに『海が見たい』と言い、釣り堀男に『遠すぎる』と海に連れて行ってもらえなかった。なのでその後もアドバイス通り別れたのだが、『海ってそんなに遠いのかね』という話になり、三人で出かけたのだった。レンタカーを借りて、当時すでに免許を持っていた楓子の運転で向かった。冬のことだった。肉まんとピザまんと豚角煮まんを買って『味比べだー』なんて言って齧りながら、三人で無邪気に笑った。豚角煮まんに辛子をつけたら最高、というのが三人の総意で、その冬は豚角煮まんをいくつ食べたっけ。

「いいな、海、行こう」

「本気ですか、芥川さん」

「本気」

ちらりと腕時計を見る。十四時。日が暮れることはないか、と思う。

「まあ、いいですけど。じゃあコンビニ寄りますね。飲み物買いたいので」

とりあえず井原さんたちに連絡しておかなきゃ。少し先に見えたコンビニの看板に向かって、アクセルを踏んだ。

車の中で、とりとめのない話をした。

芥川さんが子どものころに流行ったアニメ、好きだったゲームの話。ひとりっ子だったからきょうだいが欲しかったという芥川さんに、昔から姉とあまり仲良くなかったわたしは「そんなにいいもんじゃないですよ」と苦く笑う。

「服もおもちゃも姉のおさがりでしたし、お菓子はいつも奪われてました。うちの姉は口より先に手が出るひとで、だからよく叩かれてましたし」

「へえ、そんなもんか」

「これは個人差もあるかもしれませんけど、姉は要領がいいんですよね。母の機嫌を取るのもうまくて、わたしはそれで割を食ったことが何度も」

冗談めかして言って、ふっと口を噤む。それから「でもまあ、姉がいてよかったって思うこともあったかな」と言い足した。

「腹が立つばっかりだったんですけど、でも何か困ったことがあったとき、一緒に悩んで一緒に立ち向かってくれる存在でもあるって最近知りました。誰かが自分の辛さを半分背負ってくれるありがたみ、っていうのかな。そういうのを感じました」

街を抜け、景色はどんどん自然が増えていく。田植え前の田んぼや菜の花畑が現れる。菜の花の鮮やかな黄色が眩しい。

「辛さを半分、か。別れた嫁さんも、同じようなことを言ってたな」

ふいに、芥川さんが言った。

「そうだ。昔、芥子実庵の施設長だった、って井原さんから聞きました」

「元々ジジイが先に気に入って、別の葬儀社から引っ張ってきたんだ。威勢がよくて、明るくて、まあ……いい女だったな。おれたちが結婚するって決まったときは、ジジイは男泣きに泣いてた。これで芥子実庵も安泰だって」

「じゃあ何で別れたんですか」

「ずばっと訊くね。あいつが、ビビりで役立たずのおれを見限った……あ、いや嘘」

芥川さんが頬を掻く。

「あいつが仕事で悩んでるとき、困ってるとき、おれは心底一緒に立ち向かえなかった。いや、自分ではちゃんとうまくやれていて、支えているつもりだったんだけど、どっかで腰が引けてたんだ。半分持ってほしいと期待して、でも持ってもらえないことにいちいち傷ついてしまうくらいならひとりに戻ったほうがいい、戻してくれって言われたんだ」

信号が赤になって、ブレーキを踏む。前の車は黒いワンボックスカーだった。助手席に座ったひとが、運転席のほうへペットボトルのようなものを渡しているのが見えた。

「おれがジジイをちゃんと見送れなかったのが、離婚の決定打だったな。美住はジジイのこと『先生』って呼ぶくらい尊敬していて、そんなひとを喪った哀しみと、きちんとした見送りがしたいっていう責任感でぎりぎりの状態だった。お願いだから今回だけは一緒に頑張って、って必死に縋られたのに、どんな状況かってことも分かってたのに、おれは逃げることしかできなかった。あいつひとり、闘わせた。そりゃ見限られて当然だよ」

車窓の向こうに、芥川さんが視線を投げた。

「一緒に生きていこうと手を取り合ったのに、我慢して我慢させて、結局離れるしかなかった。美住は『何も残らなかったね』って泣いて、柳沢さんには一回だけ、殴られたよ。二度と、こんな虚しい別れを選ぶなって。まあ、今回もこうなってるけど。おれは恐怖に負け続けて、何もかもを手放して生きてくのかもしれないな」

街路樹が、クロマツに変わった。海辺が近い。

「おれに付き合わせたあげく、離婚話なんてつまらんもんまで聞かせて、悪いな」

「いえ。わたしもついさっき恋人と別れたばかりなので、身につまされていました」

芥川さんが「え！　大変じゃん」と声を上ずらせる。

「どうしてまた」

「それは、お答えしにくい質問ですね」

「そ、そりゃそうだ。えーと、いまさらだけどいまおれに付き合っててていいのか」

「海が見たいのはわたしだったのかもしれませんね」

「お、おう」

芥川さんがもぞもぞと座り直した。

海が近いようだ。両方にクロマツが並ぶ道路をひた走る。緩いカーブを曲がった瞬間、目の前に海岸線が現れた。

春の海辺にはひとがいなかった。遠くに、犬の散歩をしているひとがひとりいるだけだ。海水浴場の駐車場に車を停めて、降りる。潮の香りがした。

「あー、海だ」

慣れない道を二時間半運転していたわたしは、大きく伸びをする。腰の辺りがぽきりと鳴った。

「運転、ありがとな」

ひょいと降りた芥川さんは、そのまま海辺へ歩き出す。アロハシャツにチノパン、布草履で、まるで夏を待ちきれないひとのようだ。

彼がゆっくりと海辺に向かうのを目で追いながらスマホを確認する。

『なんで海!? よく分からんけど、芥川さんを頼みます』

井原さんからメッセージが届いていた。もう一件通知があって、見れば純也からだった。少しの逡巡の後、返信せずに、メッセージボックスごと消去した。

小走りで芥川さんを追うと、彼は砂浜に体育座りをしていた。膝に顔を埋めている背中が、震えている気がする。ひとりにしておいてあげようと、転がっていた流木に腰掛けてぼんやりと眼前の景色を眺める。やわらかな水平線。さわさわと満ちて引く波の音。春の雲が、子どもが千切った綿あめのように散らばっている。

わたしは何をやっているんだろう。なんで、海になんているんだろう。

大事なひとが亡くなったばかりで、そしてついさっき恋人と別れたばかりなのに。

「台風が過ぎた感……いや、台風の目だなこれは」

妙に、穏やかな気持ちだった。考えないといけないことも、いま向き合わないといけないこともたくさんあるのに、不思議と心が凪いでいる。

片手で砂を掬う。手の力を緩めると、指の隙間からさらさらと砂が零れ落ちていく。砂の感触が何だか懐かしい気がして、何度も繰り返す。

『大事だと信じたものを摑もうとすれば、何かが落ちていく』

楓子の言葉を思い出した。『こんな喪失の繰り返しなら、生きてるのって辛いなあ』とも言っていたっけ。それはあんまりにも哀しい意見で、だから何も言えなかったけど、でもその言葉通りかもしれない。わたしはいま、大事なものと引き換えに大事なひとを失った。

公園で、純也から手を差し出されたことを思い出す。

これから先も、あんな選択を前にすることがあるのだろうか。そのたびに何かを選び取り、何かを落としていくのだろうか。そんなことを繰り返して、その先には何があるんだろうか……。

声がして、見れば体操服を着た中学生くらいの男の子たちが掛け声を上げながらランニングをしていた。砂浜だというのにしっかりした足取りで走っている、かと思えば数人がよろけて「あー！　砂ムカつく！」と叫ぶ。ほのぼのとした様子に思わず微笑む。

ああ、昔ここに来たときは、なつめが同じセリフを叫んでいたっけ。そうだ、そのときも、わたしは『しあわせ』について考えていた。

『しあわせになりたーい』

何気なく言ったのは、楓子だったはずだ。しあわせになりたいよー、と繰り返す楓子に、わたしが『そもそもどういう状態がしあわせなのか』と訊いた。楓子は『えー、よく分かんないけど、でもしあわせになりたいのよー』と言い、はてしあわせとは、と考えて歩くわたしの少し先にいたなつめが『夢が叶うこと、かなあ』と不機嫌そうに言った。なつめは、履いていたミリタリーブーツに砂が入ったらしくて、歩き辛くて怒っていたのだ。怒りながら、なつめは続けた。

『楓子の夢は素敵な結婚式と結婚でしょ？　だから、そのときは間違いなくしあわせなんじゃない？』

あのときなつめは新人賞を取っていて、『ちなみにあたしは、いまが一番しあわせなんだけど』と怒ったまま言った。

『作家になるっていう夢が叶ったんだもん。これ以上のしあわせはない！　ああもう、この砂ムカつく！』

『もう裸足になれば？』

『やだよ、足先から凍えるわ。サクマのロングブーツ貸して』

『やだよ』

『けち！』

なつめがイー！　と顔を顰めて、笑った。あのときの笑顔は、いまはもうどこにもない。

楓子だってそうだ。結婚式も、その後の生活も、しあわせとは言えないだろう。

じゃあ、しあわせすらもいつか手のひらから零れ落ちていくということか。そんなしあわせに必死になって、縋って、何になるんだろう。

「虚しくない？」

呟くと、涙が出そうになった。みんな、正しいと信じて、やりたいと望んで頑張っているだけなのに。

スマホが震えた。取り出して見ると、楓子からだった。

『この間の、シネ持にあった寄せ書きコーナーの写真を送るの忘れてた。ごめんね』

シュポ、シュポ、と写真が数枚届く。大きな紙に、それぞれがメッセージを書いた付箋紙を貼り付けているようだった。一枚目の写真をタップして、付箋紙たちを拡大する。

『佐那《さな》ちゃんの演技に引き込まれました。最高！』

『じゅんちゃんがいすずの葬儀に現れるとこ、何度見ても泣けます。名シーン』

『リアタイで観たかったー！』

丁寧な字や、興奮した字で綴られた感想。『いすずさんみたいに自分に素直に生きたい』というものや『とも子のこれからが知りたかったです』というものもある。

写真をタップしては、拡大して読む。だんだんと、画面が滲んでいく。

『この作品のお陰で、生きていけます。いつかお会いしてお礼を言いたかった』

『なつめさんのような、痛みを書ける作家を目指しています！』

『書いてくれて、ありがとう。救いをもらいました』

どのメッセージも、やさしかった。

なつめに、見せてあげたかった。見てほしかった。こんなにたくさんのひとが、ありがとうって言っている。生きていけると言ってくれている。あなたがいなくて寂しいと、泣いている。

嬉しくて、哀しくて、誇らしくて、辛い。何度も目元を拭う。そして、はっとした。

なつめのすべてが、誰かの手に渡って姿を変えたのだ。

なつめの夢、しあわせ。人知れず流した涙やもがいた日々。それらすべてが、誰かの手に繋がれ、輝いている。なつめの手を離れ、なつめがいなくなったいまも。そしてきっと、これからも、ずっと。

わたしたちは、何かを手に入れて、何かを失う。何かを望み、手に入れられないことに絶望する。己の手の中に残ったものと失ったものを数えて、嘆いたりする。

でも、大事なのは『持っていること』ではなく、『持っているもの』『持っていたもの』でもない。そこから得た喜び、得られなかった哀しみ、葛藤やもがきこそが大切なのだ。それらは、誰かに繋がれていく。

『「先を行け」って言える女になる』

あの日の楓子の言葉を思い出す。自分の中では哀しい記憶も、乗り越えられなかった苦しみも、誰かの手に渡すことで希望に変えることだってできる。辛い涙が、誰かのしあわせに生まれ変わることだってある。

わたしたちは、繋がり繋げることができるのだ。

砂を摑んでみる。そっと緩めると、砂が落ちる。何度か繰り返す。数回目で、小さな欠片のようなものが手の中に残った気がして開く。小石かと思えば、薄桃色の片貝がコロンと載っていた。

ふと、前方にいる背中を見る。その丸まった背中が、どうしてだかなつめに見えた。

「繋げていけばいいいんだよ」

思わず、口にしていた。

「摑めなかったことを悔やまなくていい。繋げるほうが、大切なんだ」

ゆらりと振り返ったのは、芥川さんだ。逆光で顔は見えないけれど、芥川さん。なつめじゃない。なつめは、いない。

「佐久間さん?」

低いバリトンが名前を呼ぶ。そうだ、分かっている。似てただけだ。自分の中の苦しみと闘っている背中が、なつめに似てただけ。大きさなんて、全く違うのに。

でも、わたしはこの背中を知っている。何回も見てきた。何人もいた。なつめだけじゃない。楓子もそうだ。そして多分、わたしも。

きっと誰もが、自分の中の苦しみと闘っている。何を選び、何を失えばいいのか、悩んでいる。どうすればしあわせになれるのか、考えている。

「繋げるって、何だよ」

「あ、いや、その」

変なテンションになってしまっていた。恥ずかしくて俯こうとすると、潮風が強く吹いた。砂粒が目に入って、ぎゅっと目を閉じる。手探りでバッグを探り、ハンカチを取り出す。涙が溢れる目元を拭った。何度も瞬きをして、目を開ける。涙で濡れた世界は、キラキラ輝いていた。空がやわらかなオレンジ色を孕もうとしている。芥川さんが、「大丈夫？」と心配そうにこちらを窺っている。

「……うまく見送れなくても、いいんですよ。怖くたっていい。自分が持っていられない、できないと思うものは、誰かに託して繋げることができるって言いたかったんです」

「繋げる？」

「いま気づいたばかりだから、うまく言えないんですけど。必死に何かを摑もうと頑張ってあがいたら、絶対に残るものってあるんですよ。手の中が空っぽで、何にもなくって、自分じゃダメだったと悔やむことがあるけど、でもほんとうはちゃんと手に入れてるものがあって、それって自分でも繋げられるし、誰かが繋げてくれもするんです。芥川さんの苦しみや悩みも、絶対に無駄じゃない。きっと誰かが摑んで、しあわせに繋げてくれる」

「おれみたいなもんの手にも、何か、残るものがあるっていうのか？」

「あるじゃないですか。芥子実庵が」

芥子実庵……と呟いた芥川さんが手のひらをじっと見つめる。

「おじいさんが守って、美住さんも束の間守って、そして芥川さんはいまもちゃんと芥子実庵を残してる。わたしや井原さん、嘉久さんに亀川さん、みんながいて、一緒に繋げてる。だから、問題ないじゃないですか！」

目を見開いた芥川さんに「怖くていいじゃないですか。どうしようもない恐怖があってもいい。無理に頑張ろうとしなくたって、いいんですよ」と言う。

「帰りましょう。芥川さんの気持ちを受け取って、わたしが柳沢さんにたくさん伝えますよ。繋げます。だから、大丈夫。自分の手で繋げようとしなくたっていい」

わたしはさっきの片貝を芥川さんの手のひらに載せた。

「芥川さん、わたしはこの仕事を続けますよ。何かを失っても、それでも芥川さんの分も、この仕事で掴んだものを、次へ繋げます」

「自分の手で繋げなくても、誰かが、か」

小さな貝を芥川さんはそっと、握り込んだ。

水平線が濃いオレンジに染まるころ、わたしたちは海を後にした。

＊

楓子のカットの予約が取れたのは、二ヶ月後のことだった。新しい店舗に行くと『副店長』の名札を付けた楓子が広い店内をくるくる動き回っていた。その顔はどこまでも明るい。

「やほ、相変わらず忙しそうだね」

「サクマ！　なかなか連絡できなくてごめんね。こっちの店の立ち上げで忙しくて、あと、これも」

楓子が左手を掲げてみせる。プラチナの結婚指輪が消えていた。

「いろいろトラブってってまだ正式ではないんだけど、とりあえず別居まで持ち込めた」

「めっちゃ頑張ったじゃん！　おめでとっ！」

以前会ったときと比べて格段に晴れ晴れとした顔に、こちらが嬉しくなる。

「もー、ドラマ化できるんじゃないかってくらい、いろいろあったの。今度酒のツマミに聞いて！」

「聞くわもちろん。わたしも別れたし聞いてほしい」

「あーそれも気になってた！　絶対飲みいこ。それで、今日はどんな感じにする？　いつも通り？」

カットクロスを手際よく巻く楓子に、「サクマ王子にして」と言う。

「高校のときの、あれにしたいんだ」

「え」

鏡越しに、びっくりした顔を見る。しかし楓子はすぐに、「オッケー！」と親指を立てた。

「あたし、あのときのサクマの髪形めっちゃ好きだったんだ。いつか戻さないかなーって思ってた。いいじゃん、やらせて！　あ、でも会社は大丈夫？」

「社長に昔の写真見せて、これに戻したいですって言ったら、かっこいいじゃん、って」

パンツスーツが似合いそうでいいんじゃない？　と芥川さんはあっさりと言った。それに、佐久間さんらしいと思う。

「自分らしく生きていこうって決めたんだ」

「いいじゃん、ばっちし、かっこよくするよ！」

楓子が片手を腰に当て、もう片方の手でクリッパーを掲げて、ポーズを取った。


あの日、芥子実庵に戻ってきたときには、日はすっかり暮れていた。喪服姿の弔問客がちらほらと現れては、建物に消えていく。わたしと芥川さんに気付いた嘉久さんが「海に行ってたんだって!?」と駆け寄ってきた。

「心配させせんじゃないよ、社長。柳沢の息子さんが、あんたがいないってそりゃ気を揉んで」

「ごめん」

項垂れる芥川さんに、嘉久さんは「気持ちは分からなくもないけどさ」と肩を叩いた。

「先方も、あんたの事情は知ってる。だから問題ない。でも、顔を少し、出せるか？」

「うん。あ、着替えてくる」

芥川さんはそう言って、自室に消えていった。わたしも更衣室に行き、非常時用の喪服に着替える。手早くメイクを直して、葬儀場へ向かった。

仕出し屋やなぎは、商店街で長く続いている老舗だ。今夜は仮通夜であるにも拘わらず、たくさんのひとが弔問に訪れていた。棺を安置している斎場室に入ると、喪家席に宗助さんがいた。ハンカチを片手に挨拶をしている老婦人と話をしている。

祭壇は、華やかに飾られていた。景気よく、賑々しく送り出してほしいと繰り返し言ってい
た通り、白と黄色を基調にした花祭壇は鮮やかで、華々しかった。憂いは何もないような、ど
こまでも明るい花畑が広がっている。きっと、牟田さんの仕事だ。牟田さんは柳沢さんと飲み
友達で、『大将に何かあったら私が祭壇作ってあげる』と言っていた。
「佐久間さん」
声をかけられて、見れば黒エプロンを身に着けた沙織さんが立っていた。泣き腫らしたのだ
ろう、目元が赤く浮腫んでいたけれど、「この度はお世話になります」と微笑む。
「とんでもないです。遅くなって申し訳ありません。この度はご愁傷さまでございます。心よ
りお悔み申し上げます」
深く、深く頭を下げる。沙織さんは「どうぞ、お義父さんに会ってください」と眉尻を下げ
た。
「とても、穏やかな顔なんですよ。納棺師さんが、それは丁寧にお化粧してくださって」
「ああ」
よかった。どの納棺師さんだろうか。思い当たるひとの顔を頭に描いて、ただただ感謝する。
あなたのお陰で、わたしは普段通りの柳沢さんと会えます。
沙織さんと一緒に柩を覗き込む。綿花に縁どられた柳沢さんは、沙織さんの言う通り穏やか
な顔をしていた。心地よい、やさしい眠りについているようだった。
「お義父さん、いまごろお義母さんのところかなあ」
沙織さんが言う。こうなってしまえばきっと、ダッシュで向かったと思うんですよね。毎日、

仏壇に話しかけてましたもん。その声がどこまでも希望を孕んでいて、目元が潤む。

「だとすれば、案外こちらのことを気にかけていないかもしれませんね」

思わず言うと、沙織さんが「そうですねえ」と笑う。

「佐久間さん、来てくださったんですね」

宗助さんが声をかけてくれて、「遅れてすみません」と頭を下げる。「気にしないで」と微笑んだ宗助さんは「よければ、通夜振舞いの食事を召し上がっていってください」と控室を示した。

「仕出し屋やなぎの、自慢の料理をご用意していますから」

「やなぎの？」

驚いた。だって、柳沢さんが亡くなった晩だ。料理を作っている場合じゃ……。言葉をなくしたわたしに、宗助さんが「やなぎの大将の見送りにやなぎの料理がないってわけにはいかないでしょう」と軽く胸を張る。

「私が腕によりをかけて作りました」

さあ、どうぞ。もう一度示されて、わたしは頷いた。

控室には、たくさんのひとがいた。どのひとも、和やかな顔をしている。静かな波打ち際のようなやさしさで語り合うひとたち。小さな子どもたちは隅で顔を突き合わせて笑いあう。彼らの間には、手間をかけた美味しい料理がある。

空いたスペースに座ると、近くにいたひとたちが新しい皿と割りばし、グラスをくれる。お酒飲む？　かぼちゃのお煮しめが美味しいよ。かんぴょう巻も、なくならないうちに。どうも、

どうも、すみません。ありがとうございます。頭を下げながら、料理をいただく。

出汁をしっかりと含んだ厚焼き玉子は、美味しかった。柳沢さんが作ったものと同じ味わい、いや風味の豊かさは上回るといっていいのかもしれない。高野豆腐の含め煮も、鰆の焼き物も、どれも味わい深い。

「美味い」

低い声がして、見れば部屋の端に芥川さんが座っていた。手の中の小皿に、厚焼き玉子がある。わたしも再び、厚焼き玉子を頬張る。

「ええ、ほんとうに美味しいです。宗助さん」

近くにいた宗助さんに言うと「でしょう」と微笑む。

「これからもずっと作り続けますよ。オヤジの味をもっともっと、よりよくしてね」

小皿に目を落としたままの芥川さんが、「ありがとう、ございます」と小さく呟いた。

クリッパーの音と、毛が刈り取られていく音が重なる。どんどん、頭が軽くなる。

「実はさ、あたし、あのとき悔しかったんだあ。サクマをかっこよくした美容師さんのセンスに嫉妬してた」

楓子が楽しそうに言う。

「うそ。そんなの聞いたことない」

「言うわけないじゃん！　わー、こんな風に魅せることができるんだ、ってめちゃくちゃ悔しかったもん。お陰で、こうして無事スタイリストになれましたけど。だけどサクマの頭には思い入れがずっとあってさ。あー、嬉しい」

初めての告白を聞いて、わたしも嬉しくなる。まるで、あのころの自分に戻っていくようだ。

「ねえ、今度なつめのいる合同墓に行こうよ。なつめ、サクマを見てびっくりするんじゃない？」

「あのかっこいい子、あたしの友達！　なんて自慢してくれるかなー」

わくわくする気持ちを隠せない。鏡の中の自分が、だんだんかっこよくなっていく。

最高、サクマ王子再来！　他のスタッフからも褒めちぎられて楓子の店を後にしたわたしは、空を仰いだ。

初夏の空はどこまでも高く、抜けそうに青かった。

「いい天気」

久しぶりの快晴をしばらく眺めてから、歩き始めた。

この作品は「季刊ａｓｔａ」ＶＯＬ．１～５で
連載されたものに加筆修正しました。

装画
yasuo-range
装丁
アルビレオ

町田そのこ（まちだ・そのこ）

1980年生まれ。福岡県在住。2016年「カメルーンの青い魚」で「女による女のためのR-18文学賞」大賞を受賞。2017年、同作を含むデビュー作『夜空に泳ぐチョコレートグラミー』を刊行。2021年『52ヘルツのクジラたち』で本屋大賞を受賞。他著書に『ぎょらん』『うつくしが丘の不幸の家』『コンビニ兄弟──テンダネス門司港こがね村店』シリーズ、『星を掬う』『宙ごはん』『あなたはここにいなくとも』などがある。

夜明けのはざま

2023年11月6日　第1刷発行
2024年2月14日　第3刷

著　者　町田そのこ
発行者　千葉 均
編　集　三枝美保
発行所　株式会社ポプラ社
〒一〇二-八五一九
東京都千代田区麹町四-二-六
一般書ホームページ　www.webasta.jp

組版・校閲　株式会社鷗来堂
印刷・製本　中央精版印刷株式会社

落丁・乱丁本はお取り替えいたします。

ホームページ（www.poplar.co.jp）のお問い合わせ一覧よりご連絡ください。

本書のコピー、スキャン、デジタル化等の無断複製は著作権法上での例外を除き禁じられています。

本書を代行業者等の第三者に依頼してスキャンやデジタル化することは、たとえ個人や家庭内での利用であっても著作権法上認められておりません。


読者の皆様からのお便りをお待ちしております。

いただいたお便りは著者にお渡しいたします。

©Sonoko Machida 2023　Printed in Japan
N.D.C.913/366p/20cm　ISBN978-4-591-17980-2
P8008442